제 친구들하고
인사하실래요?

오후 4시의 천사들

제 친구들하고 인사하실래요?

혹은 나시의 천사들

조병준

이 책에 나오는 인물들은, 인도 캘커타에 있는 〈사랑의 선교회(Missionaries of Charity)〉 산하 구호시설들인 〈칼리가트(Kalighat)〉와 〈프렘 단(Prem Dan)〉에서 만난 친구들이다. 뒤 페이지에 〈칼리가트〉(왼쪽 위)와 〈프렘 단〉(오른쪽)의 사진이 있다. 〈칼리가트〉 건물은 원래 힌두교의 죽음과 파괴의 여신 '칼리'의 신전이었는데, 마더 테레사가 캘커타 시청의 지원을 받아 '죽어가는 빈자들을 위한 집'으로 만들었다. 아무런 도움도 받지 못하고 비참한 거리의 죽음을 맞을 수도 있었던 이들에게 〈칼리가트〉는 평화로운 죽음을 준비할 수 있도록 보살피는 역할을 한다. '사랑의 선물'이라는 뜻의 〈프렘 단〉은 거리의 행려병자나 돈이 없어 치료를 받지 못하는 일반인들을 보살피는 곳으로, 정신박약자나 팔다리를 가누지 못하는 환자들의 병동을 포함, 총 3개의 병동으로 운영되고 있다. 이곳에서 치료를 받은 환자들은 지속적인 치료를 요하는 경우가 아니면 회복 후 집이나 거리로 되돌려 보내진다.

그린비

JESUS I LOVE YOU

세번째 쓰는 서문

인생은 아무도 모른다고들 하죠. 사람의 내일 일은 아무도 모른다고도 하고요. 인생의 이야기를 담고 있는 탓인 모양입니다. 책의 내일 일도 정말 모를 일입니다. 세상엔 이렇게 세 편의 서문을 앞에 달고 나오는 책도 있습니다.

캘커타 마더 테레사의 집에서 함께 울고 웃었던 친구들의 이야기가 책으로 나온 것이 어느새 8년 전의 일입니다. 그 친구들을 만난 것도 10년을 훌쩍 넘겨버렸습니다. 두 출판쟁이 친구에게 이야기를 나눠주어 두 권의 책이 나왔습니다. 불행히 한 출판사가 문을 닫았고, 그래서 한 출판사가 두 책을 다 내게 되었습니다. 이제 그 두 권의 책이 하나로 합쳐지게 되었습니다. 8년의 세월은 그런 사건들이 벌어지기에 충분한 세월일까요.

문득 '시절인연'이라는 단어가 떠오릅니다. 세상 모든 것에는 피고 지는 때가 있습니다. 사람 사이의 인연도 그렇게 만나고 헤어지는 때가 있습니다. 이 책의 첫 번째 서문에서 언젠가 또 다른 친구들의 이야기를 하고 싶노라고 썼던 것이 기억납니다. 캘커타 친구들의 이야기 대신에 여기 이 땅에 사는 친구들의 이야기를 먼저 쓰게 되었습니다.

참 묘한 일이지요. 두 권의 책을 한 권으로 합치자는 제안이 들어왔을 때, 애초에 두 권의 책 중 한 권을 만들었던 출판쟁이 친구는 이 땅의 친구들의 이야기를 책으로 펴내려고 준비 중이었습니다. 절묘한 우연이었습니다. 그래서 처음처럼, 그러나 또 처음과는 다르게, "제 친구들하고 인사하실래요?"라는 제목 아래 두 권의 책이 세상에 나란히 나오게 되었습니다. 둘이 함께였다가, 잠시 혼자였다가, 다시 둘이 함께……

책이 인스턴트 식품처럼 짧은 유통기간을 갖게 된 세상에서 이렇게 오래 살아남아 준 이 책이 정말 고맙습니다. 물론 이 책에 실린 친구들과 기꺼이 친구가 되어준 독자들이 있었기에 가능한 일이었음을 잘 압니다. 정말로 고맙습니다. 이렇게 한 권으로 묶인 책은 또 얼마나 오래 살아남을 수 있을까요? 누가 알겠습니까. 세상에 미리 알 수 있는 일은 아무것도 없는 걸요. 세상은 불확실합니다. 이 불확실한 세상에서 그래도 비틀거리지 않고 살 수 있게 해주는 힘이 하나 있습니다. 친구들이 제 곁에 머물러 있어줄 것이라는 믿음입니다.

새로운 모습으로 태어난 이 책을 제 두 분의 어머니께 바치려 합니다.
캘커타에서 저를 다시 태어나게 하셨던 제 영혼의 어머니 마더 테레사께,
그리고 이제 하늘에서 저를 내려다보고 계실 제 육신의 어머니께,
이 책을 바칩니다.

— 2005년 12월, 조병준

다시 이 책을 읽어줄 친구들에게

시간은 참 야속하게 빨리도 흐릅니다. 어느새 거의 5년에 가까운 세월이 흘렀군요. 이 책들의 초판 서문을 쓴 그날로부터 말입니다. 1997년 9월 어느 날이었습니다. 제목이 같지만, 이야기가 다르고, 그래서 부제가 다르고, 출판사가 다른 두 권의 책을 위한 하나의 서문을 썼습니다.

시간은 언제나 그 흘러간 분량만큼의 이야기를 만들어냅니다. 이 책들을 통해 여러분에게 인사한 제 친구들 또한 5년여의 시간 동안 또 다른 이야기들을 만들어냈습니다. 어떤 친구들은 그 사이에 몇 번을 더 만날 수 있었고, 어떤 친구는 단 한 번도 다시 만나지 못했습니다. 물론 그 사이에 제 인생에도 이런저런 사건들이 있었고, 이야기들이 생겨났습니다.

사람에게 시간이 흐르듯 책에게도 시간은 흐릅니다. 시간은 언제나 변화를 만들어내지요. 친구처럼 나란히 서점에 놓여 있던 두 권의 책 중에 한 권이 언제부턴가 사라졌습니다. 도서출판 박가서장에서 펴냈던 『제 친구들하고 인사하실래요? ―나는 천사를 믿지 않지만』이 그렇게 서점에서 사라진 책이었습니다. 굳이 이런저런 속사정을 다 얘기할 필요는 없을 겝니다. 오랜 시간 동안 도서출판 그린비에서 펴낸 『제 친구들하고 인사하실래요? ―오후 4시의 평화』만이 외롭게 독자들을 만나고 있었습니다.

많은 분들이 편지로, 이메일로 제게 물었습니다. 박가서장에서 나온 친구들 이야기를 어떻게 하면 구할 수 있느냐고요. 참 고마운 일이었습니다. 어느새 책에 실린 제 친구들의 이야기가 꽤나 많은 사람들에게 알려져 있었던 것입니다. 그러던 어느 날 두 출판사의 친구들이 함께 모이게 되었습니다. 대화의 결론은 아주 단순했습니다. 책을 살려야 한다는 것이었습니다. 그래서 그린비에서 『나는 천사를 믿지 않지만』을 재출간하자는 결정이 내려졌습니다. 이제 두 권의 책이 한집살림을 하게 되었습니다. 뭐 친구들이란 게 원래 그렇지요. 힘들고 오갈 데 없을 때 찾아갈 수 있는 곳은 친구의 집이니까요. That's what friends are for! 친구 좋다는 게 뭐야! 하하하!

사람들이 가끔 묻습니다. "조병준씨는 무엇으로 사세요?" 저는 대답합니다. "좋은 사람들의 기억으로 살지요." 기억은 언제나 삶의 가장 소중한 양식입니다. 가족, 연인의 기억들도 물론 있지만 그것들은 물리적으로 그 수가 제한될 수밖에 없지요. 하지만 친구의 기억에는 그런 제한이 없습니다. 삶이 끝나는 날까지 무제한으로 허용될 수 있는 기억이 바로 친구의 기억이라고 저는 믿습니다. 이 두 권의 책에 실린 친구들의 기억은 특히나 제게 소중합니다. 저로 하여금 생이 끝나는 날까지 계속 새로운 기억들이 쌓일 것임을 믿게 해준 바로 그 친구들의 기억이니까요. 참 고맙습니다. 다시 이 책을 펼쳐주신 여러분들도 참 고맙습니다. 제 친구들의 기억을 영원히 살아 있게 만들어주셨으니까요……

— 2002년 7월 어느 날. 조병준

이 책을 읽어줄 친구들에게

참 고맙습니다. 세상을 살면서 고마운 사람들을 많이 만납니다. 어떤 사람은 제게 밥과 술을 사주시기도 하고, 심지어 어떤 사람들은 여행할 때 쓰라고 돈을 주시기도 합니다. 고마운 일들을 꼽으려면 한도 끝도 없지만, 제가 특별한 고마움을 느끼는 때가 따로 있습니다. 바로 제 이야기를 들어주는 사람을 만날 때입니다. 제 안에는 제가 생각해도 참 많은 이야기들이 있습니다. 타고난 것인지 아니면 나중에 어쩌다 그렇게 된 것인지는 저도 모릅니다만, 하여간 저는 사람 만나기를 참 좋아합니다. 사람 만나기를 좋아하다 보니, 사람을 만나기 위해 이리저리 세상 떠돌기를 또한 좋아합니다.

그렇게 세상을 떠돌면서 만난 친구들의 이야기입니다. 언제 다시 만나게 될지 모르는 친구들의 이야기입니다. 어쩌면 세상을 떠날 때까지 다시 만나지 못할지도 모르는 친구들의 이야기입니다. 가끔씩 운명 또는 인연의 도움으로 다시 만나기도 하는 친구들의 이야기입니다. 제 의지와 상관 없이, 운명의 힘으로 아니면 인연의 힘으로 잠시 만났다가 헤어진 친구들의 이야기입니다. 언제나 보고 싶고, 언제나 제 마음 한 모퉁이에서 저를 기다리고 있는 친구들의 이야기입니다.

어떤 친구의 이야기를 먼저 해야 할지 고민이 많았습니다. 많은 친구들의 이야기는 끝내 이 책 안에 들어가지 못했습니다. 사실 이 책에 실린 친구보다는 실리지 못한 친구들이 훨씬 많습니다. 글쎄요, 언젠가 또 기회가 있겠지요. 어쩌면 없을 수도 있구요. 세상 사람 모두를 만날 수 없듯이 모든 이야기를 다 할 수도 없는 법이니까요. 그냥 착한 사람들의 이야기입니다. 그다지 특별하달 것도 없는 보통 사람들의 이야기입니다.

친구들의 이야기를 『페이퍼』에 연재하고 있었을 때, 『페이퍼』의 편집인이신 원이 형님이 제게 가끔 핀잔을 주곤 했습니다. "친구들 이야기 하겠다더니 어떻게 자기 이야기가 더 많아?" "친구들 칭찬하는 것 같은데 가만히 보면 자기 자랑이 더 많은 거 아냐?" 원이 형님 말이 하나도 틀리지 않고 다 맞습니다. 친구들의 이야기는 또 제 이야기이기도 합니다. 제 인생과 친구의 인생이 만난 그때, 그곳의 이야기이기 때문입니다. 그들로 인해 제 인생이 바뀌게 된 바로 그때, 그곳의 이야기이기 때문입니다.

제 자랑이 더 많은 이유도 있느냐구요? 물론이죠. 그 친구들 때문에 얼마든지 자랑스러워해도 좋은 제가 세상에 모습을 드러낼 수 있었다는 것이지요. 제 안에 상당히 많은 제가 있습니다. 무척이나 못돼먹었고 게으르기 그지없는 저도 물론 있습니다. 그 와중에서 유독 아주 착하고 아주 부지런한 저를 골라서 끄집어 낸 친구들이 있다는 얘깁니다. 스스로 생각해도 참 밉고 꼴보기 싫은 저 대신에 예쁘고 착한 저를 제게 소개시켜 준 친구들이 있습니다. 저로 하여금 제 자신과 친구가 되게 도와 준 친구들입니다. 그 친구들의 얘기를 하다 보니 어쩔 수 없이 제 자랑을 할 수밖에 없었습니다. 그 친구들이 제게 준 가장 큰 선물이 바로 그것이었으니까요.

책을 두 군데 출판사에서 함께 엮기로 했습니다. 이야기를 원하는 출판사가 두 곳이었고, 두 출판사가 다 제 친구들이 일하는 출판사였습니다. 어차피 친구들 이야기니 두 출판사끼리 또 친구가 되어도 괜찮을 것 같았습니다. 그래서 사이좋게 아홉 편씩 친구들의 이야기를 나눠 주었습니다. 좋죠? 그래요, 친구는 애인과 다르죠. 내 애인이 내 친구의 애인이 될 수는 없지만, 내 친구는 얼마든지 내 친구의 친구가 될 수 있잖습니까?

책의 인세로 12%를 요구했습니다. 너무나 당당하게 요구했지요. 조금 무리한 요구라는 것, 잘 알고 있었습니다. 제 설명을 들은 두 출판사에서 다 흔쾌하게 제 무리한 요구를 들어주었습니다. 이 책의 인세 12%는 여섯으로 나누어질 겁니다. 한 책마다 인세의 2%씩은 우선 캘커타에 있는 〈마더 테레사의 집〉으로 보내질 겁니다. 두번째 2%씩은 인천과 안산에 있는 〈마더 테레사의 집〉으로 보내질 것이구요. 세번째 2%씩은 우리나라에 와서 고생하는 외국인 노동자들을 위한 단체를 위해 쓰이게 될 겁니다. 네번째 2%씩은 배고픈 북한 동포들을 위해 쓰였으면 합니다. 다섯번째 2%씩은 고아원과 불우 청소년을 돕는 데 쓰고 싶구요. 그리고, 마지막 여섯번째 2%씩은 제가 챙기렵니다. 친구들 이야기로 돈 벌고 싶은 마음은 털끝만큼도 없지만요, 그래도 어쩝니까? 저도 먹고살기는 해야거든요. 사실은 그 돈 모아서 또 친구들 만나러 갈 비행기표도 사고 싶구요. 이해해주시리라 믿습니다.

고맙습니다. 주절주절 제 이야기를 들어주셔서요. 또 고마운 일은, 이 책을 사주심으로써 작은 도움이나마 필요한 사람들에게 보낼 수 있게 되었다는 것이지요. 기왕에 좋은 일을 할 거, 한꺼번에 몰아서 한 곳으로 보내는 게 좋지 않겠느냐는 의견도 있었습니다. 옳은 의견이라는 것, 알고 있었지만 따르지 않았습니다. 문제는 돈이 크고 작음이 아니라는 것 또한 잘 알고 있었기 때문입니다. 액수가 작으면 어떻습니까? 저는 "작아야 만날 수 있다"고 하신 어느 건축가 선생님의 말씀을 철석같이 믿고 있습니다.

짧게 쓰겠다고 굳게 다짐했건만, 또 이렇게 서론이 길어지고 말았네요. 죄송합니다. 조금만 더 주절거리고 끝내겠습니다. 이 책은 순전히 친구들 덕분에 쓸 수 있었던 책입니다. 친구들에게 어떻게 제 고마움을 전할 수 있을지 모르겠습니다. 책에 이야기가 실렸건, 그렇지 못했건, 세상 구석구석에 살고 있는 제 친구들에게 다시 한 번 고맙다는 얘기를 해야겠습니다.

고맙습니다. 제 친구들과 또 친구가 되어주셔서요. 친구들이 손을 잡으면 뭔가 좋은 일을 세상에 할 수 있답니다. 이 책을 사주심으로써 벌써 좋은 일 한 가지를 시작하신 셈이구요. 여러분도 좋은 친구들을 많이 만나시기 바랍니다. 세상은 험하지만 그래도 가만히 보면 좋은 사람들도 참 많거든요. 좋은 친구들을 많이 만나셔서 "아, 세상은 참 살 만한 곳이로구나" 하고 또 다른 친구들에게 이야기하실 수 있기를 바랍니다. 인연이 닿으면 그 친구들 이야기, 저한테도 들려주시구요. 고맙습니다. 고맙습니다라는 말이 너무 많다구요? 어떡합니까? 고마운 건 고마운 건데…….

— 1997년 9월 어느 날, 조병준

C o n t e n t s

May I Introduce My Friends?

제 친구들하고 인사하실래요?

모흑 나시의 천사들

마더 테레사

우리들의 어머니

Mother Teresa

마 더 테 레 사 와 의 가 상 인 터 뷰

Mother가 우리말로 어머니라는 것을 모르는 사람은 적어도 이 글을 읽는 사람 중에는 없으리라 믿습니다. 그러나 그 단어가 '원장수녀'를 뜻하기도 한다는 걸 아는 사람은 얼마나 될까요? 가톨릭 남성사제를 가리키는 말 Father는 물론 우리말로 신부(神父)입니다. 그렇다면 Mother는 신모(神母)로 번역되는 게 온당할 듯 싶은데, 안타깝게도 그런 말은 가톨릭에 없습니다. 우리말로는 오로지 '원장수녀'입니다. Father와 Mother, 신부와 원장수녀. 우리말 원장수녀에서 영어 Mother의 느낌이 전해지십니까?

마더 테레사는 그래서 우리말로 번역되지 못합니다. 영어 그대로 마더 테레사라고 불러야 합니다. 우리나라 매체에서 흔히 부르듯이 '테레사 수녀'라 할 수도 있겠지만, 제게 그 호칭은 왠지 불경스럽습니다. 꼭 제가 제 어머니를 '안 씨'라고 부르는 것 같습니다. 마더. 내 영혼의 어머니, 가난 때문에 배고프고 아픈 이들의 어머니, 영혼이 외로워 아픈 이들의 어머니. 저는 지금 마더 테레사를 만나러 갑니다.

어디로 가야 할까요? 살아 있는 제가 천국으로 갈 수도 없는 일이고, 땟국물이 줄줄 흐르는 타락한 영혼인 주제에 꿈속에서 그분을 만나겠다고 건방 떨 수도 없는 일이고, 어떻게 하면 그분을 만날 수 있을까요? 자, 별 수 있나요. 제가 이용할 수 있는 티켓은 기억입니다. 아주 오래 전에 샀던 티켓이지만, 기억이라는 이름의 비행기표가 좋은 건 유효기간이 없다는 점입니다. 저는 캘커타(힌두 민족주의 정권은 영국 식민지 시절의 영어식 도시 이름을 인도식으로 바꿨습니다. 봄베이가 뭄바이로, 마드라스가 체나이로, 캘커타는 콜카타로. 저는 그냥 제게 익숙한 캘커타로 쓰려 합니다. 마더 테레사의 생전에 캘커타였기도 합니다)로 날아갑니다.

캘커타 AJC 보스 로드, 54/A. 〈사랑의 선교회(Missionaries of Charity)〉 본부수도원, 또는 흔히 부르는 대로 '마더 하우스', 곧 어머니의 집으로! 이제 제가 할 일은 무뎌진 저의 상상력을 다독이는 것뿐입니다.

언제나처럼 수도원 2층의 경당(예배당) 앞 복도에서 그분을 만납니다. 언제나 그랬듯이 저는 그분 앞에 다가가 고개를 숙입니다. 마더 테레사는 오른손을 들어 저의 머리에 얹고 말씀하십니다. "God Bless You. 하느님의 축복을 빕니다."

미스 인도 출신 미스 유니버스와 나환자 여인

고맙습니다. 마더. 오래 전에 마더를 매일 아침 저녁으로 뵌 적이 있습니다. 물론 기억하지 못하시겠지만요.
"그랬군요. 너무나 많은 사람들이 저를 찾아왔기 때문에 그 모든 사람을 일일이 기억하진 못한답니다. 저와 개인적으로 만나고 싶었다면 그럴 수도 있었을 텐데, 그런 적은 없었던가 보네요."

네, 굳이 마더와 따로 만나야 할 필요를 느끼지 않았거든요. 그저 아침 미사 때 경당 뒷자리에 앉아 계시는 마더를 보는 것만으로 충분했습니다. 특별히 가깝던 환자가 세상을 떠난다든가 해서 몸과 마음이 다 힘들었을 때도, 마더께서 손을 제 머리에 얹어주시는 순간 알 수 없는 에너지가 제 안에 돌아오는 걸 느꼈답니다.
"그건 제가 한 일이 아닙니다. 저를 통해서 예수님께서 하신 일이지요. 저와 우리 수녀님들, 그리고 자원봉사자 형제자매님들이 하는 일 모두가 다 예수님의 일을 대신한 것일 뿐이고요."

마더께선 시간이 허락하는 한 찾아오는 모든 사람들을 만나셨던 걸로 압니다. 그것 때문에 뒤에서 수근대는 사람들도 있었다고 하더군요.

"언젠가 미스 인도가 미스 유니버스에 당선된 적이 있었죠. 저는 그게 뭔지도 잘 몰랐지만, 아무튼 그 아름다운 아가씨가 저를 만나고 싶다고 캘커타로 왔어요. 나중에 주변 사람들에게 들으니 그 일을 두고 말들이 많았다고 하더군요. 제겐 미스 인도나 손가락 발가락 없는 나환자 여인이 다르지 않은데 말입니다. 저를 만나고 싶어하는 사람에게 문을 닫아걸어야 할 이유가 어디 있습니까?"

고 다이애나 황태자비를 비롯해 상류사회 사람들이나 정치가들과 친분을 맺으신 것에 대해서도 비판적인 보도들이 꽤 나왔던 걸 알고 계시는지요? 한국의 자칭 진보적이라는 언론매체에서도 '마더 테레사는 가난한 자들이 아니라 부자들의 친구였다'는 내용의 글을 쓴 적이 있었습니다.

"저희 수녀들은 텔레비전도 컴퓨터도 없어서 그런 건 잘 모릅니다. (웃음) 저는 가난한 사람들뿐만 아니라 모든 사람들에게 친구이고 싶었을 뿐입니다. 육신의 가난보다 더 고통스러운 것은 바로 영혼의 가난입니다. 제가 그들에게 친구가 되어 그들의 외로움을 조금이라도 덜어줄 수 있다면, 그건 좋은 일이지요. 그리고 세상의 배고픈 사람들에게 먹일 쌀과 약을 구하기 위해서는 많이 가진 사람들의 도움이 필요하고요. 가난한 자든 부자든 하느님 앞에서는 다 똑같은 자식들일 뿐입니다."

가난한 사람들 중에서도 가장 가난한 사람들에게로 가는 길

마더를 부를 때 저만 그런 건지 모르지만, 우선 어머니가 떠오릅니다. 배고픈 사람, 병든 사람에게 밥과 약을 주어 살려내는 어머니 말이죠. 마더께서는 살아 계실 때 주위 사람들에게 어머님에 대한 이야기를 자주 하셨다고 들었습니다. 어린 시절 이야기를 조금 들려주실 수 있을런지요.

"제 고향은 지금의 마케도니아(옛 유고슬라비아의 일부)의 스코페라는 작은 도시였습니다. 그 당시엔 알바니아 땅이었지요. 수녀가 되기 전의 이름은 아그네스 곤자였어요. 꽃봉오리라는 뜻이었답니다. 1910년에 태어났지요. 아버지는 큰 사업을 하셨고, 그 덕분에 어린 시절 저의 집안은 아무 부족함이 없었어요. 고향 생각을 하다 보면 어머니가 떠오릅니다. 어느 날, 어머니께서 저와 언니, 오빠를 부르셨어요. 어머니의 손에는 커다란 바구니가 들려 있었죠. 어머니가 저희를 데리고 간 곳은, 아픈 남편 때문에 돈도 없고 먹을 것도 없이 어린 아이들과 힘들게 살고 있는 이웃 아주머니의 집이었어요. 어머니가 들고 있던 바구니엔 빵이며 소시지 같은 음식들이 담겨 있었지요.

항상 기도하시던 어머니, 항상 이웃의 어려운 사람들을 돌보려고 애쓰시던 어머니, 아버지가 갑자기 돌아가셨을 때도 꿋꿋하게 일을 하며 자식들을 키웠던 어머니…… 그런 어머니를 보면서 저도 언젠가 그렇게 가난하고 어려운 사람들을 돌보며 살겠다는 마음을 먹게 되었던 겁니다. 어머니는 제 삶의 모범이셨죠. 그리고 그 꿈을 이루는 제일 좋은 방법은 수녀가 되는 것이었습니다. 혼자서 수녀의 꿈을 키우다가 어느 날 가족들에게 제 결심을 얘기했죠. 수녀가 되어서 선교사로 인도에 가고 싶다고요. 물론 가족들은 충격이 컸겠지요. 왜 하필이면 그 먼 인도에 가려 하느냐고 물었을 때, 전 이렇게 대답했습니다. '그곳엔 세상에서 가장 가난한 사람들이 살고 있다고 들었어요. 어머니는 항상 저희들에게 말씀하셨잖아요. 가

난한 사람들을 잊지 말라고요…….'

수녀가 되기 위해 고향을 떠나던 날, 어머니와 언니는 기차역으로 절 배웅하러 나왔어요. 그때 제 나이 열여덟 살이었지요. 어머니도, 언니도, 저도 참 많이 울었답니다. 점점 멀어지는 어머니와 언니의 모습을 보면서 속으로 말했어요. '안녕, 어머니, 안녕, 언니. 다시 만날 때까지 건강하셔야 해요.' 하지만 그때 저도, 어머니도 몰랐죠. 저와 어머니가 다시는 만나지 못하게 되리라는 것을 말입니다."

처음 캘커타에 오셨을 때부터 바로 가난한 이들을 돌보는 일을 시작하셨던 건가요?

"그건 아니었습니다. 아일랜드에서 수련을 받은 뒤 처음 캘커타에 도착했을 때 저는 로레토 수녀회의 수녀였습니다. 제가 처음 했던 일은, 로레토 수녀회가 캘커타에 세운 여학교에서 학생들을 가르치는 일이었습니다. 온실 속의 삶이었지요. 학교의 담장 안에서는 캘커타 거리에서 어떤 일이 벌어지고 있는지 알지 못했으니까요. 어느 날 수녀원 밖으로 나왔다가 보게 된 광경을 저는 지금도 잊을 수가 없습니다. 먹을 것이 없어 굶주리는 사람들, 온몸에 상처를 입고 죽어가는 사람들, 부모로부터 버려진 아이들……. 그 당시 캘커타는 전쟁과 기아의 한복판에 있었습니다. 약 2백만 명이나 되는 사람들이 굶어죽었다는 이야기도 있으니, 그 참상은 말로 표현할 수가 없었지요. 그 광경을 보면서 안락한 수녀원에서 살아가는 자신을 되돌아볼 수밖에 없었습니다. 제가 왜 수녀가 되었는지를 다시 생각하게 되었지요.

그로부터 얼마 뒤 휴가를 받아 다질링이라는 곳으로 기차를 타고 가게 되었습니다. 기차 안에서도 계속 그날의 무서운 광경이 떠올랐어요. 그런데 어느 순간, 갑자기 제 귀에 어디선가 목소리가 들려왔어요. 테레사 수녀여, 가난한 사람들 중에서도 가장 가난한 사람들 속으로 가거라. 가서 그들과 함께 살아라…….. 깜짝 놀라 사방을 둘러봤죠. 하지만 그 목소리는 기차 안에 있던 사람의 목소리가 아니었어요. 그리고 잠시 후 저는 그 목소리가 하느님께서 절 부르는 목소리라는 걸 깨달았습니다. 캘커타로 돌아온 저는 그 목소리가 들려준 길을 따라가기로 결심했습니다. 하지만 그건 쉬운 일이 아니었어요. 수녀로서 수도원을 떠나 빈민가로 혼자 들어가는 건 있을 수 없는 일이었거든요. 교회의 허락이 내려올 때까지 1년도 넘는 시간을 기다려야 했지요. 마침내 캘커타의 대주교로부터 허락을 받고 캘커타의 빈민가로 들어갈 수 있었습니다. 하지만 정들었던 로레토 수녀회의 수녀복은 더 이상 입을 수가 없었어요. 수녀의 신분은 지킬 수 있었지만, 더 이상은 로레토 수녀회의 수녀는 아니었으니까요. 값싼 면으로 된 사리(인도의 여자들이 입는 옷)와 머릿수건을 시장에서 샀지요. 가장자리에 파란 줄이 세 개 찍힌 사리였어요. 그 사리가 훗날 우리 〈사랑의 선교회〉의 수녀복이 되었답니다."

연약한 수녀의 몸으로 혼자 죽음과 질병으로 가득 찬 빈민가로 들어가는 데는 엄청난 용기가 필요하지 않았을까요?
"아니요, 제겐 믿음이 있었습니다. 가난한 사람들과 함께 살려고 가는 그 길은 바로 하느님께서 가라고 시킨 길이었습니다.

하느님이 절 도와주실 것을 저는 조금도 의심치 않았습니다. 그런데 한 발, 두 발, 그렇게 빈민가를 향해 가다가 저도 모르게 뒤를 돌아보게 되더군요. 정든 수도원이 보였어요. 왜 그렇게 눈물이 나던지……."

처음엔 어려움이 많으셨겠지요?
"어려웠는지 잘 모르겠네요. (웃음) 무엇보다 빈민가 사람들의 의심의 눈길이 가장 힘들었지요. 제가 빈민가로 들어가서 제일 먼저 한 일은 아이들을 위한 길거리 학교였습니다. 책걸상도 없고 칠판도 없는 학교였지요. 아이들은 맨땅에 앉아서 쓰기와 읽기를 배웠어요. 땅바닥에 막대기로 글씨를 쓴 거죠. 처음엔 빈민가의 사람들은 절 반기지 않았습니다. 젊은 백인 여자가 무슨 꿍꿍이속으로 가난한 사람들 사는 동네로 온 걸까 하고 의심했던 것이지요. 하지만 전 묵묵히 아이들을 가르쳤고, 아픈 사람이 생기면 약상자를 들고 찾아가 밤을 새워 간호를 했어요.
제 이야기가 사람들 사이에 조금씩 퍼져나갔던 모양이에요. 하나둘 제게 도움의 손길이 찾아왔습니다. 어떤 사람은 자기 집의 빈 방을 빌려주었고, 어떤 사람은 약품을 무료로 보내주었어요. 그러던 어느 날, 정말 반가운 손님이 절 찾아왔어요. 수바시니 다스, 제가 로레토 여학교에서 가르쳤던 제자였지요. 인도의 부유한 상류층의 딸이었지만, 수바시니는 가난한 사람들과 함께 일하는 선생님을 돕겠다며 찾아온 것이었어요. 소식을 들은 제자들이 하나씩 저를 찾아왔어요.
아이들을 가르치고, 병든 사람들을 치료하고, 주위의 부유한 사람들로부터 음식을 얻어다 굶주린 사람들에게 나눠주고, 저희의 일은 끝이 없었어요. 새벽부터 밤 늦게까지 뛰어다니며 일하다 쓰러지기도 했지요. 그러던 중 저 가난한 사람들과 정말로 하나가 되기 위해서는 제가 인도인이 되어야 한다는 생각이 들더군요. 그래서 국적을 인도로 바꾸었지요. 제 작은 노력을 가상히 여기신 교황님께서 마침내 저와 제자들이 새로운 수녀회를 시작해도 된다고 허락을 내려주셨습니다. 〈사랑의 선교회〉가 시작된 것이지요. 1950년 10월 7일의 일이었어요."

마더께선 그 수녀회가 오늘처럼 전세계로 널리 퍼져서 수많은 사람의 목숨을 구하고 돌보는 커다란 수녀회가 될 거라고 생각하셨습니까?

"아니요. 저는 그저 눈에 보이는 대로 한 사람씩 씻기고 먹이고 약을 먹여 살려내는 것만 생각했습니다. 살릴 수 없다면 최소한 인간답게 죽을 수 있게라도 하자, 쓰러져 죽어가는 저 한 사람 한 사람이 다 예수님인데, 예수님을 또 다시 그렇게 짐승처럼 돌아가시게 할 수는 없다, 그렇게 생각했습니다. 형제님은 혹시 〈니르말 흐리다이〉에서 일을 해보셨나요?"

네, 한국 사람들은 그 집을 흔히 〈칼리가트〉, 〈죽음을 기다리는 집〉 또는 〈영생의 집〉이라고 부릅니다. 저도 캘커타에 머무는 동안 오후엔 그곳에서 일을 했습니다.

"〈니르말 흐리다이〉의 뜻이 '순결한 마음(Nirmal Hriday)'이라는 건 물론 알고 계시겠군요. 그곳에는 남녀 합쳐서 100명쯤의 환자들이 머물고 있습니다. 다른 집들에 비해 작은 편이지요. 하지만 그 집은 제가 '죽어가는 가난한 사람들'을 위해서 처음으로 만든 집이었답니다.

어느 날 평소 때처럼 길거리에 나가 사람들을 돌보고 있었어요. 그런데 어떤 늙은 할머니가 시궁창에 빠져 있는 걸 보게 되었죠. 할머니는 온몸이 상처투성이었어요. 시궁창의 쥐들이 할머니를 물어뜯었던 거죠.

전 무조건 할머니를 부축해서 가까운 병원으로 달려갔어요. 그런데 병원에선 그 할머니를 그냥 돌려보내려고 하는 겁니다. 돈도 없는 환자를 받아줄 수 없다는 거였지요. 의사랑 막

싸웠냐고요? 아니요. 전 그냥 할머니 옆에 아무 말 없이 서 있기만 했습니다. 아무리 나가라고 해도 꼼짝도 하지 않았습니다. 가엾은 할머니는 병원에서 치료를 받을 수 있었습니다.

캘커타에는 그런 할머니 같은 사람이 너무나 많았습니다. 그런 모습을 볼 때마다 너무나 괴로웠습니다. 어떻게 하느님의 아들딸인 사람이 길거리에서 짐승처럼 죽어가게 내버려 둘 수 있는가? 그 생각이 머리를 떠나지 않았습니다. 고심 끝에 무작정 캘커타 시청으로 찾아갔지요. 사람은 짐승이 아닙니다. 저 죽어가는 사람들이 사람답게 죽을 수 있도록 마지막 순간을 보낼 수 있는 장소를 마련해주세요. 부탁입니다…… 또 한 번 하느님은 제 믿음에 답해주셨습니다. 캘커타 시청에서 집을 마련해 주었습니다. 그런데 그 집에는 사실 문제가 좀 있었어요. 비어 있는 집이긴 했지만 원래 그 집은 힌두교의 칼리 여신을 위한 사원에 딸린 순례자 숙소였거든요. 당연히 힌두교 신자들의 반발이 있었지요. 더구나 힌두교 신자들의 눈에는 저와 수녀들이 가난한 사람들을 돕는다는 핑계로 가톨릭으로 개종시키려는 걸로 보였던 모양입니다.

한번은 어느 힌두교 승려가 수녀들을 경찰에 고발했어요. 경찰들이 들이닥쳤지만, 그들이 본 건 가톨릭의 종교행사가 아니라 그저 죽어가는 사람들의 더러운 몸을 깨끗이 씻어주고, 똥오줌을 받아내고, 밥을 먹이고, 상처를 치료해주고, 세상을 떠날 때까지 돌보는 수녀들의 모습이었지요.그 경찰서장은 나중에 힌두교 승려들에게 이렇게 말했다더군요. '수녀들을 쫓아내고 싶거든, 당신들의 어머니와 자매와 딸들에게 그 수녀들을 대신해서 죽어가는 사람들을 돌보라고 하시오. 그런다면 내가 수녀들을 쫓아내겠소.'

저희는 어떤 환자도 억지로 가톨릭 신자로 만들려 하지 않았습니다. 힌두교 신자든, 이슬람교 신자든, 환자들은 모두 자기의 종교를 지킬 수 있습니다. 죽은 다음에도 그 사람의 종교에 따라 장례를 치러줍니다. 누가 어떤 종교를 믿는가 하는 건 중요하지 않습니다. 좋은 기독교인이 되고, 좋은 힌두교도가 되고, 좋은 이슬람교도가 되면 그걸로 충분합니다. 어차피 하느님은 그 모든 사람을 다 품어 안으시니까요."

손으로 나누는 사랑

제가 〈니르말 흐리다이〉에서 일할 때 한국인 관광객들이 찾아온 적이 있습니다. 잠시 그분들을 안내했는데, 한 분께서 왜 마더 테레사의 집에는 세탁기가 없느냐, 세탁기를 비롯해 노동력을 절약해 주는 기계들이 있다면 환자들에게 좀더 많이 신경을 쓸 수 있지 않느냐 하는 이야기를 했습니다. 마더께선 왜 캘커타의 집들에 세탁기를 허락지 않으셨나요?

"우리가 스스로 가난하게 살지 않으면서 어떻게 가난한 사람들을 참으로 이해할 수 있겠습니까? 우리가 돌보는 가난한 사람들이 만약 음식에 대해 불평한다면, 우리는 그들에게 우리 수녀들도 똑같은 음식을 먹는다고 말할 수 있어야 합니다. 가진 것이 많을수록 줄 수 있는 것은 적어지는 법입니다. 저희 수녀들은 두 벌의 수도복과 한 켤레의 신발 말고는 그 어떤 물건도 개인 소유로 하지 않습니다. 옷과 신발도 갖기 위한 것이 아니라 쓰기 위한 것입니다. 대부분의 사람들이 세탁기를 사용하는 곳이라면 우리 수녀들도 세탁기를 사용할 수 있겠지요. 하지만 인도에서 세탁기는 아직 사치스러운 물건입니다. 세탁기를 살 돈이면 더 많은 사람들에게 먹일 쌀과 약을 살 수 있습니다. 그리고 그것보다 더 중요한 건, 사랑은 물질로 하는 것이 아니라

내 몸과 마음과 영혼으로 해야 한다는 점입니다. 손으로 빨래를 해서 입히는 것과 세탁기에 넣어놓고 잊어버리는 것이 과연 같은 사랑이 될 수 있을까요?"

마더께선 모든 사람을 돌보려 하셨지만, 그중에서도 특히 버려진 아이들에 대해 가슴아파 하시고 한 아이라도 구하려 애쓰셨다고 들었습니다.

"아이들은 정말 소중한 하느님의 자식들입니다. 죄 없는 아이들이 길거리에 버려진 채 사랑받지 못하고 살아야 한다는 건, 정말 견딜 수 없는 불행입니다. 지금도 그런데 50여 년 전, 캘커타가 끔찍한 가난과 혼란에 싸여 있을 때는 어땠을지 더 말할 필요가 없겠지요. 너무나 많은 아이들이 거리에 버려져 있었습니다. 그렇게 버려져 죽어가는 아이들을 거두어 돌보는 집을 세워야 한다고 결심했지요. 〈니르말 흐리다이〉를 연 지 3년 만에 첫번째 〈시쉬바반〉, 아이들의 집이 문을 열었습니다. 지금까지 정말 많은 어린 아기들이 우리의 보살핌 덕분에 목숨을 구했고, 양부모를 만나 가족 안에서 자랄 수 있었습니다. 심한 영양실조나 병에 걸려 오래 살지 못하고 세상을 떠나는 아기들도 많았습니다. 하지만 단 한 시간을 〈시쉬바반〉에 머물다 죽을지라도 그 아기들은 적어도 누군가의 품에 안겨 있을 수 있었습니다. 한번은 어느 젊은 서양인 부부가 직접 캘커타로 찾아와 아이를 입양하고 싶다고 하더군요. 그때 저는 그 부부에게 이렇게 말했습니다. '당신들은 아직 젊습니다. 먼저 두 분의 아이를 낳으세요. 그리고 그 아이를 잘 키운 다음, 다른 아이도 사랑으로 키울 수 있다는 자신을 갖게 되면, 그때 제게 다시 오십시오. 그러면 저의 아이들 중 한 아이를 당신들의 두번째 또는 세번째 아이로 보내겠습니다.'"

셀 수 없는 병들고 가난한 이들이 마더의 보살핌을 받았습니다. 그 수많은 사람들 중에서 특히 마더의 기억 속에 남는 분들도 당연히 있겠지요.

"언젠가 캘커타 거리를 걸어가고 있을 때, 한 사람이 다가왔습니다. 그 사람은 한눈에 보기에도 거지임을 알아볼 수 있었죠. 그런데 그 사람은 제게 무엇인가를 내

미는 것이었습니다. 그건 몇 개의 동전이었어요. 모두 합쳐서 29파이사(지금 환율로 100원 남짓)이었지요. 하루 종일 구걸을 해서 모은 돈을 제게 준 겁니다. 저는 그 사람의 얼굴이 기쁨으로 빛나는 것을 보았습니다. 그렇게 환한 웃음을 저는 본 적이 없었습니다. 그것은 그 사람이 가진 전부였고, 값어치를 따질 수 없는 너무나 큰 사랑이었습니다.

미국의 어느 초등학생은 편지와 함께 3달러를 보내기도 했습니다. 그 어린이 역시 자기가 가진 전부를 가난한 사람들에게 바친 것이었지요. 전세계의 수많은 사람들이 그렇게 자신들의 마음을 담아 기부금을 보냈습니다. 그리고 돈이 아니라 자기의 시간과 땀을 바치려고 캘커타로 찾아오는 수많은 자원봉사자들이 있었습니다. 그 모든 사람들의 사랑이 하나로 합쳐졌기 때문에 우리가 지금처럼 전세계 곳곳에서 가난한 이들을 위한 사랑의 일을 계속할 수 있었던 것입니다."

캘커타라는 이름의 학교

마더를 이야기하자면 아무래도 노벨 평화상을 이야기하지 않을 수가 없습니다. 그 이야기를 조금 듣고 싶습니다.

"노벨상 위원회에서 제가 1979년의 노벨 평화상 수상자로 결정되었다는 소식을 알려주었을 때, 저는 '가난한 사람들의 이름으로라면 그 상을 받아들이겠습니다'라고 대답했습니다. 노르웨이로 가서 상을 받았지요. 이야기를 들으니 원래 시상식이

끝나면 성대한 연회가 벌어진다고 하더군요. 저는 그 연회를 열지 말아달라고, 대신에 그 돈을 가난한 사람들을 위해 쓰게 해 달라고 부탁했습니다. 그 소식을 들은 전세계의 수많은 사람들이 앞다투어 기부금을 보냈답니다. 노벨상 상금의 1/3쯤 되는 돈이 모였다고 하더군요. 노벨상 상금과 그 기부금은 물론 모두 가난한 사람들을 위해 쓰였습니다. 제게 상은 중요하지 않았습니다. 그 일이 계기가 되어 사람들이 가난한 이웃들에 대해 관심을 갖게 되고 무엇인가 행동을 시작하게 된다면, 그건 좋은 일이라고 생각했을 뿐입니다."

캘커타에서 마더께서는 자원봉사자들과 가끔 대화를 나누셨습니다. 언젠가 수도원 마당에서 저희들이 빙 둘러앉은 가운데서 마더께서 하셨던 말씀이 기억납니다. '저는 캘커타가 여러분에게 학교와 같은 곳이기를 바랍니다. 여러분이 고향으로 돌아가면 캘커타에서 했던 일을 고향에서도 똑같이 해주기를 바랍니다. 우리가 하는 일은 넓은 바다의 물 한 방울에 지나지 않습니다. 하지만 우리가 그 일을 하지 않으면 바닷물은 그 한 방울만큼 모자랄 것입니다' 라는 말씀이셨지요.

"한국뿐만 아니라 잘 사는 선진국 어디에도 가난한 사람들이 있습니다. 그들은 상대적 박탈감 때문에 오히려 인도의 가난한 사람들보다 더 뼈저리게 가난을 느낄지도 모릅니다. 물질적 가난만이 문제가 아니지요. 저는 이른바 잘 사는 선진국의 사람들을 만나면서 그들이 인도의 빈민들보다 더 심각한 가난, 곧 영혼의 가난으로 고통받고 있다는 것을 느꼈습니다. 너무나 많은 사람들이 타인의 사랑을 받지 못하고 외롭게 살고 있다는 것은 정말 가슴 아픈 일입니다. 저는 캘커타로 많은 청년들이 찾아오는 것이 너무나 고맙고 행복합니다. 그들이 이곳에서 진정한 사랑을 배우고 돌아가면 고향을 좀더 나은 곳으로 만들 수 있을 거라고 믿습니다. 물론 쉽지 않은 일이겠지요."

마더를 흔히들 '사랑의 어머니'라고 부릅니다. 그런데 언젠가 어느 수녀님께서 제게 말씀하시길, 마더도 때로는 아주 무섭게 구실 때가 있다고 했습니다. 미국 어느 도시의 수녀원 카펫 사건 같은 것 말이지요.

"하하. 그 이야기를 들으셨군요. 미국의 어느 대도시에 있던 집에서 생긴 일이었지요. 어느 날 부유한 기부자가 여러 가지 물건들을 기부했는데, 그 중에 아주 좋은 카펫이 있었답니다. 그 집의 원장수녀는 그 카펫이 아깝기도 하고, 예배당에 깔면 보기도 좋고 따뜻하기도 하겠다 싶어 그 카펫을 깔았던 것이죠. 제가 그 집을 방문했을 때 카펫을 보고 저는 수녀들에게 지시했습니다. 당장 저 카펫을 걷으세요! 창밖으로 던져 버리세요! 세상에는 담요 한 장도 없이 차가운 길바닥에서 자야 하는 사람들이 얼마나 많은데 수녀들이 카펫을 쓸 생각을 합니까! 차라리 그걸 팔아서 음식을 사서 배고픈 사람들에게 나눠줄 생각을 했어야죠! 그렇게 야단을 쳤습니다. 다른 사람을 돕는 건 우리에게 필요한 걸 다 채운 다음 남는 걸로 돕는 게 아닙니다. 내게 필요한 것조차 다른 사람과 나누어 쓸 수 있을 때, 비로소 사랑이라고 할 수 있을 겁니다."

살 아 있 는 성 녀 마 더 테 레 사

마더께서 세상을 떠나 천국으로 가신 지 어느덧 8년의 세월이 흘렀습니다. 참 세월이 빠르네요. 그게 1997년 9월 5일 밤의 일이었지요?

"네, 그렇군요. 그 전에도 심장이 안 좋아 여러 번 병원 신세를 져야 했답니다. 한번은 몹시 위독한 상태에 빠지기도 했지요. 그때 전 의사들에게 '저를 가난한 사람들처럼 그냥 죽게 내버려두세요. 사랑하는 예수님께 가고 싶습니다'라고 부탁했지만, 그분들은 제 부탁을 들어줄 수 없었던 모양입니다. 이제 저는 정말로 평화롭고 행복합니다. 사랑하는 예수님과 함께 있으니까요."

마더께서 살아 계실 때 이미 사람들은 마더를 '살아 있는 성녀(聖女)'라고 불렀습니다. 그리고 재작년 마더의 6주기 즈음에 마더께선 성녀 이전 단계인 복녀(福女)가 되셨지요. 제 자원봉사자 친구들 중엔 그 기쁜 시복식에 참석하러 로마로 간 친구들이 꽤 있었습니다. 저도 참 가고 싶었지만 갈 수 없었답니다. "저는 성녀가 되고 싶다는 생각을 해본 적이 없습니다. 저보다 먼저 하느님을 위해, 이 세상의 모든 생명을 위해 평생을 바치신 위대한 성인들의 길을 따르고 싶었을 뿐입니다. 제게 이런 과분한 영광이 주어진 것은 오로지 우리 공동체의 수녀님들과 수사, 신부님들, 자원봉사자 형제자매들, 그리고 세상 어느 곳이든 우리의 집에 머무는 가난한 사람들, 곧 작은 예수들을 기억하라는 뜻일 겁니다."

마더께서 살아 생전 너무나 간절히 원했지만 이루지 못한 소망이 있었다고 들었습니다.
"세계 어느 나라나 가난한 사람들이 있는 곳엔 우리의 형제자매들이 함께 있기를 바랐습니다. 중국과 북한에도 가난한 이들

을 위한 집을 짓고 싶었지만, 아직 그 소망을 이루지 못했습니다. 여러분들이 함께 기도해주시기를 바랍니다."

긴 시간, 함께 해주셔서 정말 감사합니다. 마지막으로 저희들에게 한 말씀만 더 부탁드리겠습니다.
"모든 분들이 항상 건강하시고, 평화가 함께 하기를 빌겠습니다. 하느님의 축복이 여러분과 함께 할 것입니다. God Bless You……"

안젤로

나는... 천사를... 믿지... 않지만...   Though I Don't Believe in Angels

Angelo

마지막으로 친구와 손잡고 길을 걸어본 게 언제였습니까? 아, 여자분들이야 바로 어제일 수도 있겠지요. 하지만 남자분들은 아마 그 기억을 되살리려면 꽤나 힘드실 걸요. 초등학교 때? 아니면 유치원 때?

가끔씩 밤거리에서 마주칩니다. 적당히 배가 나오고, 적당히 느슨하게 넥타이는 풀어지고, 적당한 수준을 조금 넘어 술에 취하신 중년 아저씨들이 두 손을 꼭 잡고 비틀비틀 험한 세상을 걸어갑니다. 그런 모습을 볼 때마다 괜히 콧등이 시큰해집니다. 그러면서 혼자 삐죽 나와 있는 제 손이 안쓰러워 얼른 주머니 속에 집어넣어 버립니다. 술에 취하기 전에는 '친구하고 나하고' 손을 잡고 걷지 못하는 것, 바로 어른이 되었다는 가장 확실한 증거일 겝니다.

안젤로를 만난 곳은 인도의 캘커타였습니다. 1994년 1월이었습니다. 얘기하자면 무척 깁니다. 짧게 얘기하죠. 저는 그때 세상에 지치고, 사람에 지쳐 있었습니다. 껍데기만 남은 사람이었지요. 그래서 두번째 들어간 인도였는데, 우연에 우연이 겹쳐서 어쩌다 보니, 캘커타에서 석 달을 머물게 되었습니다. 한 자리에 머물다 보니 여행자들을 자주 만나게 되었습니다. 어떤 여행자들이 물었습니다. 여행하러 오셨다면서 여행은 안 하셔요? 제 대답은 분명했습니다. 전 지금 여행 중이랍니다. 사람들 속으로의 여행이요. 아주 멀고 아주 깊은 여행이요. 아, 제가 캘커타에서 무엇을 하며 살았는지를 얘기하지 않았군요. 마더 테레사를 아시겠죠? 그분이 하시는 일을 조금 도와드렸습니다. 자원봉사자라고 부르지요. 안젤로도 그 자원봉사자들 중의 한 사람이었습니다.

안젤로(Angelo). 영어식으로 하면 Angel입니다. 천사죠. 그래요, 안젤로는 자기 이름 그대로 천사 같은 친구였습니다. 캘커타에서 마더 테레사를 돕던 자원봉사자 친구들은 거의 다 천사들이었습니다. 아, 물론 저는 빼고 말이지요. 안젤로는 그 천사들 중의 하나였지만, 조금 이상한 천사였습니다. 어떻게 이상했냐구요? 설명하기는 어렵습니다. 아주 두루뭉실한 말로 설명하겠습니다. 안젤로는 슬픈 천사였습니다. 신파조로 들리죠? 슬픈 천사라니 말입니다.

안젤로는 캘커타 자원봉사자들 중에서는 거의 타의 추종을 불허할 정도로 '비사교적'인 이탈리아노였습니다. 이탈리아 사람들은 흔히 떠벌리기 좋아하고 아무 데서나 큰 소리로 노래 부르기 좋아하는 사람들이라고 알려져 있죠. 안젤로는 항상 조용했고, 항상 제일 끝까지 일하는 봉사자였습니다. 캘커타에서 한국인 '준'은 거의 신화적인 사교성을 자랑하고 있었던 터라, 비사교의 대명사 안젤로와 사교의 대명사 준의 우정은 상당한 미스터리였습니다. 그 우정의 물꼬는 제가 텄습니다. 저는 안젤로의 모습에서 저를 떠난 한 친구의 모습을 보았습니다. 세상을 비극으로만 보았던 한 친구의 모습이었습니다.

제 친구의 이름을 대면 아마 여러분도 아, 그 사람! 하고 금방 알아차릴 겁니다. 나이 서른을 채 못 넘기고 슬프고 어두운 세상을 떠난 친구입니다. 그는 참 지독한 비관주의자였습니다. 항상 절망이라는 단어를 입에 달고 살았지요. 이탈리아인답지 않게 안젤로는 낙천주의자가 아니었습니다. 언젠가 제가 안젤로에게 물었지요. 나중에 우리가 헤어지면 편지할 거지? 그의 대답은 "그래! 당연히 편지하고 말고!"가 아니었습니다. "편지할지도 몰라. 하지만 약속은 할 수가 없어. 난 내일의 일에 대해선 아무런 약속도 할 수 없어."

누구나 약속했습니다. 저도 그랬고, 제가 길에서 만난 사람들은 주소를 주고 받으며 항상 서로 편지하자고 약속했습니다. 그 수많은 약속들 중에서 지금까지 지켜진 약속은 별로 많지 않습니다. 안젤로는 약속하지 않았습니다. 내일의 일을 약속할

수 있는 사람은 낙천주의자입니다. 인생을 장밋빛으로 볼 수 있는 사람만이 내일의 일을 약속할 수 있습니다. 최소한 인생은 장밋빛이 될 수 있다고 믿는 사람만이 내일은 어떻게 되든 상관없이 약속할 수 있습니다. 안젤로에게 인생은 장밋빛이 아니었습니다. 무엇이 안젤로로 하여금 장밋빛 인생을 믿지 않게 만들었는지 저는 모릅니다. 아주 사소한 몇 가지 단서들을 알고 있을 뿐입니다.

제 안에도 장밋빛 인생을 믿지 않는 제가 있습니다. 인생은 대부분의 사람들에게 별로 친절하지 않습니다. 저도 나름대로는 꽤나 험한 인생을 살아왔다고 자부하는 사람입니다. 어쩌면 그 경험이 안젤로에게로 저를 이끌고 갔는지 모르겠습니다. 끝까지 친절하지 않았던 짧은 인생을 살다가 떠나 버린 친구의 모습을 안젤로에게서 본 것도 아마 그 때문이었을 겝니다.

1994년 3월 7일. 그날은 제 친구의 5주기가 되는 날이었습니다. 서울의 친구들은 5주기 추모 문집을 엮는다고 고생을 하는데, 저는 달랑 시 한 편을 던져주고 도망나와 있었습니다. 그 일주일 전날, 오전 일을 마치고 돌아오는 길에 저는 안젤로에게 요구했습니다. "안젤로, 니가 약속 안 한다는 건 잘 아는데 말이야, 이거 하나는 약속해줘야겠어. 3월 7일 저녁에는 니가 나한테 맥주를 한 병 사줘야 해."

캘커타에서 맥주는 사치입니다. 1병에 1,200원쯤 하지요. 서너 끼 식사를 할 수 있는 돈입니다. 3월 7일 저녁, 페얼론 호텔의 야외 식당에서 안젤로와 저는 그 사치를 부렸습니다. 둘이 다 술에는 젬병이었던 데다가 하루 종일 일로 지쳐 있었던 탓에 겨우 맥주 1병씩에 적당히 취했습니다. 제 친구의 이야기를 주로 했습니다. 시를 좋아하는 안젤로는 제 친구의 시를 한 번 읽어보고 싶다고 했고, 약속하기 좋아하는 저는 언젠가 영어로 옮겨서 보여주겠다고 약속했습니다. 그리고 페얼론 호텔을 나왔습니다(아참, 페얼론 호텔은 영화 『시티 오브 조이』에서 패트릭 스웨이지가 묵었던 바로 그 호텔입니다).

안젤로와 저는 술이 깰 때까지 잠시 걷기로 했습니다. 어두운 거리를 인도인들이 걷고 있었습니다. 인도에서는 남자들이 서로 손을 잡고 걷습니다. 서양 사람들은 처음에 기겁을 하지요. 인도 남자들은 모두 게이인가 하고 착각하는 거죠. 물론 인도 남자들이 손을 잡고 걷는 것은 동성애와는 아무런 관계가 없습니다. 그냥 하나의 문화인 거죠. 술기운 탓이었을 겁니다. 제가 안젤로에게 엉뚱한 제안을 했습니다. "야, 안젤로, 우리 한번 인도인이 되어 보자." 역시 술기운 탓이었겠죠. 안젤로도 씨익 웃으며 제 손을 잡았습니다.

맥주 한 병 덕분에 안젤로와 저는 어린아이들로 돌아가 있었습니다. 안젤로는 저를 '집'까지 데려다 주겠다며 걸어왔던 길을 다시 돌아왔습니다. 이러다가 밤새 왔다갔다 하겠다고 킬킬대며, 우리는 여전히 손을 잡은 채 배낭족들의 숙소가 몰려 있는 거리를 걷고 있었습니다. 그런데, 저만치 앞에서 어느 게스트 하우스의 문이 열리더니 우리의 스위스 친구 쟝 프랑소와가 등장하는 것이었습니다. 안젤로와 저는 그 순간 바로 엄마 뜨거워라! 손을 놓았습니다. 쟝 프랑소와는 우리가 손잡고 걷는 것을 보았을까요? 하여간 안젤로와 저와 쟝 프랑소와는 잠시 이야기를 나누었고, 쟝 프랑소와는 미네랄 워터를 사러 간다며 굿나잇 인사를 하고 떠났습니다. 쟝 프랑소와가 골목을 돌아나갈 때 안젤로와 저는 서로를 마주보았습니다. 그리곤 약속이나 한 것처럼 둘 다 허리를 꺾으면서 웃기 시작했습니다. 봤을까? 봤을 거야, 그 친구 당황한 얼굴 봤지? 낄낄낄. 너무 웃다 보니 눈물이 나왔습니다.

웃음을 걷고, 손을 놓고, 안젤로와 저는 제 숙소까지 걸었습니다. "우리가 왜 손을 놓아야 했지?" 그런 질문을 던지며 걸었습니다. 대답은 확실했습니다. 우리는 인도인이 아니라 '서구의 이성애 문명'에 길든 사내들이었고, 어린 소년들이 아니라 20대 후반과 30대 초반의 '어른'이었던 것입니다. 결국 '비극적'으로 손을 놓아야 하긴 했지만, 하여간 안젤로와 손을 잡고 걸은 덕분에 아주 우울할 수도 있었던 그날 저녁을 저는 행복하게 보낼 수 있었습니다. 안젤로는 제가 길 위에서 만난 친구들 중에 손을 잡고 대로를 활보했던 단 하나의 남자 친구입니다. '두 사람 사이에 정말로 뭔가 수상쩍은 일이 있었던 게 아닐까' 하는 상상력을 펴는 사람이 있다면, 여기서 이 글을 덮어달라고 강력히 요구하겠습니다. 안젤로는 제가 아니라 그 누구라도 손을 달라고 하면 줄 수 있는, 그런 '어린아이'였습니다.

인생을 장밋빛으로 보지 못하는 어린아이가 있느냐고요? 안타까운 일이지만, 그런 아이들은 의외로 세상에 많습니다. 대개 그런 아이들은 빨리 어른이 되고 맙니다. 인생이 회색이라는 진실을 너무 일찍 알아 버린 '아이 어른'들은 스스로 회색으로 자신들의 얼굴을 칠해버립니다. 회색 얼굴로 변해 버린 사람들은 세상에는 천사가 없다고, 오로지 짐승들만 있다고 믿기 시작합니다. 인생이 고달프고 끔찍해지는 것은 바로 그 짐승들 때문이라고 믿기 시작합니다. 그러면서 사람들은 서로 짐승이 되어갑니다.

그런데 아주 소수의 아이들이 인생은 회색이라는 진실을 알면서도 분홍빛 뺨을 간직합니다. 어른이 되어서도 어린아이의 마음을 갖고 있는 사람들이지요. 그런 사람들은 결코 완벽한 낙천주의자가 되지 못합니다. 세상이 사람에게 친절하지 않다는

것을 알고 있기 때문이지요. 그래도 숙명처럼 남아 있는 분홍빛 뺨 때문에 그 '어린아이' 들은 짐승이 되지 못합니다. 여전히 인간으로 남아 있습니다. 그 중에 몇 사람이 가끔 천사의 얼굴을 보여줍니다.

"나는 천사를 믿지 않지만"
— 안젤로, 혹은 캘커타의 선한 이들에게

이상도 하지
내가 걸어온 길에는
짐승투성이
꼬리를 흔들며 다가와서는
더러운 발톱으로 내 손가락,
내 손등, 내 손바닥에
꼭 한 번씩은 생채기를 내고
그러면 그게 억울해서
다음 길에 만난 어떤 이에게
그 짐승의 이야기를 하고
그 또한 짐승이었음을
그가 어느새 떠나고 없는
나무 등걸의 오후에야 알게 되고
그래서 언제나
늦은 저녁길로만 다니게 되고

그렇게 사는 거라고
짐승을 만날수록 천사를 믿어야 한다고,

나는 천사를 믿지 않았지만,
내 길 반대편에서 오는
어린 여행자들에게 타일렀지만,
그래도 한 번쯤은 천사를 만나고 싶었지만

그래서
힘에 부친다는 말도 하기 힘들어서
내가 길을 접어서
집으로 돌아가고 싶었을 때
한 번 더 마지막으로 돌아보고 싶었을 때
이상도 해라, 저기서
상처투성이 짐승들에게
흉터투성이 양 손으로 서툴게
붕대를 감아 주고 있는
저 짐승은 누구일까
저 짐승의 이름은 무엇일까

캘커타를 떠나기 전날, 저는 다른 친구들이 작별 파티를 해준다고 절 찾아 헤매는 동안 안젤로와 둘이 구석진 중국집에서 저녁을 먹었습니다. 위에 적은 시는 그날 제가 안젤로에게 준 시입니다. 밤을 새워 쓰고 어설프게 영어로 옮긴 시였습니다. 어떤 사람에게 바치는 시를 쓸 수 있다는 것이 가슴 저리게 행복했습니다.
캘커타를 떠나 유럽으로 건너가 여덟 달을 보낸 후에 다시 캘커타로 돌아가 여섯 달을 살았습니다. 안젤로는 그 동안 내내

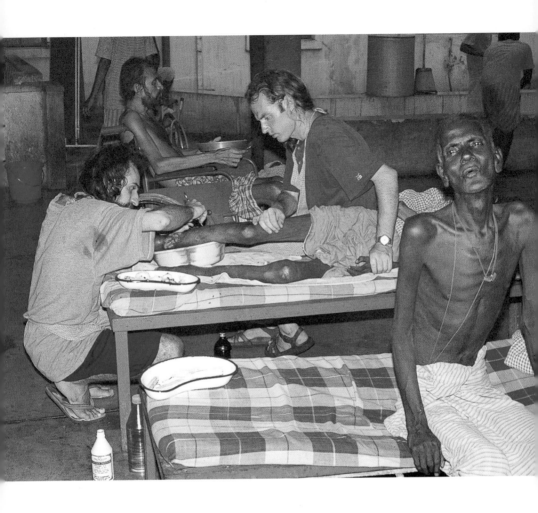

캘커타에 있었습니다. 모두 합하면 2년 반, 안젤로는 그의 20대 후반 황금의 시간을 고스란히 캘커타에서 지냈습니다. 안젤로는 길에서 태어나고 길에서 자고 길에서 죽어가는 사람들의 손을 잡아주며 살았습니다. 처음 들어올 때의 계획은 여섯 달이었습니다. 당연히 돈도 그만큼에 필요한 돈만 가지고 왔고, 비행기표도 6개월 왕복표로 끊어 왔지요. 비행기표는 그냥 날아가버렸고, 다른 친구들이 한 달에 평균 100달러를 쓰며 살때, 안젤로는 50달러로 살았습니다.

다시 만난 안젤로는 몸과 마음이 모두 약해져 있었습니다. 저는 형이랍시고 그런 안젤로를 야단쳤습니다. 안젤로, 이젠 집으로 돌아가. 넌 너무 지쳐 있어. 안젤로는 제 말을 듣지 않았습니다. 허리가 아프면서도, 다른 봉사자들에게 명령하는 것처럼 보일까 봐 아무 말 없이 환자가 누워 있는 쇠침대를 들어올렸습니다. 안젤로, 내가 몇 번이나 얘기했지, 침대를 들려면 다른 사람을 부르라고! 그래도 안젤로는 계속 침대를 들어올렸습니다.

결국은 제가 또 먼저 캘커타를 떠나게 되었습니다. 열병에 걸려 보름 동안 병원 신세를 진 다음이었습니다. 제가 병원에 처음 입원했을 때 몇 친구들이 교대로 제 침대맡을 지켰습니다. 모두들 하루 종일 고된 일로 지친 몸을 끌고 온 것이었죠. 안젤로는 너무나 당연히 몇 밤을 제 침대 옆에서 새웠습니다. 보조 침대도 없이 딱딱한 나무 의자 네 개를 이어붙이고 그 위에서 잤습니다. 어느 밤, 정신을 조금 차린 제가 안젤로를 깨웠습니다. 안젤로, 이리 올라와서 자. 우리는 또 한 번 어린아이들처럼 좁은 침대에 나란히 누워 잤습니다.

안 젤 로...나는...천사를...믿지...않지만...

제가 서울로 돌아오고 몇 달 뒤 안젤로가 고향으로 돌아갔다는 소식을 다른 친구의 편지를 통해 알게 되었습니다. 일 때문에 유럽으로 갈 기회가 또 생겼습니다. 일을 끝내고 덴마크 북부의 아루스라는 도시에서 함부르크를 거쳐 스위스를 건너, 밀라노 근처 꼬모라는 도시에서 조금 떨어진 메로네라는 안젤로의 고향으로 갔습니다. 네 번 기차를 갈아타며 유럽 대륙을 가로지른 시간이 모두 22시간이었습니다. 안젤로의 늙으신 부모님과 누이를 만났습니다. 안젤로의 유년의 오솔길을 함께 걸었습니다. 겨우 사흘을 함께 지냈습니다. 안젤로는 말했습니다. 캘커타로 돌아가고 싶다고. 자기는 더 이상 고향에서 행복하지 않다고.

작년 크리스마스 무렵 안젤로가 편지를 보냈습니다. 약속할 수 없다던 그 편지였습니다. 안젤로는 지금 캘커타로 돌아가 있습니다. 똑같은 일을 하고 있습니다. 상처입은 사람들의 손에 붕대를 감아주는 일입니다. 붕대를 감아주려면 먼저 손을 잡아주어야 합니다. 상처 없는 영혼이란 없다고 랭보가 중얼거렸죠. 상처 없는 인생은 없습니다. 짐승투성이 세상이니까요. 그 상처를 달래달라고, 아니면 달래주겠다고 손 내밀었다가 더 큰 상처를 입는 일이 흔한 인생입니다. 인간은 천사가 되지 못합니다. 잘해야 인간이고, 못하면 짐승이지요. 그런데 짐승이면서 인간이고, 어쩐 일인지 동시에 천사의 얼굴까지 보여주는 사람들이 가끔 있습니다. 그런 사람들이 세상은 살 만한 것이라고 가르쳐 줍니다.

— 1996년 11월 어느 날

로르

오후... 네... 시의... 평화,.... 달고... 시원한... 수박...
A Peace at 4 pm, a Watermelon So Sweet and So Cool

Laure

오후 4시쯤이었을까요? 캘커타의 겨울은 해가 아주 짧습니다. 그 넓은 나라를 하나의 시간대로 묶어놓은 탓도 있지요. 저는 일주일 동안 밀린 빨래를 한 뒤 낮잠에 빠져 있었습니다. 캘커타, 마더 테레사의 자원봉사자들이 일주일에 하루 쉬는 날, 목요일이었습니다. 환자들 빨래가 아니라 자기 빨래를 하는 날입니다. 널럴한 기분으로 편지를 쓰는 날이기도 하죠. 하여간 저는 낮잠을 자고 있었습니다.

음악소리에 잠이 깼는지, 아니면 깰 시간에 누가 음악을 틀어놓았는지, 그것은 모릅니다. 음악이 들려오고 있었습니다. 잠에서 아주 깬 것도 아니고, 그렇다고 잠으로 다시 돌아갈 수 있는 것도 아닌, 그런 상태였습니다. 방안은 어두웠습니다. 눈을 감고 있었지만, 저녁이 아주 가까이 내려와 있다는 것은 느낄 수 있었습니다. 어렴풋한 의식 속으로 멜로디들이 스며들어 왔습니다. 귀로 들어온 멜로디들이 천천히, 아주 천천히 온몸으로 퍼져나가는 것을 느낄 수 있었습니다. 영화 『미션』의 음악이었습니다.

참 평화로운 순간이었습니다. '평화가 그대와 함께.' 캘커타의 자원봉사자 친구들이 수도원 예배당의 미사 끝무렵에 서로에게 나누는 인사말입니다. 휴일의 기분 좋은 낮잠, 그리고 그 기분 좋은 잠의 끝무렵에 들려온 음악, 「가브리엘의 오보에」……. 얼마나 오래 눈을 감은 채 침대에 누워 있었는지는 모릅니다. 제 의지와 상관없이 눈이 떠졌습니다. 어두운 오후 4시의 방안, 건너편 침대에 그녀가 앉아 있었습니다.

어두웠지만, 그녀가 제게 짓는 미소는 충분히 볼 수 있었습니다. 어쩌면 그녀의 미소가 그만큼 환했던 것인지도 모르겠습니다. 그녀도 제 미소를 보았겠지요. 제가 침대에 누웠을 때 그녀는 집에 있지 않았습니다. 그녀가 들어오는 것도 모르고 잤던 셈이지요. 잠자는 미남(?)을 깨우고 싶지 않아서였겠지요. 그녀는 불도 켜지 않고 침대 위에 앉아 있었습니다. 그녀는 얼마나 오래 그렇게 앉아 있었던 것일까요? 이상한 일이었습니다. 왜 그 순간이 그토록 행복하게 느껴졌던 것일까요? 누군가가 나의 고단한 잠을 지켜주었다는 것 때문이었을까요?

또다시 제 의지와 상관없이 손이 허공으로 올라갔습니다. 제 손은 자기 마음대로 그녀를 불렀습니다. 그녀는 소리내지 않고 웃었습니다. 그리고 제 침대로 와서 아직 누워 있는 제 옆에 앉았습니다. 이번에는 제 두 팔이 자기들 마음대로 그녀를 안았습니다. 그녀는 몸을 숙여 제 두 팔의 뜻에 따라주었습니다. 우리는 얼마나 오랫동안 그렇게 있었던 것일까요? 10분일지도 모릅니다. 어쩌면 백 년이 그 사이에 흘러갔는지도 모릅니다. 누구라도 그러하듯이, 저 또한 그 순간이 영원하기를 바랐습니다. 그리고 제 바람대로 그 순간은 영원으로 남아 있습니다. 제 기억 속에서 그 순간은 영원이 되어 있습니다.

그녀의 이름을 알려드려야겠군요. 그녀의 이름은 로르(Laure)입니다. 그녀의 식구들이 하는 발음대로 따라하면 '로흐'라고 불러야 합니다. 불어를 배워보신 분이라면, 단박에 짐작하시겠죠. 'R'을 '흐' 하고 읽어야 하는 나라, 프랑스가 로르의 고향입니다. 로르는 그때 스물세 살이었습니다(전 서른다섯 살이었구요). 로르는 대학에서 경영학을 공부했습니다. 파리에 좋은 직장이 여러 군데 났지만, 로르는 생각했답니다. '돈은 나중에라도 얼마든지 벌 수 있다. 지금은 지금이 아니면 할 수 없을지도 모르는 어떤 일을 할 때다.' 그래서 로르는 캘커타로 왔습니다. 1년짜리 비행기표를 사들고 왔습니다.

프랑스에는 제3세계 국가로 자원봉사를 떠나는 청년들에게 비행기표와 최소한의 생활비를 보조해주는 국제 구호기관들이 여럿 있다고 합니다. 하지만 로르는 그런 기관의 문을 두드리지 않았습니다. 오고 가고, 먹고 자고, 모든 것을 자기 힘으로

로 르...오후...네...시의...평화,...달고...시원한...수박...

제 친구들하고 인사하실래요? L a u r e A Peace at 4 pm, a Watermelon So Sweet and So Cool

해결해야 하는 캘커타로 왔습니다. 1년을 캘커타에서 보냈습니다. 중간에 네팔 히말라야 트레킹으로 보낸 몇 주를 제외하면 말이죠.

1년은 짧다면 짧고, 길다면 긴 시간입니다. 사람이 70년을 살수 있다면 1/70의 시간인 셈이죠. 하지만 사실 사람이 자기 마음대로 살 수 있는 시간은 그리 많지 않습니다. 우선 스무 살이될 때까지는 미성년자이니 마음대로 할 수 없지요. 예순을 넘기면 몸이 불편해질 테고요. 그것뿐인가요. 서른 즈음해서 결혼을 한다고 생각해보세요. 책임져야 할 가족이 생길 때는 남녀를 불문하고 자기 마음대로 살기가 어렵습니다.

그렇다면, 결국 사람이 자기 마음대로 살 수 있는 시간은 고작해야 10년, 그러니까 1/7에 불과한 셈이죠. 그나마 10년도 직장이란 괴물이 간섭하기 시작하면, 그걸로 끝장입니다. 1년이결코 짧은 시간만은 아니라는 얘기를 이렇게 길게 했습니다.

로르는 제 룸메이트였습니다. 글쎄요, 한 달쯤을 함께 살았던가요? 남자와 여자가 한 방에서 한 달을 넘게 살았다구? 일어날 일은 다 일어났겠지, 뭐. 안 봐도 뻔해! 제 귀에는 사람들이 쩝쩝 입맛 다시는 소리, 끌끌 혀차는 소리가 들립니다. 믿거나말거나이지만, 우리는 그저 좋은 친구로 살았습니다. 남자와여자가 한 방에서 잠을 자는 것이 항상 섹스를 의미하게 되는것은 우리의 문화일 뿐입니다. 아내의 남자 친구는 항상 '애인'일 수밖에 없는 것도 우리의 문화일 뿐이죠.

어두운 오후 4시의 방안에서, 그것도 침대 위에서 서로를 안고있었지만, 로르와 저는 친구였습니다. 좋은 친구였지요. 함께

로 르...오후...네...시의...평화,...달고...시원한...수박...

일어나, 함께 새벽길을 나서 수도원 미사에 참석하고(참고로 말씀드리자면, 저는 가톨릭 신자가 아닙니다), 함께 아침길을 걸어 우리의 사랑하는 '친구들'(마더 테레사의 집에 있는 인도인 환자들을 말합니다)을 위해 일하러 가고, 함께 저녁을 지어먹고, 함께 이야기를 나누다가, '각자' 알아서 자고 싶은 시간에 자기 침대로 들어가는 친구였습니다.

로르와 함께 살았던 시간은 참 행복한 시간이었습니다. 로르는 제가 만났던 여자들 가운데 제일 예쁘고 착한 여자였거든요! 제 눈에 안경 아니었냐구요? 글쎄요, 그럴지도 모르죠. 하지만 한 가지는 자신있게 말씀드릴 수가 있습니다. 로르가 웃는 모습을 본 사람이라면, 누구라도 그녀를 좋아하지 않고는 못 배겼을 겝니다. 아름다운 웃음은 참 소중한 선물입니다. 보는 사람을 행복하게 만들어주니까요.

저는 사진 찍히기를 죽기만큼 싫어한 사람이었습니다. 사진을 찍으려면 웃어야 하는데, 그래서 열심히 이를 악물고 웃었는데, 사진이 나오고 나면 그 얼굴이 그렇게 보기 싫었습니다. 웃는 재능이 없었던 것이지요. 그래서 사진이 별로 없습니다. 그런데 참 이상한 일이 벌어졌습니다. 캘커타에서 저는 누구의 카메라건 마구 얼굴을 들이밀게 되었습니다. 친구들이 보내준 그 사진들 속에는, 제가 봐도 참 아름답게 웃는 제 얼굴이 들어 있습니다. 서울에서의 저만 알고 보아 온 사람들 중에는, 사진 속에서 웃고 있는 사람이 정말 저냐고 묻는 사람들도 있었습니다.

캘커타에서 저는 배웠습니다. 웃음은 다른 웃음을 보고 배우는 것이라는 사실을 배웠습니다. 어린아이들은 가르쳐주지 않아도 잘 웃습니다. 엄마 아빠와 모든 사람들이 보살피고 사랑해주기 때문에, 어린아이들은 행복합니다. 그래서 배우지 않고도 잘, 참 아름답게 웃습니다. 그런 행복은 영원히 계속되지 못합니다. 늦게 오든 빨리 오든, 불행은 모든 사람에게 찾아오게 마련입니다.

일단 불행이 찾아오기 시작하면, 그때부터 사람들은 웃는 법을 배워야 합니다. 어떻게 배우냐고요? 웃는 사람들을 보고 배우면 됩니다. 당신 주변에 잘 웃는 사람이 많은가요? 그렇다면 당신도 아마 잘 웃는 사람일 것이 틀림없습니다. 웃음은 배우겠다는 의지와 상관없이 배우는 것이니까요. 웃는 재능이 몹시도 부족했던, 또는 쓸데없는 불행이 많았던, 그래서 사진 찍히기를 싫어했던 저는, 캘커타에서 웃음을 배울 수밖에 없었습니다. 주변에 온통 잘, 그리고 아름답게 웃는 사람들 투성이였으니, 저도 어쩔 도리가 없었습니다. 로르는 캘커타에 '흔하게 널린' 아름답게 웃는 사람들 중의 한 사람이었구요.

로르와의 행복한 '동거'는 오래 계속되지 못했습니다. 원래 적어도 석 달 뒤에야 돌아올 것이라고 했던 전 룸메이트 리처드가 한 달 만에 돌아와버린 것입니다. 로르는 옆방의 쉐리, 라일라와 함께 얼마 동안 지내다가 다른 곳에 방을 얻어 떠났습니다. 저요? 물론 가슴이 찢어지는 아픔을 느꼈지요. 그걸 꼭 말로 해야 합니까!
로르는 우리들의 집을 떠났지만, 항상 우리들의 식구였습니다. 휴일(마더 테레사의 엄명에 따라 자원봉사자들이 절대로 일을 할 수 없는 목요일을 말합니다)이 되면, 저는 곧잘 친구들을 불러 밥을 해먹이곤 했습니다. 온갖 상상력을 총동원해 도대체 국적을 알 수 없는 요리들을 만들었지요. 로르는 거의 언제나 저의 충실한 '주방 보조'였습니다. 그녀와 함께 야채를 다듬고, 그녀와 함께 상을 차리는 일은 참 즐거운 일이었습니다. 좋은 사람과 '살림'하는 재미를 혹시 아시는지 모르겠네요.

저도 로르처럼 잠시 캘커타를 떠나 네팔로 히말라야 트레킹을

다녀왔습니다. 돌아오던 그날로 저는 병원에 실려가야 했습니다. 로르는 제가 병원에 있던 보름 동안 거의 매일 병원에 찾아왔습니다. 어느 날 저녁, 병실을 떠나기 전에 로르가 제게 물었습니다.

"먹고 싶은 거 없어?"

저는 수박이 먹고 싶다고 얘기했습니다. 다음날도 로르는 저를 찾아왔습니다. 저는 그녀가 들고 올 수박을 기다렸는데, 그녀의 손에는 아무것도 없었습니다. 깜박 잊어버렸겠거니, 하고 묻지 않았습니다. 다시 병실을 떠나기 전, 로르가 말했습니다.

"수박, 간호원실의 냉장고에 넣어놨거든. 시원해지라구. 이따 먹고 싶을 때 먹으렴."

그때는 제가 겨우 침대에서 일어나 걷는 연습을 하고 있었을 때였습니다. 열병이 그렇게 지독했던 것이죠. 간호원에게 수박 좀 꺼내달라고 부탁했습니다. 수박은 없다고 간호원이 말했습니다. 그러더니 간호원은 뚜껑이 달린 네모난 플라스틱 그릇을 꺼냈습니다.

"이름이 준이에요?"

"네."

"여기 이 그릇에 '준에게(For Joon)'라고 써 있네요."

한 수저, 한 수저씩, 씨를 다 발라내고 수저로 떠낸 수박이 있었습니다. 바깥 기온이 40도를 오르내리던 그 해 4월 캘커타였습니다. 그 수박처럼 달고 시원한 수박을 언젠가 제 인생에서 다시 먹어볼 수 있을까요? 아마, 어렵겠죠. 일단 그렇게 다시 아프지는 말아야 할 테니까요.

제 친구들하고 인사하실래요?　L a u r e　　A Peace at 4 pm, a Watermelon So Sweet and So Cool

로르는 제가 병원에 누워 있는 동안, 제가 집으로 돌아갈 비행기표를 마련하느라 그 더운 캘커타 거리를 며칠씩 헤매고 다녀야 했습니다. 결국 비행기표(싼 비행기표는 원한다고 바로 구할 수 있는 것이 아닙니다)를 구하지 못해, 몇 주를 더 캘커타에서 머물러야 했습니다. 친구들이 저녁마다 제게 2인분의 밥을 사주었습니다. 몸에 뼈밖에 남아 있지 않았거든요.

그리고 5월의 어느날, 캘커타를 떠났습니다. 로르는 제게 카세트 테이프를 선물했습니다. 워크맨 두 대를 연결해, 자기가 좋아하는 상송들을 편집 녹음한 테이프였습니다.

비행기에 올라 안전 벨트를 매고, 워크맨 이어폰을 귀에 꽂았습니다. 로르의 목소리가 담겨 있었습니다. 스튜어디스들이 구명조끼 착용 시범을 보였고, 비행기는 서서히 캘커타 공항의 활주로를 미끄러지기 시작했습니다. 저는 비행기가 하늘로 떠올랐을 때, 제 몸이 캘커타를 온전히 떠났음을 알았을 때, 테이프를 다시 처음으로 돌렸습니다. 로르의 목소리가 다시 들렸습니다. 프랑스어 액센트가 섞인 영어로, 로르는 말했습니다. 그 중에 한 마디만 여러분에게 들려 드리겠습니다.

"You know I love you……."

— 1996년 12월 어느 날

로 르...오후...네...시의...평화....달고...시원한...수박...

안디

성자를...찾아서... Looking for a Saint

Andy

성자(聖者)를 찾아서. 스무 살을 조금 넘겼던 어느 시절, 제가 썼던 시의 제목입니다. 워낙 머리가 나쁜 탓에 저는 제가 쓴 시들을 하나도 외우지 못합니다. 그러니 그 시를 정확히 언제 썼는지는 더더군다나 기억하지 못합니다. 대충 내 나이 몇 살 무렵에 그 시를 썼었지 하고 기억할 뿐입니다.

"성자를 찾아서"

내게 커다란 꿈이 있었으니
순결한 어느 현자(賢者)를 만나
그분의 품 안에서 하룻밤의 단잠을 자고 싶었네
사막으로 길을 나섰네
그분께 드릴 고귀한 선물을 허리에 두르고

가엾은 들쥐의 목숨을 구하기 위해
소중한 선물의 십분지 일을 방울뱀에게 주었으나
들쥐는 잠든 내 허리에서
두 번째 십분지 일을 훔쳐가 버렸네
사막에도 큰 도시가 있어 내 발길을 멈추게 했네
상인들이 내 소박한 선물을 비웃고 나를 유혹해
세 번째 십분지 일로 크고 빛나는 물건을 바꿔 주었으나
빗물에 씻긴 그것은 그저 이끼 낀 돌일 뿐이었네
어느 여인이 비에 젖은 내 몸을 말려 주었으나
아침이 되자 여인은 내게 손을 내밀었네

내가 버릴 수 없는 꿈이 있었으니

강건한 어느 철인(哲人)을 만나
한마디의 진리를 얻기 원했네
풍문을 따라서 깊은 산으로 들어갔네
그의 앞에 가려면 가진 것 전부를 내놓아야 한다고
철인(哲人)의 제자라는 사람들이 말했지만
그때 이미 나는 세상을 어렴풋이 알고 있었네
나는 다섯 번째 십분지 일만을 그들에게 주었네
높은 바위 위에 한 사람이 앉아 있었고
바위만큼 높이 쌓인 금화 밑에는
수많은 사람들이 엎드려 있었네
다시 한 번 십분지 일을 그에게 바치고 엎드려 기다렸으나
끝내 바위 위의 사람은 입을 열지 않았네
홀로 산을 내려왔으나
그 제자들 앞에서 내 허리를 잡고 매달리던
어느 노인의 애원을 뿌리칠 수가 없었네
노인은 수도 없이 머리를 조아리며 산으로 들어갔네

끝없는 바다도 그 꿈을 가로막지 못했으니
어느 온유한 목자(牧者)의 물병에서
맑은 물 한 모금을 받아 마시고 싶었네

뱃사람들은 내 여윈 몸도 대가 없이는 실어주지 않았네
무서운 폭풍우가 몰아쳤을 때
뱃사람들의 뜻대로 아홉 번째 십분지 일을 바다에 바쳤으나
배가 육지에 닿자 뱃사람들은

내게 남은 마지막 선물마저 빼앗고는
나를 노예로 팔아넘겼네
늙어 쓸모없이 되자 주인은
사막에서 내 다리의 족쇄를 풀어주었네

내게는 선물이 하나도 남아 있지 않았네
이 사악한 지상에는 내가 찾던 그분이 없었네
독수리들이 내 목숨을 쪼으려 내려왔을 때
어린 양치기 소년이 그것들을 쫓아 주었네
소년이 내게 맑은 물을 주었고
소년의 품이 내 육신의 꿈을 묻어 주었네

오랜 세월이 지나고
소년은 아름다운 청년이 되어 그곳으로 왔네
청년은 내 뼈들 중 가장 둥글고 빛나는 뼈 열을 주워
허리에 두르고 길을 떠났네
영원히 둥글고 빛나는 내 꿈이 있었으니
이 지상에서
성(聖)스런 그분을 만나고 싶었네

별볼일 없는 시를, 그것도 이렇게 긴 시를 억지로 읽게 해서
죄송합니다. 그래도 그 시를 보여드려야 했습니다. 스물 몇 살
'어린' 제가 무엇에 그토록 목말라 있었는지, 이제는 기억이
나지 않습니다. 어쩌면 그저 문학 소년의 '겉멋'이었을는지도

모릅니다. 하여간 스무 살 시절의 제가 그 시를 썼습니다.

캘커타에서 헤어진 안디를 뮌헨에서 다시 만났을 때, 저는 그 시의 영문 버전에 이렇게 써서 주었습니다. 'For Andy, My Saint……' 그러자 안디는 이렇게 말했습니다.

"오, 브라더! 나는 성자가 아니야! 우리는 이미 성자를 알고 있잖아?"

안디가 말한 '우리의 성자'는 물론 마더 테레사입니다. '형님'이 그렇게 타일렀지만, '아우'인 저는 고집을 피웠습니다.

"그래, 알아. 하지만 너는 내가 캘커타에서 만난 또 한 사람의 성자였어."

안디(Andy)의 본명은 안드레아스(Andreas)입니다. 이제 40줄에 접어들었고, '불행하게도' 배가 조금 나오기 시작했습니다. 1995년 여름, 안디를 다시 한 번 뮌헨에서 만났을 때, 약간 볼록해진 배를 손가락질하며 제가 약을 올렸을 때 안디는 말했습니다.

"헤이, 준! 난 이제 너처럼 30대가 아냐! 그리고 나는 이제 다시 캘커타로 돌아가야 해. 허리에 지방질을 조금 비축해 두어야 한다구!"

이 글을 쓰고 있는 지금, 안디는 캘커타에 있습니다. 40대 '아저씨'가 된 안디의 다섯번째 캘커타 체류입니다. 첫번째 안디의 캘커타는 일주일이었습니다. 두번째 여섯 달, 세번째 1년, 네번째 4년, 그리고 다섯번째는 아마 5년이 될 것입니다. 안디는 성직자가 아닙니다. 그냥 다른 캘커타의 친구들과 마찬가지로 '자원봉사자'일 뿐입니다. 하지만 안디는 자신의 평생을 캘커타에서 보내기로 마음먹고 있습니다.

안디는 5년마다 한 번씩 독일로 돌아가 돈을 벌 것입니다. 그 돈의 일부를 캘커타에서 쓰고, 나머지를 아껴 모아서 언젠가는 마더 테레사가 다 돌볼 수 없는 할아버지 환자들을 위한 집을 만들어 그들과 함께 자신의 노년을 보낼 꿈을 꾸고 있습니다. BMW를 몰고 다니던 시절, 잘 나가던 은행원 시절에 투자해두었던 독일 루프트한자 항공사의 주식은 안디의 그 꿈을 위한 씨 앗돈입니다.

1994년 1월 초의 어느 날이었습니다. 마더 테레사께서 처음 만든 가난한 이들을 위한 집, 〈칼리가트〉의 늦은 오후였습니다. 저는 겨우 열흘 만이라는 전제 하에 겁없이 시작한 자원봉사 일을 하고 있었습니다. 안디와 함께 환자들이 먹은 저녁 그릇을 설거지하고 있었습니다. 안디가 물었습니다.
"그래서 브라더, 얼마나 더 캘커타에 머물 거지?"
며칠 후면 마드라스로 떠날 거라고 제가 대답했을 때 안디는 말했습니다.
"오, 브라더. 언제나 그렇다니까! 〈칼리가트〉에서 정말로 필요한 친구들은 꼭 이렇게 금방 떠나버린다니까!"
안디의 그 한마디에 열흘이 석 달로 늘어난 것은 아닙니다. 하지만 부정할 수는 없습니다. 제가 열흘 만에 캘커타를 떠나지 못하고 '1주일만 더, 2주일만 더' 하다가 끝내 인도 남부 마드라스로 떠나지 못한 데에는 안디가 적지 않은 역할을 했습니다. 안디와 함께 일하는 것은 참 즐거운 일이었습니다. 저는 좋은 '스승' 밑에서 일을 배우는 견습생처럼 행복했습니다.
〈칼리가트〉의 오후 일과가 끝나 빨래와 설거지와 청소를 모두 마친 자원봉사자들이 차를 한잔 마시며 담소를 나누고 있을 때였습니다. 안디는 밥을 먹지 못한 중환자들을 위해 우유와 쌀 뻥튀기로 만든 특별식을 만들고 있었습니다. 착한 견습생답게 저는 안디를 도와 더운물을 준비하고 있었습니다. 설거

지해놓은 식기를 꺼내던 안디가 그 특유의 억센 독일식 영어로 말하는 것이었습니다.
"헤이 준, 이것 좀 봐! 어떻게 이럴 수가 있지?"
안디가 내민 양은그릇 한 귀퉁이에는 밥풀 조각이 남아 있었습니다.
"이건 말이 안돼! 준, 너에게 이 접시로 밥을 먹으라고 하면 너는 먹겠니? 너하고 여기 환자들이 다를 게 뭐가 있지?"
안디는 자원봉사자들이 설거지해놓은 식기 100개를 모두 꺼내왔고, 불쌍한 견습생 준도 할 수 없이 안디 옆에 쭈그리고 앉아 다시 설거지를 해야 했습니다. 이제 안디가 제게 왜 좋은 '스승'이었는지 짐작하실 수 있으리라 믿습니다.

계획했던 5년을 다 채우지 못하고 1년을 앞당겨 안디가 캘커타를 떠나야 했습니다. 아버님이 위독하시다는 연락을 받았던 것입니다. 〈칼리가트〉의 예배당 앞에서 안디를 위한 환송회가 마련되었습니다. 수녀님들은 안디에게 매우 특별한 선물을 마련했습니다. 환자들이 입는 옷이었습니다. 가족을 포함해 세상 모두로부터 버림받아 거리에서 죽어가던 사람들이 입는 옷이었습니다. 티셔츠를 벗고 환자 옷을 입는 안디의 뒤에는 예수의 초상이 걸려 있었습니다. 두 분의 '스승'이 내 눈앞에 나란히 서 있었습니다.
겨우 일을 배울 만하니까 선생이 떠나버리는 셈이었습니다. 당연히 섭섭하고 아쉬웠습니다. 그 마음을 이심전심으로 알았던 것일까요, 오전 일을 끝내고 집으로 돌아갈 때였습니다. 안디가 저를 따로 부르는 것이었습니다.
"준, 오후에는 내가 〈칼리가트〉에 오지 못할 거야. 같이 점심 먹고 커피나 한 잔 마실까?"
저는 〈칼리가트〉에서 여전히 신참에 불과했고, 안디와 몇 달씩 함께 일한 친구들이 수두룩했습니다. 그런데도 안디는 저를 불러준 것이었습니다.
오후 일을 위해 〈칼리가트〉로 돌아갈 때까지 두 시간 반. 그 동안 안디는 제게 참 많은 이야기를 들려주었습니다. 클라우디아 쉬퍼보다 훨씬 더 아름다웠다는 애인 이야기도 들려주었고, 〈칼리가트〉에서 보낸 5년 반 동안의 수많은 일화들을 들려주었습니다. 뺀질뺀질거리는 일부 자원봉사자들에 대해 흉도 보았습니다. 안디는 그렇게 '보통 사내'였습니다. 사랑 때문에 울기도 하고, 꼴보기 싫은 사람들에 대해선 험담도 늘어놓는 그런 평범한 사내였던 것입니다.

안디가 없는 오후의 〈칼리가트〉는 참 허전했습니다. 저는 카리스마라는 말을 참 싫어합니다만, 한 사람의 빈자리가 그렇게 클 수 있다는 사실을 부인할 수가 없었습니다. 그리고 그 허전함은 저 혼자 느낀 것이 아니었음을 다른 자원봉사자들과의 대화에서 확인할 수 있었습니다. 오후 일을 끝내고 수도원에 들러 저녁 기도에 참석하고, 다른 친구들과 저녁을 먹고, 안젤로와 만나 수다를 떨다가 헤어졌습니다. 안젤로와 헤어진 시간이 밤 10시쯤이었습니다. 안젤로를 보내고 숙소로 걸어오다가 저는 갑자기 초콜릿 세 개를 샀습니다. 그리고 택시를 잡았습니다.

안디는 집에 돌아와 있지 않았습니다. 집주인의 호의로 응접실에서 안디가 돌아오기를 기다렸습니다. 그러다 잠이 들었던 모양입니다. 캘커타의 모기들이 신나는 파티를 벌였겠지요.

"맙소사! 이게 웬일이야!"

안디가 저를 깨웠고, 저는 제가 예고도 없이 그 밤에 다시 안디를 찾은 이유를 초콜릿 세 개로 설명했습니다.

"아에로플로트는 기내식이 엉망이라던데. 거기다 모스크바에서 몇 시간이나 기다려야 하잖아."

안 디... 성자를... 찾아서...

결국 그날 밤 저는 안디의 집에서 '외박'을 했습니다. 안디는 자기 방을 제게 내주고, 자기는 창고로 쓰던 빈방에서 잤습니다. 물론 잠자기 전에 또 수많은 이야기를 나누었지요. 결혼은 안 할 거냐는 참으로 '한국적인' 저의 질문에 안디는 어깨를 치켜올리면서 두 팔을 벌리고 이렇게 대답했습니다.

"오! 브라더, 내 사는 모양을 보렴! 이렇게 살면서 어떻게 결혼을 하지?"

무엇이 그로 하여금 그런 삶을 선택하게 했을까요?

"헤이, 준. 그건 아주 간단해. 이 일을 하면 우선 내가 행복하거든. 그리고 내가 조금 도움을 주는 저 아프고 가난한 사람들도 아마 조금은 행복할 거야. 그러면 저 위에서 세상을 보고 계시는 그분께서도 행복해하시지 않겠어?"

행복의 삼위일체. 내가 행복하고, 다른 사람이 행복하고, 그렇게 두 사람이 행복한 것만으로도 좋은 일입니다. 그런데 거기에 행복이 또 하나 더해집니다. 그 세번째 행복의 주인공, '그분'의 이름을 하느님이라고 해도 좋고, 부처님이라 해도 좋고, 한울님이라고 해도 좋습니다. 그런 종교적 이름들이 싫다면 그저 사회가, 또는 세상이 행복해진다고 해도 좋을 겁니다. 무슨 상관이겠습니까? 행복은 그저 퍼져나가면 좋은 것이지요. 제가 지금도 잊지 않으려 애쓰는 '스승' 안디의 가르침 중 하나는 그것입니다. 내가 좋은 일 하나를 하면 한꺼번에 세 개의 행복이 생겨난다!

어떤 사람들이 묻습니다. 당신이 남을 위해 좋은 일을 한다고 하는데, 결국은 자기 자신의 만족을 위해 하는 일 아니냐? 이 세상에 완벽하게 타인을 위한 행동은 없는 것이 아니냐? 맞습니다. 하지만 그래서 어떻다는 얘기죠? 내가 만족스럽고 행복해지면 안 되는 이유는 어디에 있는 것일까요? 안디와의 만남을 통해서, 캘커타에서의 수많은 경험을 통해서, 이제 저는 누구에게도 꿀리지 않고 얘기할 수 있습니다. 그래! 그 일을 하면서 나는 행복했어! 내가 행복한 걸 왜 부끄러워해야 하는 거지?

일단 내가 행복해져야 합니다. 그래야 내 행복의 분량만큼 내가 사는 세상의 행복이 불어납니다. 인연이 닿아 내 행복이 다른 사람의 행복과 연결될 때면 그때부터 행복의 합이 달라집니다. 하나 더하기 하나는 둘이 아니라, 하나 더하기 하나는 셋이 되는 것입니다.

안디가 떠나고 한 달 반쯤을 더 캘커타에 있었습니다. 한동안은 제가 〈칼리가트〉의 '최고참'이었던 적도 있었습니다. 하지만 저는 안디가 해냈던 최고참의 역할을 제대로 해내지 못했습니다. 허둥지둥, 우왕좌왕…… 그러면서 안디를 많이 그리워했습니다. 캘커타에서 안디와 헤어진 지 여덟 달 만에 뮌헨에서 안디를 만났습니다. 이제 안디는 은행으로 돌아가지 않습니다. 캘커타에서의 자원봉사 경험을 인정받아 병원에서 간호 보조원으로 일합니다. 병든 이들을 돌보는 일이 좋기는 하지만, 그래도 안디는 캘커타에서만큼 행복하지는 않다고 말했습니다. '돈'을 받고 일하기 때문이라는 것이었습니다.

뮌헨에서 안디는 어머니와 함께 살았습니다. 그 흔한 자동차 한 대 없이 안디의 재산은 자전거 한 대뿐입니다. 안디와 함께 지낸 일주일 동안 안디는 캘커타에서의 마지막 밤처럼 자기 방을 제게 내주었습니다. 방을 제게 내준 안디는 거실에서 매트리스를 깔고 잤습니다. 그리고 안디가 없는 캘커타로 돌아가 여섯 달을 살았습니다. 어느새 저는 왕고참이 되어 있었고, 안디처럼 신참 봉사자들과 말썽꾸러기 환자들을 혼내기도 했습니다. 저는 더 이상 어린 견습생이 아니었던 것입니다. 안디가 내 하는 꼬락서니를 보면 얼마나 웃을까 생각하며 혼자 웃기도 했습니다.

캘커타에서 돌아오고 몇 달 뒤 운이 좋아 공짜 비행기표로 또한 번 유럽에 갈 기회가 생겼습니다. 당연히 뮌헨으로 일정을 잡았습니다. 이번에는 겨우 3박 4일의 짧은 일정이었습니다. 여전히 안디는 제게 자기 방을 내주었습니다. 지난 번처럼 함께 자전거를 타고 뮌헨 구석구석을, 뮌헨 교외의 호수와 숲을 쏘다녔습니다.

뮌헨을 떠날 때마다 안디는 샌드위치와 과일과 음료수를 제 배낭에 채워주었습니다. 안디는 저를 'Breadless poet' 이라고 부르곤 했습니다. '빵 한 조각 없는 가난뱅이 시인' 이라는 뜻이죠. 절대로 사실이 아니지만, 저는 안디 앞에서 가난뱅이 시인이 되는 것이 좋았습니다. 캘커타에서 저는 안디의 어린 견습생이었고, 뮌헨에서는 안디의 어린 동생이었습니다.

두번째 뮌헨을 떠나던 날, 늦잠을 자고 일어나니 안디는 거실에서 열심히 다림질을 하고 있었습니다. 전날 세탁기에 넣었던 제 옷들을 다림질하고 있었습니다.

"헤이, 안디! 뭐하는 거야? 어차피 다 배낭에 구겨넣을 건데, 그러지 마!"

실랑이 끝에 안디가 양보했습니다. 제가 입고 떠날 티셔츠와 바지만 다려주기로요. 배낭족답지 않게, 말끔하게 다려진 바지와 티셔츠를 입고 뮌헨 역에서 헤어질 때, 안디는 저를 끌어안고 말했습니다.

"캘커타에서 다시 만나자."

캘커타의 수녀님들은 '천부적인 봉사자' 인 안디에게 신부나

수사의 길을 권했다고 합니다. 하지만 안디는 '성직자'가 아닌 '자원봉사자'가 자신의 길이라며 정중히 거절했습니다. 본인은 절대로 받아들일 수 없다고 하지만, 저는 안디를 여전히 '성자'라고 부릅니다. 저는 이 세상에 성자란 없다고 믿었습니다. 안디를 비롯한 캘커타의 친구들을 만나면서 저는 생각을 바꿨습니다. 성자는 우리들 모두의 마음속에 있다고요.

안디와 같은 인생을 살아갈 자신이 제게는 없습니다. 그렇지만 안디가 제게 가르쳐준 몇 가지는 잊지 않고 살아가려 합니다. 내 그릇을 닦듯이 다른 사람의 그릇을 닦을 수 있으면 좋겠습니다. 친구가 말끔하게 기차에 오를 수 있게 친구의 바지를 다려줄 수 있으면 좋겠습니다. 캘커타에 돌아가 다시 한 번 안디의 착한 견습생이 됐으면 참 좋겠습니다.

— 1997년 2월 어느 날

링링

해피...뉴...이어!... Happy New Year!

Leng-Leng

집 떠나서 제일 서러운 때가 언제인지 아시죠? 우선 몸이 아플 때입니다. 그리고 그 다음으로 서러운 때가 바로 명절입니다. 추석, 설날에 먼 타국에 홀로 떨어져 있을 때, 굳이 말 안 해도 아시겠지요? 참 쓸쓸해집니다. 역마살이 팔자에 들어 있는지, 바깥 세상에만 나가면 기운이 펄펄 나는 조병준도 그놈의 '명절 향수병'은 도저히 감당을 못 합니다. 하긴 그렇지 않고서야 우리의 저 끔찍한 귀성 행렬이 어디 설명이 되겠습니까. 조선 사람은 별 수 없지요.

여러 번 명절을 바깥 세상에서 보냈습니다. 여러 번 그러다 보니 나중에는 그것도 만성이 되더군요. 하지만 처음엔 많이 힘들었습니다. 1994년 설날이 그랬습니다. 캘커타에서 난생 처음으로 명절을 혼자 보내게 되었습니다. 물론 양력으로는 새해가 시작된 지 한참이 지난 때였죠. 어느 날 수첩의 달력을 보니 그 해 2월 10일이 설날이었습니다. 서울에 있을 때는 제삿날도 제대로 못 챙기는 저였습니다. 그래서 아버님에게 야단도 꽤나 많이 맞았구요. 그런데 설날은 보름 전부터 꼽기 시작했습니다. 역시 귀한 자식은 멀리 떠나보내야 한다는 옛말이 빈 말이 아니더군요. 그래야 부모 형제 귀한 걸 알게 되더라구요.

설날 보름쯤 전이었던 것 같습니다. 링링을 만났습니다. 저는 그때 겁 없이 뛰어든 캘커타 마더 테레사의 자원봉사 일에 푹 빠져 있었습니다. 애당초 일주일만 경험 삼아 해 보고 남인도로 떠날 작정이었죠. 그랬는데, 한 주일만 더, 다시 한 주일만 더 하다 가자는 것이 한 달을 넘기고 있었습니다. 그때쯤에는 아예 생각을 고쳐 먹고 있었죠. 언제 떠난다는 생각을 아예 하지 말자. 하다가 지치고 그만하면 됐다는 생각이 들면 그때 떠나자. 그렇게 난생 처음 해보는 자원봉사 일을 힘드는 줄도 모르고 열심히 하고 있을 때였습니다. 링링을 그때 만났습니다.

캘커타의 자원봉사자들은 매주 목요일에 하루를 쉽니다. 밀린 빨래도 해야 하고, 낮잠도 자야 하고, 친구들끼리 밥도 해먹고, 하여간 꿀처럼 달콤한 하루의 휴식입니다. 그런데, 수녀님들이 그 휴일을 좀더 알차게(?) 보내라는 뜻에서 가끔씩

행사를 마련해주시곤 합니다. 우리말로 하면 일종의 '피정' 같은 것이죠. 주로 교외에 있는 나환자 재활촌을 방문한다든가, 신부님들과 대화를 나눈다든가 하는 행사들이 주로 이루어집니다. 처음 캘커타 생활이었던 터에, 자원봉사자들이 하는 일은 다 해보자는 생각이었습니다. 가톨릭도 아니면서 신부님과의 대화 모임에 참석하기로 했습니다.

솔직히 그날 신부님과의 대화는 조금 실망스러웠습니다. 신부님이 워낙 연로하신 분인 데다 상당히 보수적인 분이었거든요. 하여간 그날의 모임이 끝나고 함께 갔던 친구들이 걸어서 돌아오는 길이었습니다. 어쩌다 그렇게 되었는지는 지금도 모르지만, 하여간 링링과 함께 걷고 있었습니다. 사실은 그 모임에서 유일한 동양인이 바로 링링과 저였습니다. 피는 물보다 진하다고 했지요. 아무래도 생김새가 같은 동양인끼리는 말한 마디라도 더 건넬 수밖에 없었지요. 그 전에도 몇 번 그녀를 수도원 본부에서 본 적이 있었지만, 그렇게 정식으로 통성명을 하고 길게 이야기를 나눈 것은 그날이 처음이었습니다.

링링의 정식 이름은 린다(Linda)였습니다. 싱가포르에서 온 처녀였습니다. 나이는 그때 서른을 갓 넘어 있었구요. 중국식으로 부르는 이름은 없느냐고 물었더니, 아버지와 어머니는 자신을 '링링(玲玲)'으로 부른다고 했습니다. 그래서 앞으로 그 이름으로 불러도 좋겠냐고 물었더니, 자신도 그 이름을 불러주면 가족 같은 기분이 들 테니 좋다고 했습니다. 그래서 그이후 줄곧 다른 친구들이 린다라고 부를 때도 저는 그녀를 링링이라고 불렀습니다. 아, 얘기가 조금 앞서 갔군요. 하여간 그렇게 링링을 만났고, 그날 우리는 곧 다가올 설날에 함께 식

사를 하기로 약속했습니다. 당시 캘커타에서 음력 설을 지키는 사람은 우리 두 사람뿐이었거든요. 그 제안을 내놓은 사람은 제가 아니라 링링이었습니다.

캘커타의 자원봉사자들의 주류는 아무래도 유럽과 북미에서 온 백인 청년들입니다. 일본 사람들도 꽤 많이 옵니다만, 일본인을 제외하면 동양인은 그리 많지 않습니다. 제가 처음 캘커타에 있었을 때만 해도 한동안은 한국말을 전혀 못 쓰고 살았던 적도 있었습니다. 가끔 홍콩이나 싱가포르에서 오는 친구들이 몇 있었고, 유럽에 이민 간 베트남 사람들이 몇 있었을 뿐, 캘커타에서 동양인은 숫적으로는 완전히 소수 민족이었습니다. 그런 터에 또 일본 사람들은 음력 설을 쉬지 않습니다. 향수병에 걸린 두 동양 청년이 설날, 맛있는 저녁이라도 먹으면서 서로 향수병을 달래주기로 약속했습니다.

그렇게 두 사람의 저녁으로 출발했던 1994년의 설날이었습니다. 그러나 사람의 내일 일은 아무도 모르니! 그 해 설날에는 아주 커다란, 캘커타 역사상 유례 없는 어마어마한 '국제적 파티'가 벌어지고 말았습니다. 도합 70명이 넘는 전세계의 청년들이 그 설날 잔치에 참석했습니다. 사태의 발단은 저의 꼬임에 넘어가 여행 일정을 집어치우고 잠시 캘커타에 머문 두 명의 한국 배낭족 여학생들이었습니다. 겨우 일주일에 불과했지만, 두 여학생은 그 어떤 봉사자들보다 더 열심히 일을 했습니다. 선희와 수경이었습니다. 당시 단국대 3학년을 마치고 용감하게 인도로 40일간의 배낭 여행을 떠나와 있었습니다.

설날 며칠 전, 지나가는 말로 선희와 수경이에게 운을 띄워 보았습니다. "선희야, 수경아, 우리 며칠 뒤면 설날인데, 음식 좀 만들어서 친구들하고 나눠먹을까?" 선희와 수경이는 쌍수를 들고 환호성을 지르더군요. "오빠, 너무 멋져요! 요리는 걱정하지 말아요. 수경이가 자취 생활 십 년째거든요." 링링에게 그 소식을 전했습니다. 물론 선희와 수경이는 그 짧은 새에 벌써 링링을 '언니'라고 부르며 쫄쫄 따라다니고 있었던 터였구요.

그렇게 해서 캘커타의 한국인 '준'은 두 명의 한국 여인과 한 명의 중국계 싱가포르 여인을 거느리고 설날 잔치를 진두 지휘하게 되었던 것입니다. 중국인 거리에 가서 배추와 무를 사고, 두부도 사고, 잡채를 만들 당면도 사고, 이슬람 거주 지역에 가서 쇠고기(!)——인도에서도 회교도들은 쇠고기를 먹습니다——도 사고, 심지어는 병어를 닮은 생선도 샀습니다. 아침 7시부터 시작된 그날의 잔치 음식 준비는 초대받은 친구들이 몰려온 저녁 7시가 되어서야 겨우 끝났지요. 물김치, 불고기, 생선전, 두부 부침, 잡채, 시금치 나물, 오이 무침, 감자 볶음……. 끝내 깨소금도, 참기름도 구할 수 없었지만, 하여간 선희와 수경이는 최선을 다해 멋진 한국 요리를 만들어냈습니다. 링링도 몇 가지 중국 요리를 만들었구요. 갖은 야채 샐러드에 도대체 국적을 분간할 수 없는 요리도 한두 가지가 아니었습니다. 석유 스토브며 접시, 그릇들은 모두 자원봉사자 친구들한테 빌렸구요.

스페인 친구 알베르또와 이탈리아 친구 안젤로도 요리 준비를 거들었습니다. 뭐고작해야 감자 깎고 야채 다듬는 일이었지만요. 저녁이 되자 하나둘씩 친구들이 모여들기 시작했습니다. 애당초엔 그냥 몇 명만 부르려는 생각이었습니다. 그랬더니 그 얘기를 전해 들은 다른 친구들이 "왜 나는 초대 안 하느냐?"고 하더군요. 할 수 있나요? "아, 그렇지 않아도 널 초대하려고 했던 참이야"라고 거짓말을 할 수밖에요. 이렇게 저렇게 부르다 보니 거의 30명이 다 되었습니다. 하루 종일 음식을 준비하지 않을 수가 없었지요. 단골 포장마차 중국집에서 볶음밥도 주문하고, 빵도 잔뜩 사다 놓았지만, 여전히 음식이 모자랄까 걱정이었습니다.

그랬는데, 이게 웬 일입니까! 그다지 가깝지 않아 부르지 않았던 친구들이 하나둘 모여드는 게 아닙니까? 나중에는 저희들하곤 아예 일면식도 없는 사람들, 그러니까 마더 테레사의 자원봉사자들이 아닌 보통 배낭족들까지 모여들고 있었습니다. 애고! 이게 어찌된 일이냐! 이 많은 입을 다 어떻게 먹여 살리라고!

잔칫날은 좋은 날입니다. 누가 오면 어떻습니까? 좋은 날을 함께 나누려고 오는 건데요. 오는 손님은 막지 말고 가는 손님은 마음 편히 보내라, 우리가 절대로 잊어버리지 말아야 할 삶의 지혜가 아니겠습니까. 하여간 〈모던 로지〉 호텔의 옥상이 가득 찼습니다. 호텔이요? 말이 호텔이지, 하룻밤에 이천 원짜리 싱글 룸과 삼천 원짜리 더블 룸이 고작인 여인숙입니다. 그 싸구려 호텔 〈모던 로지〉의 옥상에 70명이 넘는 세계의 청년들이 모여 들었습니다. 과일을 들고 온 친구들도 있었고, 음료수를 들고 온 친구, 맥주를 들고 온 친구, 뭐 그냥 빈 손으로 온 친구들도 있었습니다.

길게 뷔페식으로 차린 잔칫상이 완성되었습니다. 저는 선희와 수경이를 불러 따로 제삿상을 만들었습니다. 따로 준비한 안남미 쌀밥에, 물김치로 국은 대신하고, 그래도 생선전과 호박전, 숙주 나물, 시금치 나물로 구색은 다 갖췄습니다. 사과와 바나나, 파파야로 세 가지 과일도 제대로 놓았구요. 큰 맘 먹고 이천 원짜리 인도 위스키로 제주도 마련했구요.

친구들을 불러모았습니다. 유창한(?) 영어로 설날을 설명해주었지요. 그리고 이제부터 '차례'를 지낼 텐데, 이것은 밥상에

절을 하는 것이 아니라, 돌아가신 조상님들이 자손들과 함께 기쁜 날을 나누기 위해 그 영혼이 내려오시므로 그 조상님들께 절을 하는 것이라고 설명해주었습니다. 선희와 수경이, 그리고 마침 캘커타에 들어온 한국인 간호사 김혜진 양과 함께 차례를 올렸습니다. 난생 처음 진귀한 동양의 '종교 의식'을 접하게 된 서양 친구들이었습니다. 여기저기서 카메라 플래시가 터지더군요. 킥킥거리고 웃는 사람은 하나도 없었습니다. 모두 진지한 얼굴로 빙 둘러서 우리의 차례를 지켜보고 있었습니다. 차례가 끝나고 이번엔 '세배'를 가르쳐야 할 순서였습니다. 선희와 수경이, 혜진이가 제게 세배를 올렸고, 저는 그 예쁜 아우들에게 10루피(우리 돈으로 400원입니다)를 세뱃돈으로 주었습니다. 잠시 후 친구들이 너도 나도 세배를 하겠다고 달려드는 통에 혼줄이 났지요. 나중엔 자기들끼리 서로 세배를 하기도 했구요.

그렇게 설날의 공식 행사는 끝났습니다. 이제는 잔칫상을 함께 나눌 차례였지요. "이제 먹자!" 아, 참 볼 만했지요. 애초에 한 30명쯤을 예상하고 만든 음식이었습니다. 음식은 금방 동이 나버렸고, 가엾은 우리의 선희와 수경이, 그리고 링링은 남은 재료로 계속 음식을 만들어 대느라 마침내는 그토록 정성 들여 만든 음식을 입에도 못 넣어 보는 사태까지 벌어졌지요. 모두들 음식이 너무나 기가 막히게 맛있노라고, 이 음식은 어떻게 하는 것이냐고 난리들이었습니다. 수정과를 만들 수는 없어, 그냥 계피와 생강과 흑설탕을 넣고 끓인 '수정과차'가 특히 디저트로 폭발적인 인기를 누렸지요(제가 끓였습니다!).

서양 사람들의 파티는 우리의 파티와 그 개념이 다릅니다. 일단 음식을 먹고 나면 그때부턴 삼삼오오 이야기를 나누기 시작합니다. 질펀하게 먹고 마시고 노래하고 춤추는 우리네 잔치와는 다르지요. 캘커타의 친구들도 마찬가지였습니다. 음식을 다 먹고 나더니 '자기들식'으로 놀기 시작하더군요. 조병준이 그 꼴을 보고 가만히 있을 위인이 아니었지요. "주목! 주목해주세요!" 준의 카리스마(?)가 그때부터 힘을 발휘하기 시작했습니다. 오늘은 한국의 설날이니 지금부터 한국식으로 놀아보기로 하자. 어떻게 노는가 하면, 한국 사람들은 일단 잔칫날이면 노래부터 부른다. 그냥 불러도 재미있을 것이나, 조금 더 재미있게 놀아보기로 하자. 지금부터 국가 대항 노래자랑 대회를 시작하겠다. 그럼 우리 한국 사람들이 먼저 시범을 보여주겠다!

우리는 양희은의 「아침 이슬」을 불렀습니다. 선희에게서 노래를 배운 일본 친구 혼성이 기타로 반주를 넣어주었습니다. 쏟아져 나오는 앵콜! 그래서 우리는 해바라기의 「사랑으로」를 다시 한 번 불렀지요. 그리고 그때부터 국가 대항 노래자랑이 시작되었습니다. "이탈리아! 독일어 사용 스위스! 이탈리아어 사용 스위스! 프랑스어 사용 스위스! 잉글랜드! 스코틀랜드! 아일랜드! 웨일즈! 웨일즈 없어요? 할 수 없군! 그러면 미국! 캐나다! 멕시코! 일본! 아르헨티나! 프랑스! 독일! 덴마크! 노르웨이! 스웨덴! 핀란드! 스페인! 벨기에! 페루! 호주! 뉴질랜드!……"

끝이 없었습니다. 한 사람이 달랑 나와 수줍게 노래를 부르고 들어간 나라도 있었고, 열 몇 명이 떼로 몰려나와 플라멩코를

추며 난리법석을 떤 스페인 같은 나라도 있었습니다. 잉글랜드 친구들은 비틀즈의 「렛잇비」를 불렀고, 미국 친구들은 돈 매클린의 「아메리칸 파이」를 불렀습니다. 모두들 자기 나라의 대표곡을 고른다며 머리를 맞대고 회의를 열었습니다. 적지 않은 사람들이 그날 그 자리에서 처음 인사를 나누기도 했지만, 하여간 열심히 노래들을 불렀습니다. 흥이 고조되면서 드디어 자기네 민속춤을 추는 팀들도 나오기 시작했지요. 노래가 끝날 때마다 정말 우뢰와 같은 박수가 이어진 것은 두말 할 필요도 없는 사실입니다.

그렇게 많은 나라의 청년들이 한 자리에 모일 거라고는 상상도 하지 못했습니다. 심지어 제가 미처 이름을 대지 못한 나라에서 온 청년들은 자진해서 외치기도 했습니다. "여기 네덜란드 있어요! 여기 베트남도 있는데!" 공산 베트남을 떠나 유럽으로 입양된 베트남 청년 민이 나와 베트남 노래를 불렀습니다. 물론 인도 청년들도 있었구요. 그리고 마침내 링링의 나라, 싱가포르를 호명해야 할 차례였습니다. 아주아주 특별한 순서였습니다. 그 날의 그 멋진 파티를 있게 한 원인 제공자가 나오는 순서였으니까요.

"자, 그럼 매우 특별한 분을 이 자리에 모시겠습니다. 싱가포르에서 오신 명가수 링링, 또는 린다 양입니다. 오늘 이 잔치는 링링이 아니었다면 없었을 것입니다. 오늘은 한국인에게만 아니라 중국인들에게도 역시 새해 첫날입니다. 여러분, 싱가포르에서 오신 링링 양을 커다란 박수로 맞이해주십시오!" 그날의 준은 거의 밤무대 사회자급이었습니다. 링링이 무대, 즉 친구들이 빙 둘러서서 만든 반원형의 무대 중앙으로 걸어나왔습니다. 링링이 마이크를 잡고, 아참, 마이크는 없었군요, 하여간 인사말을 시작했습니다.

"먼저 이 자리를 주선한 준에게 감사를 드리고 싶습니다. 준이 아니었다면 이런 아름다운 잔치는 없었을 거예요. 준 덕분에 쓸쓸하지 않은 설날을 보내게 되었답니다. 혼자 이날을 보냈다면 아주 많이 외로웠을 거예요. 그런 의미에서 한국 노래를 하나 부르려고 해요. 제가 아는 유일한 한국 노래인데, 물론 가사는 중국어이구요. 준! 나와서 함께 불러줄 수 있겠니?"

노래는 패티 김의 「이별」이었습니다. 친구들이 다시 천둥 같은 박수를 보냈고, 저는 링링과 나란히 서서 「이별」을 불렀습니다. 중국어와 한국어로 동시에 말이죠. 저도 모르게 링링의 손을 잡았습니다. 그리고 서로 얼굴을 처다보며 노래를 끝냈습니다. 신기했던 건, 그렇게 오랫동안 불러보지 않았던 노래가 한 번도 막히지 않고 술술 흘러나오는 것이었습니다.

노래자랑이 끝나고 심사위원장인 제가 등수를 매겨야 할 차례였습니다. 물론 저는 "모두가 1등!"이라고 자랑스럽게 선포함으로써 그 노래자랑 대회의 폐막식을 장식했습니다. 이어서 우리는 모두 손을 잡고 「스탠 바이 미」, 「이매진」 같은 노래들을 불렀습니다. 세계의 청년들이 한 마음이 되어 부르는 노래였습니다. 가사를 모르는 사람들은 허밍으로 따라불렀습니다. 사랑과 평화를 이야기하는 노래들을 불렀습니다. 그 자리에서 우리는 '인터내셔널(international)'이 아니라 '노 내셔널(no national)'인 세계를 경험했습니다. '국경 없는 세상'이 캘커타의 싸구려 호텔 옥상에서 탄생했던 것입니다. 잔치가 끝나고 헤어질 때 친구들은 즉석에서 모금을 했습니다. 일부는 옥상을 청소해줄 인도인 청소부에게 건네 주고, 나머지는 마더 테레사에게 기부금으로 보내기 위한 모금이었습니다.

잔치의 주최자로서 저는 수많은 인사를 받아야 했습니다. 자기 생애에 이렇게 아름다운 파티는 처음이었다고 말한 친구들

링 링... 해피...뉴...이어!...

이 적지 않았습니다. 하긴 서양 친구들이 언제 노래자랑을 해본 경험이 있었겠습니까! 필시 한국인만 갖고 있는 풍습일 텐데요. 선희와 수경이는 거의 눈물을 글썽이기까지 했습니다. "오빠, 정말 너무 좋아요! 어떻게 이럴 수가 있어요! 오늘은 정말 평생 잊지 못할 거예요." 링링도 제게 굿나잇 포옹을 건네며 말했습니다. "준, 고마워! 정말 너무 행복했어! 해피 뉴이어!" 그러면서 링링은 제게 붉은 봉투를 건네주었습니다.

봉투 속에는 카드와 함께 20싱가포르-달러 지폐가 들어 있었습니다. "언젠가 싱가포르에 오면 쓰렴. 아니면 가끔 꺼내보면서 나를 기억해도 좋고." 그런 말이 신년축하 카드에 적혀 있었습니다. 생각이 깊지 못한 저는 링링에게 아무 선물도 준비하지 못했는데 말입니다.

선희와 수경이는 이틀 뒤 캘커타를 떠나 서울로 돌아갔습니다. 펑펑 울면서요. 링링은 두 '동생'을 보내며 울었구요. 다시 캘커타에 외로이 남은 두 동양인이 되었습니다. 물론 일본 친구들이 많이 있었긴 하지만, 중국인과 한국인의 관계는 일본 친구들이 따라잡기가 힘든 관계였지요. 링링과 제가 가장 동질감을 느낀 부분이 하나 있었습니다. 바로 부모와 자식 간의 '부자유친' 유교 덕목이었지요.

링링은 캘커타에서 보낸 1년여 동안 내내 아버지와 냉전 상태에 있었습니다. 새해 인사를 드리려고 집으로 전화를 했는데, 링링의 아버지는 딸의 전화를 받지 않았다고 했습니다. 아버지의 허락을 받지 않고 캘커타로 떠난 딸을 용서할 수 없었던 것입니다. 링링은 캐나다계 은행의 싱가포르 지점에서 일하고

있었습니다. 캘커타에 올 결심을 하고 은행에 휴직계를 냈습니다. 물론 월급을
받지 않는 휴가였지요. 그런데 링링의 부친께서는 끝내 링링의 캘커타 행을 허락
하지 않으셨습니다. 링링은 결국 캘커타로 떠나기 직전 공항에서 아버지에게 자
신의 캘커타 행을 통보해야 했습니다. 부친이 노발대발하신 것은 물론이었구요.
꼼짝말고 공항에서 기다리라고 외치셨다더군요. 그렇게 캘커타에 온 링링이었으
니, 중국인 최대의 명절이라는 설날에 오죽 마음이 아팠을까요.

캘커타 생활 내내 링링은 많이 아팠습니다. 본래 그렇게 건강 체질이 아니었던
것이지요. 그러면서도 거의 하루도 빠지지 않고 일터로 나갔습니다. 이 친구 저 친
구가 떠날 때마다 공항까지 쫓아 나가고, 선물을 쥐어주고 눈물을 펑펑 쏟곤 했
습니다. 캘커타에 모인 친구들이 대개는 다 천사 같은 심성을 지니고 있지만, 그
중에서도 링링은 특별한 사람이었습니다. 그렇게 정이 많은 사람은 캘커타에서
도 흔치 않았습니다.

런던으로 가기 위해 제가 캘커타를 떠나야 할 날이 왔습니다. 링링은 제게 비싼
저녁을 사주었고, 물론 공항까지 따라왔습니다. 그리고 캘커타 공항에서 펑펑 눈
물을 쏟았습니다. 링링에겐 아직도 8개월 이상의 캘커타 생활이 남아 있었습니
다. 다른 친구들도 많이 있었지만, 그래도 준은 그녀에게 매우 '특별한 친구' 였
을 게 분명합니다. 저는 링링의 눈물을 그렇게만 해석했습니다. 바보였지요. 링
링의 눈물은 단순한 친구의 이별 눈물이 아니었던 것입니다. 나중에 런던에 가서
야 그 사실을 알았습니다. 링링이 보내온 편지를 보고야 그녀가 나를 '특별하게'
사랑했다는 사실을 알게 되었습니다. 캘커타 친구들이 남녀 없이 서로에게 건네
는 "너를 사랑해"와는 다른 사랑이 링링에게 있었음을 말입니다.

더 이상 자세히 얘기하지는 않겠습니다. 다만, 전혀 원치 않는 일이었지만, 저는
그 착한 링링에게 상처를 주고 말았다는 얘기만 하겠습니다. 모르겠습니다. 지금
쓰고 있는 이 글이 또 링링에게 상처가 될지도 모르지요. 하지만 저는 믿습니다.

링링이 저를 좋은 친구로 가슴에 담아두고 있다는 것을요. 제가 링링을 '좋은 친구'로서만 생각한다는 마음을 전한 후에도 여전히 링링은 제게 잊지 않고 편지를 보내주었습니다. 제가 캘커타를 떠난 다음 결국 학교를 휴학하고 캘커타로 돌아와 버린 선희에게서 나중에 들은 소식입니다만, 캘커타에서 제 편지를 받고 링링은 또 많이 울었다고 하더군요. 그런 저에게 선희가 그러더군요. "준이 오빠, 오빠는 참 좋은 사람이지만, 남자로는 참 나쁜 남자예요." 어쩌겠습니까? 사람 사이의 일이란 것이 그렇게 좋은 방향으로만 흐르지를 않는 법인데요.

유럽에서 다시 캘커타로 돌아갔습니다. 1년 동안 있겠다고 했던 링링이었던지라 캘커타에서 다시 그녀를 만날 수 있을 줄 알았습니다. 돌아간 캘커타에 링링은 없었습니다. 아버지의 성화를 못 이겨 결국 두 달을 앞당겨 싱가포르로 돌아가 버렸던 것입니다. 캘커타에 남아 있던 친구들이 제게 알려주었습니다. 링링이 목을 빼고 저를 기다리다가 떠났다고요. 캘커타에서 여섯 달을 지내다가 막판에 열병으로 한 바탕 죽을 고비를 넘긴 다음, 집으로 돌아갈 비행기표를 구했습니다. 우선 싱가포르까지 가는 표를 샀습니다. 방콕으로 가면 좀더 싼 표를 구할 수도 있었지만, 싱가포르에 들르기로 했습니다. 링링을 다시 한 번 만나고 싶었습니다. 그녀에게 미안하다는 말, 고맙다는 말을 직접 하고 싶었습니다.

저보다 늦게 캘커타에 들어와 제대로 친해지지도 못한 채 헤어져야 했던 프랜시스(Francis)가 저를 자기 집에 받아들여 주었습니다. 열병 탓에 비쩍 마른 몸으로 들어온 저를 집에 돌아가기 전에 원상 복구시키겠다며 아침부터 저녁까지, 정말 거짓말 안 보태고, 돼지처럼 먹었습니다. 역시 얼굴 몇 번 본 게 전부인 또 다른 싱가포르 친구 아그네스(Agnes)도 저를 데리고 열심히 싱가포르 관광을 시켜주었구요. 한 번도 만나지 못했던 번(Birne)이라는 링링의 친구 역시 은행일로 바쁜 링링 대신 저를 챙겨주느라 난리였습니다. 그녀 역시 캘커타 공동체의 일원이었습니다.

링링은 자꾸 미안해 했습니다. 집이 좁은 탓도 있지만, 우선 엄한 유교적 아버지 때문에 저를 자기 집에 머물게 하지 못하는 것을 미안해 했습니다. 매일 늦게까지 야근을 계속해야 하는 은행 일 때문에 한 번도 제대로 싱가포르 구경을 시켜주지 못한다고 미안해 했습니다. 몇 번씩 좋은 저녁을 사주면서도 여전히 미안해 하는 것이었습니다.

싱가포르를 떠나 드디어 서울로 돌아가는 날이 왔습니다. 공항으로 링링을 비롯한 싱가포르 친구들이 총출동했습니다. 싱가포르에서 새로 만난 친구의 친구들도 나왔습니다. 마지막 식사를 함께 나누었습니다. 애써 밝은 표정을 지으려 했지만, 저도 링링의 마음이 그렇게 밝지 않다는 것을 모를 만큼 바보는 아니었습니다. 그렇지요, 정작 미안해야 할 사람은 저였지요. 그런데 이 바보 같은 링링은 끝까지 자기가 미안해하는 것이었습니다. 그렇게 착한 여자였습니다. 링링은.

지금도 매년 음력 설 무렵이면 링링이 보내는 빨간 봉투를 받습니다. 항상 그 해 캘커타에서의 설날을 기억한다는 말이 적혀 있습니다. 한 심성 고운 여자 친구의 제안에서 그렇게 아름다운 설날 잔치가 출발했습니다. 난생 처음 만나는 사람들까지 손을 잡고 함께 노래부르게 만든 잔치가 말입니다. 우정은 그런 것이지요. 얼마든지 쌓일 수 있는 것입니다. 우정은 플러스 마이너스 제로인 제로섬 게임이 아닙니다. 우정은 언제나 플러스로만 쌓이는 '노 리미트 게임'입니다. 링링이 그런 멋진 우정의 씨앗을 심어주었습니다. 링링과 제가 설날 잔치에서 「이별」을 부르긴 했지만, 우리의 우정에 '이별'이 없을 것임을 저는 분명히 믿습니다. 제가 죽는 날까지 설날이 올 때마다 링링을 기억할 테니까요. 싱가포르를 떠날 때 링링이 제게 선물했던 싱가포르 피아니스트의 연주곡 「이별」을 들을 때마다 그녀를 기억할 테니까요. 싱가포르에 링링, 그 이름처럼 예쁜 마음을 가진 링링이 살고 있습니다. 이제 캘커타로 오고 갈 때 저는 꼭 싱가포르 경유표를 끊을 것입니다. 링링이 그곳에 살고 있으니까요. 언젠가 또 그런 날이 올까요? 링링을 앞에 놓고 이렇게 말할 수 있는 날이요. "해피 뉴 이어! 링링!"

— 1997년 8월 어느 날

도널드

쌩뙤스따슈에서...온...편지... A Letter from Saint-Eustache

Donald

편지가 날아왔습니다. 반가운 이름과 이제 낯익어진 주소가 적혀 있었습니다. 도 날드 트렁블리(Donald Tremblay). 123, rue Saint-Louis, Saint-Eustache, Qué- bec, Canada⋯⋯. '쌩뙤스따슈' 쯤으로 읽어야 할 겝니다. 아시다시피 퀘벡은 불 어를 쓰는 지역이니까요. 퀘벡이 캐나다 동부라는 사실 정도는 저도 알고 있습니 다. 하지만 쌩뙤스따슈가 어디쯤에 있는 도시인지는 모릅니다. 도시가 아니라 조 그만 시골 마을일는지도 모릅니다.

제가 알지 못하는 어떤 곳에서 편지가 날아왔습니다. 편지는 우선 드넓은 캐나다 대륙을 횡단했겠지요. 그리고 다시 저 태평양을 건넜을 것이구요. 도날드는 제가 사는 '부천시'가 한국의 어디쯤에 붙은 도시인지를 알고 있었을까요? 글쎄요, 아 마 몰랐을 가능성이 훨씬 클 겝니다. 그렇게 서로가 한 번도 가보지 못한 곳, 세 계 지도를 펼쳐도 그 이름이 나오지 않는 곳에서 서로 편지를 주고받습니다.

오랫동안 도날드에게 편지를 쓰지 않았습니다. 사실은 도날드뿐만 아니라 모든 친구들에게 편지를 쓰지 않았습니다. 아주 오랫동안⋯⋯. 책을 한 권 썼습니다. 작년(1996년) 연말이면 넉넉히 책이 나올 거라고 생각했습니다. 하지만 책이 나 오기는커녕 원고를 1월 중순이 되어서야 넘겨줄 수 있었습니다. 원고를 끝내고 한꺼번에 답장을 쓰려고 했었죠. 그러다 책이 2월이면 나올 것 같아 친구들에게 책을 보내주면서 편지를 쓰고 싶었습니다. 그러면 답장을 늦게 보내는 데 대해 '확실한 변명'이 될 거라고 짱구를 굴렸던 거죠. 도날드는 그새 두 통의 편지를 제게 보냈습니다. 그리고 또 한 통의 편지가 날아온 오늘 3월 19일 현재, 제 책은 아직 세상에 나오지 않았습니다.

답장을 쓰지 않은 편지가 지금 수십 통이 쌓여 있습니다. 힘들지 않게 사는 사람 있으면 나와 보라 그래! 그렇죠. 힘들고 바빴다는 거, 다 핑계일 뿐입니다. 이 일 부터 끝내놓고 편안한 마음으로 쓸 거야. 아뇨! 절대로 그렇게 되지 않습니다. 만 사를 제쳐 놓고 편지부터 써야 합니다. 미카엘 엔데의 동화『모모』에 보면 시간 도둑들의 이야기가 나오죠. 시간 도둑들한테 시간을 도둑맞은 사람들은 '바쁜 일부터 끝내고' 친구 모모를 챙기겠다고 생각합니다. 그리고 그 사람들은 당연히 친구를 챙겨주지 못합니다. 저도 어쩌다 시간 도둑들한테 제 시간을 도둑맞아버렸던 모양입니다.

검은 셔츠에 하얀 깃, '로만 칼라'의 건장한(?) ── 사실은 조금 '육중'했다고 하는 게 정직한 표현입니다 ── 신부님이 있었습니다. 지금은 웬만큼 알고 있지만, 캘커타에 있을 때만 해도 저는 사제들에 대해 아무것도 모르고 있었습니다. '로만 칼라'만 입고 있으면 그저 다 신부님인 줄로만 알고 있었죠. 로마에서 신학 공부를 하던 중 크리스마스 휴가를 캘커타에서 '자원봉사자'로서 보내겠다고 날아온 도날드였습니다. 저는 도날드를 '파더 도날드'라고 불렀죠. 사제 서품을 받기 전에, 신학생과 부제(사제가 되기 전에 먼저 부제가 됩니다)들도 로만 칼라를 착용할 수 있다는 걸 몰랐으니까요.
하여간 도날드가 로마에서 공부하는 신부이건 말건, 제게는 그냥 '쫄다구'였습니다. '숙달된 고참 준' 앞에서 누가 감히 로만 칼라를 높이 세우리요! 꽤나 우량아에 속하는 도날드는 땀을 뻘뻘 흘리며 열심히 일했습니다. 저는 도날드의 그런 모습이 참 보기 좋았습니다. 세상 가장 낮은 곳으로 내려와 가장 낮은 사람들과 함께 살았던 어떤 '사람의 아들'의 모습을 도날드에게서 보았습니다. 캘커타에서 함께 일한 친구들과 항상 그랬듯이, 도날드와도 금방 쉽게 친구가 되었습니다.

하루는 도날드가 제 종교를 물었습니다. 아시다시피 저는 어느 종교의 교인이라고 떳떳이 내세울 구석이 없는 못난 위인

입니다. 부처님 앞에 가면 삼배는 꼭 올리고, 성당에 들어가면 성호는 꼭 긋고, 인도 여행 중 힌두교 사원에 가면 브라만 사제에게서 축복도 받고……. 한마디로 하면 '박쥐 같은 인간'인 셈이지요. 복이란 복은 다 받겠다는 욕심 덩어리인 셈이지요. 하여간 도날드의 질문에 어떻게 대답할까 궁리하다가 이런 대답을 주었습니다.

"글쎄, 참 어려운 질문인데……. 으음, 우리 어머니는 불교 신자이시거든. 나도 아마 불교 신자에 제일 가까울지 몰라."

그랬더니 도날드의 그 다음 말이 참 걸작 중의 걸작이었습니다.

"아하! 그러니까 너는 가톨릭의 불교파로구나!"

세상에! 이 몸집만큼이나 마음도 넉넉한 도날드는 세상의 모든 종교가 다 가톨릭 안에 포함되므로, 모든 사람이 다 자기와 같은 교인이고 형제요 자매라고 말하는 것이었습니다. 그러니 저더러 불교에서 가톨릭으로 '개종' 하라고 권유할 필요도 없다는 것이었지요. 참 웃기는 짬뽕 같은 신부님이라고 한참 웃었습니다.

아쉽게도 도날드의 크리스마스 휴가는 그리 길지 않았습니다. 다시 로마로 돌아가기 전, 도날드는 제게 편지 한 통을 건네주었습니다. 거기엔 아무리 잘 봐줘도 과찬이라고 할 수밖에 없는 이야기가 담겨 있었습니다. 제가 아기 예수를 경배하러 왔던 동방박사들을 생각나게 한다는 것이었습니다! 물론 저는 한국에서 왔으니 '동방' 에서 온 것은 사실이었습니다. 아무리 그렇다 해도 저는 그런 과분한 칭찬을 받기에는 조금도 어울리지 않는 사람이었습니다.

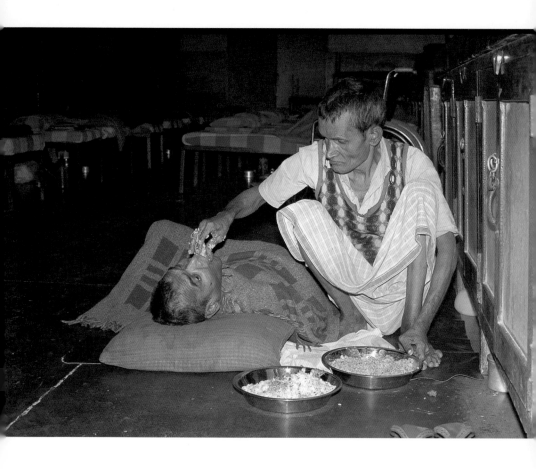

제가 안디, 안젤로, 그밖에 많은 친구들을 보며 그랬듯이, 도 날드에게도 저는 상당히 '대단한 사람'으로 비쳤던 모양입니 다. 하긴 캘커타에서 신참 봉사자들의 눈에 고참은 항상 대단 한 사람으로 보이게 마련입니다. 자원봉사 일이라는 것이 시 간이 지나면 누구나 다 할 수 있는 일이지만, 어쨌든 처음에는 그 일이 무척이나 어렵고 놀라운 일로 생각되거든요. 도날드 의 길지 않았던 캘커타 경험은 그리 특별하달 것도 없는 보통 봉사자 준에 대한 '환상'을 그에게 심어주었던 것 같습니다.

캘커타의 친구들은 서로 헤어지며 그런 편지들을 많이 주고받 았습니다. 서로가 서로에게 '너는 정말 대단한 사람이야! 어 쩌면 그럴 수가 있니!' 하는 식의 편지를 쓰며 호들갑을 떠는 거죠. 저도 그런 편지를 많이 받았고, 많이 썼습니다. 모르는 사람들이 보면 코웃음을 치는지도 모르겠습니다. 무슨 애들 같은 짓들이야! 하고 말입니다. 그렇습니다, 꼭 어린애들처럼 그렇게 합니다. 작은 일 하나에 금방 서로 감동하고, 그 감동 을 이기지 못해 서로 편지를 쓰고, 서로 포옹을 하고, 서로 볼 을 부빕니다.
아이들은 칭찬으로 크는 나무라죠. 못한다고 야단치는 것보다 는 잘한다고 쓰다듬어주는 편이 훨씬 낫답니다. 어른이 되었 다고 해서 달라져야 할 이유가 무엇일까요? 우리는 너무나 칭 찬에 인색한 것이 아닐까요? 돈이 드는 것도 아니고, 몸에서 진이 빠지게 힘이 드는 것도 아닌데, 왜 이렇게 우리는 칭찬하 는 일을 꺼려하며 살고 있을까요?
캘커타의 친구들 사이에 그런 편지들은 참 아름답고 소중한

도 날 드...쌩뜨스따슈에서...온...편지...

선물이었습니다. 어차피 완전한 사람은 이 세상에 단 한 사람도 없습니다. 다 부족하고 어리석은 사람들입니다. 그래도 한 구석씩은 '착한' 구석이 있는 것이 또 사람들입니다. 완전히 착한 사람이 없듯이, 완전히 못되기만 한 사람도 없는 것이지요. 그 한 구석씩의 '착한 사람'에게 칭찬으로 물을 주고 토닥거려 잘 자라게 하는 좋은 정원사들이 바로 캘커타의 친구들이었습니다. 도날드도 그런 친구들 중의 한 사람이었습니다.

오늘 친구에게 편지를 써보시는 건 어떨까요? 어쩌면 친구는 지금 '착하고 잘난 자기'를 잊은 채로 살고 있을지도 모릅니다. 넉넉한 칭찬으로 친구가 '착하고 잘난 자기'를 다시 생각하도록 만들어주세요. 친구가 무엇입니까? 꾸짖어줄 수 있는 친구도 물론 필요하지요. 하지만 우리에게 정말로 필요한 친구는 내가 잊고 있는 '착하고 잘난 나'를 쓰다듬어주는 친구일지도 모르겠습니다. 마구마구 칭찬해 주면서요. 진짜 마음에서 우러나는 칭찬은 아무리 많이 해도 절대 입에 침이 마르는 적이 없다고 하더군요.

로마로 돌아가며 도날드는 제게 말했습니다.
"내가 로마에 있는 동안 네가 로마에 올 수 있으면 참 좋겠다. 그냥 몸만 오면 되는데……."
저는 도날드가 로마에서 신학 공부를 마칠 때까지 로마에 가지 못했습니다. 캐나다로 돌아가서도 도날드는 잊지 않고 편지를 보내주었습니다. 언제나 편지 한 귀퉁이에는 이렇게 써 있었습니다.
"언제든지 캐나다에 올 수 있으면 대환영!"
오늘 날아온 그 편지는 매우 특별한 편지였습니다. 1997년 4월 25일 저녁 8시, 쌩뙤스따슈의 성당에서는 아주 특별한 미사가 거행됩니다. 도날드의 편지에 이렇게 써 있었습니다.
"이제 마침내 네가 나를 '신부님'이라고 부를 수 있게 된 거야. 네가 미사에 참석

할 수 있다면 얼마나 좋을까? 하지만 힘들겠지. 그래도 기억
해주렴. 캐나다는 언제나 너를 이 세상에서 제일 반가운 손님
으로 맞을 준비가 되어 있다는 것을……."

영어로 쓴 도날드의 편지 아래에는 프랑스어로 사제 서품식의
초청장이 인쇄되어 있었습니다. 신부님들에게 사제 서품식은
인생에서 가장 특별한 날이랍니다. 불행히도 저는 아직까지
한 번도 사제 서품식에 참석해본 적이 없습니다. 하지만 듣자
니, 그것은 참 감동적인 의식이라고 하더군요. 특히나 서품을
받는 젊은 사제들이 온몸을 바닥에 던져 엎드린 채로 '세상에
서 가장 낮은 곳으로 자신을 자리매김' 하는 의식이 그렇게 감
동적이랍니다. 섬김을 받으려고 온 것이 아니라 섬기려고 이
세상에 내려왔다는 '그분' 의 이야기는, 기독교 신자가 아니더
라도, 언제나 참으로 아름답게 들립니다.

이제 도날드도 그렇게 '섬기는 사람' 으로서의 인생을 살아가
게 되겠지요. 그 자리에 함께 있을 수 있다면 저도 참 좋겠습
니다. 쌩뜨스따슈에 가려면 어떻게 하면 될까요? 몬트리올로
가는 비행기를 타면 될까요? 몬트리올에서 쌩뜨스따슈까지는
또 어떻게 가야 할까요? 돈은 얼마나 들 것이며, 시간은 얼마
나 걸릴까요? 열심히 꿈을 꾸면 언젠가 그 꿈이 현실에서 이
루어진다던가요? 어디에서 제게 캐나다행 비행기표를 사주실
후원자가 짠! 하고 나타나주지는 않을까요? 앞으로 남은 한
달 동안 열심히 꿈을 꾸렵니다.

사진에서 누가 도날드인지 금방 알아보시겠죠? 가운데에서
두 손을 모으고 서 있는 친구가 도날드랍니다. 이 사진은 도날

드가 부제 서품을 받던 작년 9월 1일에 찍은 것이랍니다. 지난 1년 반의 본당 생활이 꽤나 힘들었다고 하더니, 살이 조금 빠진 것 같기도 합니다. 이제 4월 25일이 되면 '진짜' 신부가 되는 도날드입니다.

이 글을 읽으시는 모든 분들이 도날드에게 축하를 보내주셨으면 좋겠습니다. 하느님이건 부처님이건 한울님이건 그분이 누구건간에, 신을 믿는 분이라면 기도를 해주셔도 좋겠습니다. 도날드가 '세상에서 가장 낮은 사람'으로서 모든 가난한 사람들, 몸의 가난이든 마음의 가난이든 가난으로 인해 고통받는 사람들을 '섬기는 사제'로서 살아갈 수 있도록 기도해 주시면 좋겠습니다. 아, 그리고 이왕 기도를 하시려면 도날드가 좋아하는 '동방에서 온 친구' 준이 사제 서품 미사에 참석할 수 있게 해달라고 덧붙여주시면 참 고맙겠습니다.

누가 말했는지는 모르지만, 친구들이 모여서 함께 같은 꿈을 꾸면 혼자 꿈을 꿀 때보다 더 쉽게 그 꿈이 이루어진다고 하더군요(사실은 제가 억지로 지어낸 말입니다, 하하하). 자, 그러면 우리 함께 이런 꿈을 꿔보자구요. 1997년 4월 25일 금요일 저녁 8시, 도날드 트렁블리 신부의 사제 서품 미사가 벌어지는 쌩뙤스따슈의 성당, 그 뒷자리 한 구석에 동양인 한 사람이 조용히 앉아 있는 모습을 말입니다. 미사가 끝나고 '새 신부님'은 아마 미사에 참석한 사람들과 인사를 나누겠죠. 그러다가 마침내 새 신부님이 '동방박사'를 발견합니다. 와아아아!!!

— 1997년 3월 어느 날

모하메드 할아버지

두또... 두또... Duto, Duto

Grandpa Mohamed

〈프렘 단〉에는 남자 150명, 여자 150명의 환자들이 있습니다. 남자 봉사자들은 남자 병동에 있는 환자들만 돌봅니다. 인도가 아직 남녀유별이 철저히 지켜지는 사회이기 때문입니다. 남자 환자 150명 중에는 코흘리개 아이들도 있고, 백발 성성한 할아버지들도 있습니다. 병이 나으면 집을 떠나야 하는 것이 캘커타 마더 테레사의 집들의 원칙입니다. 하지만 스스로 생계를 유지할 수 없는, 그러니까 '구걸할 힘도 없는' 노인의 경우에는 임종을 맞을 때까지 〈프렘 단〉에 머무는 것이 허용됩니다. 따라서 〈프렘 단〉은 일종의 양로원 역할까지 함께 하고 있다고 보면 됩니다.

〈프렘 단〉에는 할아버지들이 많습니다. 대개는 병이 있거나, 몸을 제대로 움직일 수 없거나, 아니면 정신이 온전하지 않은 할아버지들입니다. 젊은 환자들은 시간이 지나면 떠나게 마련이지만, 할아버지 환자들은 그렇지 않습니다. 제가 캘커타를 떠났다가 여덟 달 만에 다시 돌아왔을 때도, 대부분의 할아버지 환자들은 그대로 〈프렘 단〉에 남아 계셨습니다. 물론 그 사이에 저 세상으로 떠나신 분들도 있었습니다. 몇몇 할아버지들은 겨우 석 달을 머물다 떠났던 저를 기억하고는 "오, 브라더, 컴백!" 하며 짧은 영어로 저를 반갑게 맞아주셨습니다.

〈프렘 단〉의 많은 할아버지들 중 한 분의 얘기를 들려드릴까 합니다. 모하메드 할아버지입니다. 이름에서 연상하시듯, 모하메드 할아버지는 이슬람 교도입니다. 정확한 나이가 몇 살인지, 어떻게 〈프렘 단〉까지 흘러오셨는지는 알지 못합니다. 모하메드 할아버지는 거의 말을 못하셨기 때문입니다. 물론 영어만 못하는 게 아니라, 말 자체를 못하십니다. 기껏해야 간단한 단어 한두 마디를 힘들여 중얼거리시는 게 고작이죠.

모하메드 할아버지는 또 다리를 제대로 쓰지 못했습니다. 목발 대신 이용하는 철제 보조기구 없이는 혼자서 움직이지를 못했습니다. 말도 못하고, 움직이지도 못하고, 모하메드 할아버지는 못하는 것 투성이였습니다. 하지만 모하메드 할아버지는 참 점잖은 할아버지였습니다. 부축을 받을지언정 꼭 화장실에 가서 볼일을 보셨고, 봉사자들에게 이거 해달라, 저거 해달라 투정을 부리는 일도 없었습니다. 그저 필요한 게 있으면 조용히 손짓으로 부탁을 했습니다.

수많은 봉사자들이 〈프렘 단〉을 거쳐갔습니다. 모하메드 할아버지가 그 중에서 유독 저를 예뻐하신 이유를 저는 잘 모릅니다. 하여간 언젠가부터 모하메드 할아버지는 점심 시간이 되면 꼭 저를 손짓으로 불러, 당신의 밥을 갖다 달라고 부탁했습니다. 흰 머리에 흰 수염을 점잖게 기르신 모하메드 할아버지는 이를테면 〈프렘 단〉의 선비 같은 분이었습니다. 얼굴도 그렇게 선하게 생길 수가 없었구요.

짧은 석 달, 그렇게 거의 매일 모하메드 할아버지를 챙기다보니, 너무나 당연히 정이 들고 말았습니다. 그러다 캘커타를 떠나는 날이 왔습니다. 첫번째 캘커타를 떠나던 날이었죠. 그때만 해도 철이 없었습니다. 저는 〈프렘 단〉의 환자들 중 다른 사람들보다 더 가깝게 느꼈던 사람들에게 모조리 작별 인사를 했습니다. 나중에야 알았습니다. 산전수전 다 겪은 고참들은 그런 식으로 작별 인사를 하고 떠나지 않는다는 것을요. 그 이별이 서로에게 너무나 힘들다는 사실을 그때는 미처 몰랐던 것이지요.

무지했던 벌을 톡톡히 받아야 했습니다. 환자들이 모두 인도말과 짧은 영어를 뒤섞어가며 다시 돌아올 거냐, 언제 돌아오느냐를 묻는 통에 그러잖아도 먹장구름 가득 끼어 있던 마음이 거의 비 내리기 일보 직전이 되어버렸습니다. 그렇게 인사를 하다가 모하메드 할아버지에게 마지막 인사를 했습니다. 모하

메드 할아버지는 아무 말도 하지 않으셨습니다. 그저 제 손을 놓지 않고 한참을 제 얼굴만 바라보고 있었습니다. 모하메드 할아버지의 손을 떼어놓고 〈프렘 단〉을 떠나는 일은, 〈프렘 단〉에서 제가 했던 그 어떤 일보다도 힘든 일이었습니다. 한 번 더 멍청하게 뒤를 돌아보고 말았습니다. 모하메드 할아버지가 힘없이 손을 흔들고 있었습니다. 병동을 빠져나오기도 전에 저는 그만 눈물을 쏟고 말았습니다. 도저히 제 의지로는 통제할 수 없던 눈물이었습니다.

여덟 달 만에 캘커타로 돌아갔습니다. 너무나 다행스럽게도 모하메드 할아버지는 여전히 〈프렘 단〉에 '살아' 계셨습니다. 그 사이에 더 여위셨고, 누군지 그 아름답던 백발을 밀어버려 민둥머리가 된 것 말고는, 큰 변화 없이 여전히 그 모습 그대로 계셨습니다. 머리를 밀어버린 것은 아마 이 때문이었을 겝니다. 날마다 머리를 감기고 목욕을 시켜도 한번 이가 퍼지면 도저히 감당해낼 수가 없었기 때문이죠. 〈프렘 단〉에 돌아간 첫날, 모하메드 할아버지에게 인사했을 때를 잊을 수가 없습니다. 모하메드 할아버지는 제가 떠날 때와 똑같이 제 손을 꼭 붙잡고 저를 하염없이 바라보았습니다. 여덟 달의 시간이 그저 하룻저녁으로 변해버리는 순간이었습니다.
모하메드 할아버지는 지난 번과 마찬가지로 저를 불러 목욕을 시켜달라고 하셨고, 밥을 갖다 달라고 하셨습니다. 웬만큼 바쁜 일이 아니라면, 모하메드 할아버지의 수발은 빼놓지 않았습니다. 그러던 어느 날이었습니다.

모 하 메 드   할 아 버 지...두또...두또...

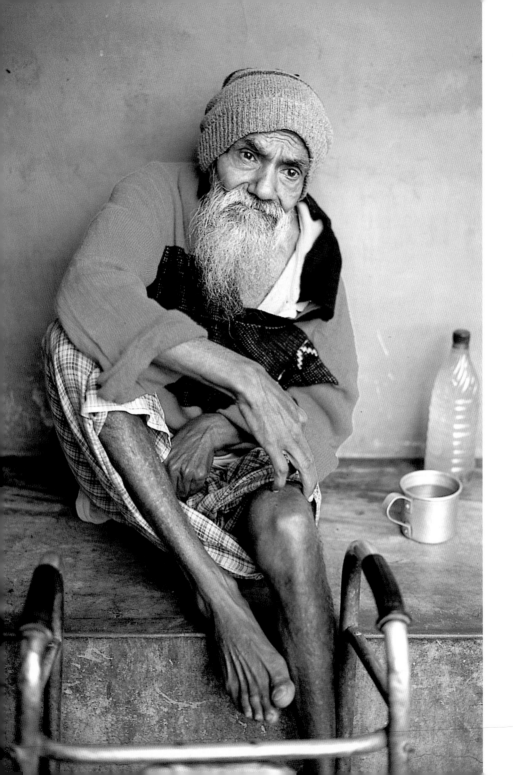

〈프렘 단〉에 석탄차가 왔습니다. 캘커타에서는 아직도 석탄이 주요 연료입니다. 그냥 덩어리째로 날라와서 그것을 일일이 쪼개 밥을 짓고 물을 끓이는 거죠. 〈프렘 단〉 앞길까지 석탄을 실어온 트럭은 길가에 석탄을 부려놓고 그냥 떠났습니다. 그때부터 순전히 사람의 힘으로 한 트럭분의 석탄을 창고까지 옮기는 일이 시작되었습니다. 긴 장대로 석탄 더미를 〈프렘 단〉 입구까지 경사로를 따라 밀어내리고, 삽으로 양동이에 퍼담으면 나머지 사람들이 릴레이로 나르는 식이었습니다. 수녀님들, 남녀 자원봉사자들, 심지어는 건강한 축에 끼는 환자들까지 총동원된 대규모 작업이었습니다.

중년(?)에 가까운 나이도 모르고 철딱서니 없이 저는 그 일에 뛰어들었습니다. 친구들과 낄낄거리며 장난쳐 가면서 말이죠. 나중에 어떤 대가를 치르게 될지 일을 하는 동안에는 전혀 몰랐습니다. 아침부터 시작된 작업은 열두 시가 거의 다 되어서야 끝났습니다. 작업이 끝난 다음에는 온몸이 완전히 석탄 검댕이투성이였죠. 일이 끝나자 이번엔 작업에 참여하지 않아 깨끗한 몰골을 유지하고 있는 친구들에게 일부러 검댕이를 묻혀주는 장난이 본격적으로 시작됐습니다. 수녀님들까지 동참한 그 석탄 문히기 놀이는 참 가관이었죠. 사방에서 비명소리, 폭소가 난무했구요.

환자들의 목욕장에서 친구들끼리 서로 비누칠을 해주며 씻었습니다. 씻어도 씻어도 검댕이가 계속 묻어나오더군요. 입고 있던 옷이 도저히 걸레로도 쓸 수 없을 만큼 엉망이 된 건 물론이구요. 수녀님들은 '광부' 자원봉사자들에게 새 옷을 내주셨습니다. 원래는 환자용으로 기증된 낡은 옷이었습니다. 물론

모하메드 할아버지...뚜또...뚜또...

깨끗이 빨아놓은 옷이었지요. 저는 그 중에서 썩 괜찮아 보이는 인도옷을 골랐습니다. 맞춤옷처럼 몸에 딱 맞더군요. 친구들은 제가 제일 좋은 옷을 골랐다고 배 아파하기도 했구요(그 옷은 지금도 제 옷장 속에 있습니다. 언제 기회가 되면 한번 입고 나가 보여드릴게요). 하여간 그때까진 그저 즐거웠습니다. 평소처럼 오후 일을 하러 〈칼리가트〉로 갔습니다.

그런데 〈칼리가트〉에 도착하고 나니, 어라! 이거 장난이 아니었습니다. 온몸에 힘이 하나도 없어지면서 슬슬 아파지기 시작하는 것이었습니다. 억지로 오후 일을 끝내고 바로 숙소에 와서 잠을 청했지만, 물 먹은 솜처럼 피곤한데도 잠은 오질 않았습니다. 잠은 안 오고, 대신 온몸에 욱신욱신 통증이 찾아오기 시작하더군요. 그렇게 시작된 몸살로 꼬박 이틀을 꼼짝 못하고 누워 있어야 했습니다. 함께 석탄 나르기에 뛰어들었던 다른 친구들, 심지어 여자 친구들까지도 아무 탈 없이 다음날 〈프렘 단〉에 정시 출근했는데 말입니다. 역시 '나이'는 속일 수가 없더군요. 저는 더 이상 팔팔한 20대가 아니었던 것입니다!

이틀 만에 겨우 몸을 추스려 〈프렘 단〉에 갔습니다. 언제나 그랬듯이 먼저 모하메드 할아버지에게 가서 인사를 했지요. 그런데 모하메드 할아버지가 제 손을 잡더니 두 손가락을 펴서 V자를 그리는 것이었습니다. 저는 무슨 소린지 영문을 몰라서 그냥 눈만 껌벅이고 있었지요. 그랬더니 모하메드 할아버지가 입을 열어 작은 소리로 뭔가 중얼거리더군요. 가만히 귀를 기울여 들으니 소리가 들렸습니다.

"두또, 두또……."

캘커타가 있는 벵갈 지방 말로 하나는 액또이고, 둘은 두또입니다. 셋은 띤, 넷은 짜리입니다. 분식집 개 삼 년이면 라면을 끓일 줄 안다고, 저도 그새 간단한 벵갈 단어들은 알아듣고 있었습니다. 〈프렘 단〉 생활 몇 달 만에 저는 눈치코치로 환자들과 대화하는 것에도 많이 익숙해져 있었구요. 모하메드 할아버지는 제가 이틀 동안 나오지 않은 것을 묻고 있었던 것입니다. 제가 〈프렘 단〉에 나오지 않자 또 〈프렘 단〉을 떠났다고 생각했던 것인지도 모릅니다. 그러다가 제가 다시 보이자 반가웠고, 이틀 동안 어디에 갔었느냐고 물었던 것입니다.

괜히 콧등이 시큰해졌습니다. 누군가 한 사람이 저를 날마다 기다리고 있었던 것입니다. 제가 그이에게 해주는 일이 고작해야 손 한번 잡아주고, 밥 한 그릇 날라다 주는 일에 불과한데도, 그래도 여전히 저를 기다리고 있었던 것입니다. 하루하루 날을 꼽아가며 저를 기다리고 있었던 것입니다.

그 다음부턴 컨디션이 좋지 않아도 함부로 〈프렘 단〉 일을 빠질 수가 없었습니다. 모하메드 할아버지가 손을 꼽으며 날짜를 세지 않도록 하기 위해서라도 나가야 했습니다. 일종의 의무감이었다고 할 수도 있겠지요. 하지만 그것은 '구속'도, '강제'도 아니었습니다. 그저 제가 원해서 한 일이었습니다.

시간이 지난 뒤에, 그 일을 다시 생각해보았습니다. 캘커타의 자원봉사자들이 몸을 아끼지 않으면서 일에 몰두할 수 있는 까닭이 바로 거기에 있다는 것을 깨닫게 되었습니다. 스스로 우러나오는 책임감, 바로 그것이었습니다.

누가 시켜서가 아니라, 내가 무엇을 하면 그것이 어떤 사람에게 기쁨을 주기 때문에 스스로 알아서 챙기는, 그런 책임감이었습니다. 물질적 보상과는 아무런 상관 없는 책임감이었습니다. 완수함으로써 우선 내가 기뻐지는, 그런 책임감이었습니다. 모하메드 할아버지는 두 손가락으로 제게 그렇게 커다란 가르침을 전해주었습니다. 두또, 두또……

다시 캘커타를 떠날 때, 그리고 〈프렘 단〉을 떠날 때 저는 어느

환자에게도 인사하지 않았습니다. 모하메드 할아버지에게도 인사하지 않았습니다. 그저 내일 또 올 것처럼, 웃으며 〈프렘 단〉을 떠났습니다. 쉽지 않았습니다. 캘커타에서 눈물은 도저히 면역이 되질 않습니다. 제아무리 고참도 캘커타를 떠날 때는 대부분 눈물을 보이고야 맙니다. 고참들이 잠시 머물다 가는 신참들과 다른 점은, 가능하면 환자들 앞에서는 눈물을 보이지 않는다는 것뿐입니다. 저도 어느새 그런 고참이 되어 있었던 것입니다.

어느새 두 해가 훌쩍 지나가 버렸습니다. 모하메드 할아버지가 아직 〈프렘 단〉에 계신지, 아직도 그 하얀 수염을 기르고 계신지, 저는 모릅니다. 캘커타에 다시 돌아간 친구들에게도 일부러 모하메드 할아버지의 소식을 묻지 않았습니다. 그 심정, 이해해주시리라 믿습니다. 어쩌면 그 사이에 〈프렘 단〉을 떠나 다른 먼 세상으로 가셨는지도 모릅니다. 어쩌면 여전히 〈프렘 단〉에 살아 계셔서, 제가 다시 돌아갈 때 또 한번 "두또, 두또……"를 중얼거리시며 손가락 두 개를 세우실지도 모릅니다. 이번엔 이틀이 아니라, 두 해를 가리키는 두또가 되겠지요. 하지만 저는 알고 있습니다. 만약 모하메드 할아버지가 여전히 살아 계시다면, 두 해나 이틀이나 다를 것이 없다는 사실을요. 시간은 절대로 '절대적인' 것이 아니니까요. 캘커타에서는 시간이 여기와는 다른 방식으로 흘러가니까요.

저는 친할아버지도, 외할아버지도 가져보지 못한 사람이었습니다. 두 분 다 제가 태어나기 전에 돌아가셨기 때문입니다. 저 먼 캘커타에서 저는 할아버지를 갖게 되었습니다. 모하메드 할

아버지였습니다. 저를 보면 좋아서 웃으시고, 제가 보이지 않으면 손가락으로 날짜를 꼽아가며 저를 기다리던, 그런 할아버지였습니다. 모하메드 할아버지가 건강하게 살아 계셨으면 좋겠습니다. 캘커타에서 그렇게 많은 죽음을 접하고도, 그래서 삶과 죽음이 서로 그렇게 멀리 떨어져 있지 않다는 것을 배웠으면서도, 저는 여전히 모하메드 할아버지가 살아 계시기를 바랍니다. 어리석은 인간의 욕심인가요? 그래도 모하메드 할아버지가 살아 계셨으면 좋겠습니다. 다시 한번 할아버지의 "두또, 두또……" 소리를 듣고 싶습니다.

— 1997년 8월 어느 날

티에리 & 비쁠로

손수건...한 장,...구리...십자가...하나...　A Handkerchief and a Crucifix Made of Copper

Thiérry & Biplo

"혹시 나 말고 다른 한국인 자원봉사자 중에 기억나는 사람은 없니?"

어느 날 안디에게 물었습니다. 안디는 이렇게 대답했습니다.

"준, 내가 캘커타에서 보낸 시간이 5년 반이야. 그 동안 내가 만난 자원봉사자가 적어도 수천 명은 될 거야. 그 사람들을 다 기억하려면 내 머리가 터지고 말 거야. 글쎄, 한국 사람도 있었겠지. 하지만 너 말고는 기억이 안 나. 미안해, 어쩌겠니?"

저는 겨우 아홉 달을 캘커타에 있었을 뿐입니다. 그래도 저는 안디의 말을 이해할 수 있습니다. 제가 만난 자원봉사자 친구는 겨우 몇백 명 단위입니다. 그런데도 벌써 많은 이름과 얼굴을 잊었습니다. 특별히 친했던 친구들만 기억에 남아 있을 뿐입니다. 오래 함께 일하면서 서로를 깊이 알게 됐던 친구들 말고는 조금씩 기억에서 지워져 갑니다. 그런데 오래 함께 일하지도 않았고, 특별히 많은 이야기를 나눈 것도 아닌데, 유독 기억에 생생히 남아 있는 친구들이 있습니다. 티에리(Thiérry)가 그런 친구들 중의 하나입니다.

이야기를 나눈 것도 몇 번에 불과했고, 제대로 식사도 나눠보지 못해, 겨우 티에리가 떠나기 전날에야 저녁 식사 한 끼를 함께 먹었을 뿐입니다. 그런 티에리를 특별히 기억하는 이유가 있습니다. 티에리가 고향 프랑스에 돌아가서도 가끔 제게 편지를 써주었기 때문이기도 합니다. 하지만 진짜 이유는 따로 있습니다. 어느 날 제게 티에리가 어깨를 빌려주었기 때문입니다. 제가 슬픔에 북받쳐 있었을 때 티에리가 제 앞에 나타났고, 그의 어깨에 기대어 제가 마음놓고 눈물을 흘렸기 때문입니다.

캘커타에서 저는 두 군데의 '집'에서 일했습니다. 아침에는 〈프렘 단〉이라는 집에서, 오후에는 〈칼리가트〉라는 집에서 일했습니다(〈칼리가트〉는 원래 '니르말 흐리다이〔순결한 마음〕'라는 정식 이름이 있지만, 자원봉사자들은 그냥 〈칼리가트〉라고 부릅니다). 그 〈칼리가트〉에서 티에리를 만났습니다.

티에리는 주로 아침에 일을 했고, 오후에는 가끔씩 나왔습니다. 하루를 일하건 몇 달을 일하건 자원봉사자로 오는 친구들은 다 좋은 친구들입니다. 함께 빨래를 하면서, 아니면 설거지를 하면서 이런저런 이야기를 나누게 되지요. 티에리는 파리에서 온 친구였습니다. 자기 말에 따르면 그냥 '되는 대로 살던' 사람이었다고 하더군요. 교회에도 가지 않았고, 그저 돈이나 벌고 파티나 쫓아다니는 삶을 살았다더군요. 그런데 어느 날, 아주 우연히 어떤 수도원의 성당에 가게 되었답니다. 그리고 자신도 모르게 눈물이 펑펑 쏟아지면서 예수가 자신 안에 들어오는 경험을 했답니다. 그리고 그 체험을 통해서 캘커타에까지 들어오게 되었다고 했습니다.

여러분께서 다 아시다시피, 저는 가톨릭 신자가 아닙니다. 티에리의 특별한 체험은 저에겐 그냥 이야기일 뿐이었습니다. 제가 겪어보지 못한 이야기였기에 속속들이 이해할 수 있는 이야기가 될 수 없었습니다. 아무튼 티에리는 참 성실한 일꾼이었습니다. 항상 밝은 얼굴로 웃는, '잘생긴 프랑스 청년'이었습니다. 나이도 저랑 엇비슷했구요. 뭐, 그 정도였습니다. 그밖에는 뭐 그리 기억날 만한 대화도 없었습니다. 그저 함께 일하는 동료였지요. 사건은 어느 날 오후에 벌어졌습니다. 제 눈에서 눈물이 펑펑 쏟아지는 사건이 벌어졌습니다.

비쁠로라는 이름의 환자가 있었습니다. '뼈밖에 안 남았다'는 표현이 어떤 모습을 말하는 건지 비쁠로를 보면 알 수 있습니다. 비쁠로가 몇 살이었는지는 모릅니다. 20대였다는 것만 알고 있습니다. 무슨 병에 걸려 있었는지도 이제 기억이 나질 않습니다. 〈칼리가트〉의 환자 대부분이 그렇듯 결핵에 걸려 있었

을 것이고, 그밖에 여러 질병에 함께 걸려 있었겠지요. 비빨로
는 지독한 말썽꾸러기였습니다. 수없이 〈칼리가트〉를 드나들
며 어떻게 하면 '어리숙한' 자원봉사자들을 마음대로 부려먹
을 수 있는지 훤히 꿰고 있는 '왕고참 환자'였습니다. 툭하면
저녁을 먹지 않겠다고 투정을 부렸고, 그러면 물정 모르는 신
참 봉사자들은 열심히 우유와 '무리(쌀 뻥튀기)'를 날라주었지
요. 어느 날, 비빨로의 베개를 들춰보았더니, 세상에! 비스킷
이 한 무더기 쌓여 있기도 했습니다. 원래 환자들에게 두 개씩
나눠주게 되어 있는 비스킷이었거든요. 꾀많은 비빨로는 봉사
자들을 꼬드겨 계속 비스킷을 날라오게 만들었던 겁니다.

처음 시작할 때만 해도 어리숙함의 대명사였던 '준'이었습니
다. 하지만 비빨로가 착한 자원봉사자들을 가지고 놀았을 때
이미 저는 왕고참이 되어 있었습니다. 두번째 간 캘커타였거
든요. 저는 '엄격한 스승' 안디에게서 배운 가르침을 그대로
실천했습니다.

"비빨로, 이 밥 먹을 거야, 안 먹을 거야? 안 먹겠다구? 그럼
오늘 저녁은 없어! 먹든지 말든지 니 맘대로 해! 그리구 이 비
스킷은 다 압수야!"

그렇게 냉혹한 자원봉사자가 어떻게 있을 수 있느냐고요? 그
까짓 비스킷이 뭐길래 그런 걸 가지고 불쌍한 환자를 야단치
느냐고요? 모르시는 말씀입니다. 환자들은 무엇보다 우선 잘
먹어야 합니다. 잘 먹어야 병도 낫고, 나을 수 없는 병이라면
오래라도 살 수 있습니다. 달콤하다고 우유하고 비스킷만 먹
으면 절대로 안 되는 겁니다. 사람이 아프면 아이같이 된다고
하지요. 때로는 아이들에게 야단을 쳐야 할 때도 있는 법입니

티 에 리 & 비 빨 로...손수건...한...장,...구리...십자가...하나...

다. 비쁠로를 야단칠 때면 저도 가슴이 아팠습니다. 하지만 그래도 야단을 쳐야 할 때는 야단을 쳐야 했습니다. 비쁠로를 야단칠 때 가끔 티에리가 옆에 있었습니다. 야단치다가 티에리를 돌아보면 빙긋이 웃음을 짓고 있더군요. 그러면 저도 웃음을 참느라고 꽤나 힘들었습니다.

그러던 어느 날 오후였습니다. 환자들의 저녁 시간이 끝나고 오후 일과를 마치기 전, 마지막 점검을 하는 시간이었습니다. 비쁠로가 저를 부르는 것이었습니다. 애고! 또 뭘 주문을 하려고 그러시나! 그러면서 비쁠로에게 갔습니다. 비쁠로는 물론 영어를 하지 못했습니다. 비쁠로는 인도어로, 저는 영어로, 그러니 사실 대부분의 대화는 순전히 손짓, 몸짓과 분위기로 이루어졌지요. 한참이 걸려서야 겨우 비쁠로가 제게 원하는 것이 무엇인지 알 수 있었습니다.

비쁠로의 목에는 주렁주렁 목걸이들이 걸려 있었습니다. 주로 자원봉사자들이 선물해 준 목걸이들이었습니다. 은빛 나는 십자가 목걸이도 있었고, 마더 테레사께서 자원봉사자들에게 선물로 주시는 은빛의 성모 마리아 메달도 있었습니다. 그 중에 구리로 된 얇은 십자가 목걸이가 하나 있었습니다. 그것을 풀러달라는 것이었습니다. 아이 같은 비쁠로는 그 구리 십자가 목걸이가 별로 맘에 들지 않았던 모양입니다. 나머지 은빛 십자가와 메달이 달린 목걸이들은 그대로 다시 목에 걸어달라고 했습니다. 그러더니 구리 십자가 목걸이를 제 손에 쥐어주는 것이었습니다. 초라한 검은 색 끈에 달린 십자가였습니다. 저는 그냥 아무 생각 없이 그 목걸이를 주머니에 넣었습니다. 그리고 비쁠로에게 인사했습니다.

"내일 보자! 이 말썽꾸러기!"

비쁠로는 다시 볼 수 없었습니다. 다음날 오후 〈칼리가트〉에 돌아갔을 때 출입구를 지키는 인도인 문지기 아저씨가 저를 불렀습니다. 그러더니 이렇게 말하는 것이었습니다.

"비쁠로, 갔어요."

저는 비쁠로가 결국은 퇴원 조치를 받았구나 생각했습니다. 시원섭섭했습니다. 그런데 그것이 아니었습니다. 문지기 아저씨가 다시 덧붙이는 것이었습니다.

"비쁠로, 갔다구요."

그러면서 하늘로 손가락을 치켜올리는 것이었습니다. 믿기지가 않았습니다. 어제까지만 해도 쌩쌩하게 저녁 잘 먹고, 하고 싶은 말 다 하던 비쁠로였는데요. 병동으로 들어가보니 비쁠로의 침대에는 다른 환자가 누워 있었습니다. 다시 문지기 아저씨가 제게 와서 알려주더군요.

"비쁠로, 지금 저기 있어요."

비쁠로는 하얀 천에 싸여 시신을 보관하는 방에 누워 있었습니다. 하필이면 천이 짧았는지, 뼈와 살갗밖에 없는 검은 발이 하얀 천 밖으로 얼핏 보였습니다. 갑자기 다리에서 힘이 쭉 빠져 더 이상 서 있을 수가 없었습니다. 눈물도 나오지 않았습니다. 다른 생각이 나지 않았습니다. 머리 속에서 왱왱 도는 생각은 하나뿐이었습니다. 비스킷을 왜 빼앗았을까! 이렇게 갈 텐데, 왜 맨날 야단을 쳤을까! 그 생각뿐이었습니다.

얼마나 더 비쁠로 옆에 앉아 있었는지 모르겠습니다. 움직이고 싶지 않았지만, 움직일 힘이 몸에 남아 있지 않은 것 같았지만, 그래도 해야 할 일이 있었습니다. 비쁠로는 갔지만, 여전히 〈칼리가트〉의 남자 병동 50개 침대는 환자들로 가득 차 있었습니다. 간신히 밖으로 나왔을 때 티에리가 보였습니다. 설거지를 하기 위해 컵을 두 손 가득 든 티에리가 제 앞으로 오고 있었습니다. 너무 기가 막히고 억울해서 눈물도 나오지 않는 때가 있지요. 그럴 때 누군가 옆에 있어 주면 눈물이 터

지는 경우가 있습니다. 그렇게 누가 옆에 있어서 눈물을 터뜨려주어야 사람이 병들지 않을 수가 있습니다. 터지지 못한 눈물은 그대로 독한 노폐물이 되어 사람 몸 속을 계속 흘러다니니까요. 티에리를 보는 순간, 저도 모르게 눈물이 주르륵 흘러나왔습니다.

티에리는 제대로 말도 못하고 엉엉 우는 저를 안아주었습니다. 그냥 서럽게 울었습니다. 겨우 스물 몇 살 나이의 청년이 그렇게 여윈 몸으로 세상을 떠날 수도 있다는 사실이 억울해 눈물이 흘렀습니다. 세상을 떠나기 전에 그나마 자신을 보살펴주는 손길을 만났는데, 그래서 마음놓고 투정도 부리고 어리광도 피웠을 텐데, 그 투정과 어리광을 못 받아주고 야단을 쳤던 제 자신이 너무나 한심해 엉엉 울었습니다. 비쁠로와 티격태격하며 쌓였던 미운 정, 고운 정이 서러워 울었습니다. 제 어깨를 안아주고 있던 티에리에게 눈물과 콧물로 범벅이 되어 그런 하소연을 털어놓았습니다. 티에리는 아무 말 없이 제 어깨를 두드려줄 뿐이었습니다.
얼마나 울었는지 모르겠습니다. 한참을 울고 나니 조금 마음이 가라앉더군요. 티에리가 손수건을 꺼내주었습니다. 수돗가에 가서 얼굴을 씻었습니다. 티에리에게 손수건을 돌려주었습니다. 티에리가 말했습니다.
"준, 걱정하지 말렴. 비쁠로는 좋은 곳에 갔을 거야. 그리고 오늘 아침 비쁠로가 숨을 거둘 때 내가 옆에 있었어. 비쁠로는 고통 없이 편안하게 떠났어."
그랬습니다. 비쁠로는 마지막까지 외롭지 않았습니다. 어떤

티 에 리 & 비 쁠 로...손수건...한...장,....구리...십자가...하나...

'황금의 마음'을 지닌 사람의 손을 잡은 채로 세상을 떠날 수 있었습니다. 하느님, 감사합니다. 기독교 신자도 아니었지만, 저는 그렇게 마음속으로 읊조렸습니다. 그리고 나머지 오후, 티에리와 다른 친구들과 함께 언제나와 마찬가지로 바쁘게 일했습니다. 언제나처럼 그날 오후도 정신없이 지나갔습니다. 일을 마치고 숙소까지 티에리와 함께 돌아왔습니다. 돌아오는 차 안에서 우리는 이런 농담을 했습니다.

"지금쯤, 천사들이 꽤나 골머리 썩고 있을 걸. 비쁠로가 거기 갔다고 달라졌겠어? 어이, 천사님, 나 밥 안 먹을래요, 우유 주세요! 어이, 천사님, 비스킷 달라니까요!"

티에리는 저보다 먼저 캘커타를 떠났습니다. 서울로 몇 번 편지를 보냈습니다. 파리에 돌아가서 직장을 계속 다니면서 불우 청소년을 돌보는 단체에서 자원봉사를 한다고 소식을 전해왔습니다. 그러던 어느 날 짧은 편지가 다시 한 번 날아왔습니다. 편지에는 이렇게 적혀 있었습니다.

"준, 이 편지는 짐을 꾸리다가 너에게 소식을 전해야 한다는 생각이 나서 급하게 적는 거야. 난 지금 성직자가 되기 위해 수도원으로 들어가는 길이란다. 글쎄, 하느님께서 바라시는 일이라면 신부가 될 수도 있겠지. 항상 너를 기억하고 있어. 주님의 축복이 너와 함께하기를 기도할게. 편지 잊지 말렴. 우정을 담아서……"
지금 티에리는 프랑스의 어느 수도원에 있습니다. 저는 티에리가 좋은 사제가 될 것을 믿습니다. 세상에서 가장 낮은 한 사람, 천사 같은 자원봉사자들한테서까지 눈총을 받았던 한 사람, 비쁠로를 따뜻하게 끌어안았던 티에리이니까요. 지저분하게 눈물, 콧물로 범벅이 되어 울던 저를 끌어안고 다독거려주었던 티에리이니까요. 비쁠로가 제게 선물했던―네, 그렇습니다. 비쁠로는 그것이 하찮은 것이라서 버린 것이 아니었습니다. 제게 마지막으로 선물을 한 것이었습니다. 저는 그렇게 믿고 있습니다―그 구리 십자가 목걸이는 여전히 제게 남아 있습니다.

가끔 그 십자가를 볼 때마다 비뽈로가, 그리고 티에리가 생각
납니다. 티에리의 그 환한 웃음을 다시 한 번 보고 싶습니다.
언젠가 그럴 날이 오겠지요.

— 1997년 7월 어느 날

내 스페인 친구들

에레스...준...   Eres Joon

My Spanish Friends

「에레스 뚜(Eres Tu)」라는 노래를 아셔요? 아시는 분이 많겠지만, 돌다리도 두드려보고 건너랬다고, 혹시 모르는 분이 계실까 싶어 알려드립니다. 〈모세다데스(Mocedades)〉라는 스페인 그룹이 부른 노래입니다. 언젠가 우리나라 대학 가요제에서 〈쌍투스〉라는 그룹이 우리말로 번안해서 부른 적도 있었죠. "바람아, 이 마음을 전해다오, 불어라아 내 님이 계신 곳까지……." 아하! 이젠 무슨 노래인지 아시겠죠?

아득한 시절입니다. 벌써 20년이 훌쩍 지나가버렸네요. 귀밑머리가 2센티미터를 넘어가면 바리캉으로 고속도로가 뚫리던 시절이었지요. 고교 시절 말입니다. 왜, 고등학교마다 4중창단이라는 것이 있지 않습니까? 저는 중앙고등학교 남성 4중창단 〈목동〉의 매니저였습니다. 매니저랍시고, 혹시 '빵꾸'가 나면 매니저가 때워야 한다며, 저는 '목동들'이 부르는 노래의 멜로디와 하이 테너 파트를 모조리 외우고 있었습니다. 바리톤과 베이스는 불행히도 제 음역이 아니었던지라 외울 필요가 없었습니다. 하여간 우리 목동들이 참 많이 불렀던 노래 중 하나가 바로 그 '바람아 이 마음을 전해다오'였습니다.

그 노래의 원곡이 「에레스 뚜」이고, 스페인 그룹 〈모세다데스〉의 노래라는 것 정도는 알고 있었습니다. FM 라디오를 끼고 살았던 아이가 바로 저였걸랑요. 스페인이 투우와 플라멩코로 유명하고, 피카소와 고야와 훌리오 이글레시아스가 스페인 사람들이라는 것도 알고 있었습니다. 하지만 그 정도였습니다. 막연히 언젠가 스페인에 한 번 가보고 싶다는 생각은 했습니다. 스페인이 제 인생과 엮어지리라고는 단 한 번도 생각하지 않았습니다. 그런데, 그런데 말입니다, 어느 날 아닌 밤중에 홍두깨로 두드려 맞기보다 더 황당하게 저는 '하프 꼬레아노, 하프 에스파뇰(half Coreano, half Espagnol)'이 되었습니다. 절반은 영어, 절반은 스페인 말입니다. '반쪽은 한국 사람, 반쪽은 스페인 사람'이 되고 말았던 것입니다. 정말로 인생은 오묘하죠?

캘커타에서 난생 처음 팔자에 없을 것 같았던 '자원봉사'를 시작하던 날이었습

니다. 〈프렘 단〉이 제가 아침에 일하러 가야 할 집이었습니다. 그때는 어떻게 가야 하는지 당연히 몰랐죠. 수녀님께서 한 친구를 불러 저를 데리고 가라고 이르셨습니다. 30분쯤 걸리는 〈프렘 단〉까지 걸어가면서 저는 그 친구와 통성명을 했습니다. 친구의 이름은 하비엘(Javier)이었습니다. 하비엘은 완전 신참내기 준을 데리고 〈프렘 단〉에서 이런저런 일들을 가르쳐 주었습니다. 이건 이렇게 하고, 저건 저렇게 하는 거야. 하비엘은 캘커타에서 제 첫 '사수'였던 것입니다. 그리고 그 하비엘은 바로 마드리드, 곧 스페인에서 온 친구였습니다.

낯선 곳에 가면 사람은 본능적으로 두려워하게 마련입니다. 생전 해보지 않은 일을 처음 할 때 역시 사람은 어쩔 수 없이 뻣뻣하게 굳어버리게 마련입니다. 낯선 곳에서 한 번도 해보지 못한 일을 하려 할 때, 그때 누군가 따뜻하게 말을 걸어주면, 그때처럼 사람이 고마울 때도 없는 법입니다. 하비엘이 제게 그런 고마운 사람이었습니다. 물론 하비엘이 없었다면, 누군가 다른 친구가 그 역할을 제게 해주었으리라는 것을 저는 조금도 의심하지 않습니다. 그 못난 '준'도 한동안 신참들에게 꽤나 인기 좋은 길 안내꾼이었던 적도 있으니까요. 중요한 것은 하비엘이 스페인 사람이었다는 것입니다. 그리고 그 해 캘커타에는 스페인 자원봉사자들이 넘쳐 흘렀습니다.

하비엘을 시작으로 알베르또(Alberto), 마리아노(Mariano), 호세(Jose), 오스칼(Oscar), 마리나(Marina), 마리아(Maria), 마리크루스(Maricruz), 안토니오(Antonio), 라몬(Ramon), 카르멘(Carmen), 아나벨(Anabel), 에스텔(Ester), 니에베스(Nieves), 루이스(Luis)가 모두 제 친구가 되었습니다. 마드리

드, 바르셀로나, 빌바오, 팜플로나, 그리고 제가 한 번도 들어보지 못한 스페인의
어느 고장들에서 온 '천사'들이었습니다. 스페인 출신은 아니지만 스페인어로
이야기하는 멕시코, 아르헨티나, 페루, 우루과이 친구들도 사귀게 되었습니다.

'국민성'이라는 이상한 단어가 있지요? 개인차를 무시하고 모든 사람을 한통속
으로 묶어버린다는 느낌 때문에 저는 그 말을 무척 싫어합니다. 하지만, 사람들
을 만나다보면 어떤 나라의 국민들 사이에 '확률적'으로 고르게 퍼져 있는 성격
을 어쩔 수 없이 보게 됩니다. 노래방 가기를 죽기보다 싫어하는 사람들이 분명
히 있지만, 한국 사람들 대부분은 노래방 귀신들이지 않습니까? 뭐 그런 식이지
요. 국민성이라는 말 대신에 '국민적 개성'이라고 말을 바꿔보렵니다. 스페인 사
람들에게도 그런 독특한 '국민적 개성'이 있습니다.
일이 없으면 일을 만들어서라도 모이기를 좋아하고, 모이면 헤어지기를 끔찍하
게 싫어하고, 시도 때도 없이 노래하고 춤추고, 아낌없이 퍼주기를 좋아하
고…… 그런 사람들이 바로 스페인 사람들입니다. 비밀을 하나 알려드릴까요?
몇 년 전 대열풍을 몰고 왔던 「오! 마카레나」를 기억하시죠? 저는 그 마카레나
춤을 이미 1994년에 알고 있었답니다. 스페인 여자 친구들이 파티 때마다 그 노
래를 부르고 그 춤을 추었거든요. 흠흠! 마카레나를 나보다 먼저 배운 사람 있으
면 나와보라 그래!
아무튼 스페인 사람들은 우리랑 비슷한 점이 참 많습니다. 캘커타에서 처음 사귄
친구들인데다, 국민적 개성마저 우리네와 비슷하다 보니, 정이 들지 않을래야 않
을 수가 없었습니다. 매일 함께 일하고 함께 밥을 먹었습니다. 어느 날부턴가 친
구들은 저를 '하프 꼬레아노, 하프 에스파뇰'이라고 부르기 시작했습니다.
어느 밤이었습니다. '반쪽 스페인 사람' 준이 끼어 있던 스페인 동아리가 호세라
는 친구의 환송회를 끝내고 밤길을 걸어오던 중이었습니다. 마리크루스였던가
요? 누군가 저보고 노래를 한번 불러보라고 했습니다. 별로 고민하지도 않고 저

는 「에레스 뚜」를 불렀습니다. 물론 우리말 번안곡으로 말이지요. 한국이라고 해봐야 고작 88올림픽과 태권도밖에는 모르던 스페인 친구들이 놀란 건 당연했지요. 숙소까지 돌아오는 밤길 내내 우리는 「에레스 뚜」를 목청껏 불렀습니다. 스페인 친구들은 스페인 말로, 저는 한국 말로요. 그래서 「에레스 뚜」는 '반 쪽은 스페인 노래, 반 쪽은 한국 노래'가 되었습니다.

남자와 여자가 만나면 서로 볼에 뽀뽀를 하는 유럽식 인사법을 제게 가르쳐준 이들이 바로 제 스페인 여자 친구들이었습니다. 마리나가 처음 제 볼에 뽀뽀를 했을 때, 으악! 저는 완전히 홍당무가 되어버렸습니다. 옆에 있던 마리아와 마리크루스가 배꼽을 잡고 웃었지요. 하지만 한국 남아의 기개로 똘똘 뭉쳐 있던 준은 그날 이후 캘커타의 모든 여인들의 뺨을 정복했습니다!!!!
스페인 사람답지 않게 말수가 없고 조금은 우울해 보이던 알베르또도 준 앞에서는 어쩔 수가 없었습니다. "다른 친구들한테 얘기하지 마! 너랑 나랑 둘이 비밀이야! 약속하지?" 알베르또가 어느 저녁 제게 했던 말입니다. 궁금하시죠? 무슨 비밀이 오고 갔는지 말입니다. 비밀을 지키기로 약속했으니, 말씀 못 드립니다. 그저 알베르또는 그때 스물둘의 어린 소년이었고, 사랑의 열병을 앓고 있었다는 것 정도만 귀뜸해드리겠습니다.
개구쟁이 루이스는 자기가 '악명 높은' 빌바오 출신임을 내세우며 저를 꽤나 곯려먹었습니다(빌바오는 스페인 북부의 지방으로 바스크 분리주의자들의 테러가 가끔 벌어지는 곳입니

다). 루이스가 열심히 가르쳐준 '나쁜' 스페인 말 중에 몇 개는 아직도 제 기억에 남아 있습니다. 친누나처럼 푸근했던 마리크루스는 영어를 썩 잘하는 편이 아니었습니다. 하지만 언제나 저를 '미 에르마노(mi hermano)'라고 부르며 껴안아 주었습니다. '내 남자 동생'이라는 뜻이었지요. 영어를 거의 한마디도 못하던 안토니오 아저씨는 그저 매일 만나면 인사가 "올라! 미 아미고"('내 친구'라는 뜻입니다)만 외쳐댔지요.

사람은 만나면 헤어지게 마련이라고 귀에 못이 박이도록 배웠습니다. 아무리 배워도 소용 없는 일이 있습니다. 만나면 헤어지는 것이 인생의 '법칙'이라고 아무리 어금니를 깨물어도 헤어질 때의 가슴 아픔은 언제나 견디기 어려웠습니다. 저보다 먼저 캘커타를 떠난 친구들도 있었습니다. 하지만 제가 석 달의 첫번째 캘커타 생활을 끝내고 런던으로 떠날 때 대부분의 친구들은 여전히 캘커타에 남아 있었습니다. 언제나 그렇듯이 헤어지는 일은 쉬운 일이 아니었습니다.

한국에서 온 배낭 여행자들은 꽤 많았지만, 함께 마더 테레사의 집에서 일한 한국 친구들은 열 손가락으로 꼽을 정도에 불과했습니다. 그나마도 일주일 이상을 함께 지낸 친구들은 다섯 손가락도 다 못 채울 숫자였습니다. 아무리 친구가 많아도, 피는 물보다 진한 법이지요. 고국 사람들을 만나지 못한다는 외로움을 달래준 친구들이 바로 제 스페인 친구들이었습니다. 스페인 친구들은 제게 '동포들'이나 마찬가지였습니다. 석 달 동안 함께 살다시피 한 동포들과 헤어지는 일이 결코 쉬운 일일 수는 없었지요.

스페인 친구들은 저를 위해 환송 파티를 열어주었습니다. 많은 환송 파티에 참석했지만, 막상 저를 위한 환송 파티는 참 이상했습니다. 그래도 그 환송 파티는 참 즐거웠습니다. 스페인 사람들의 '국민적 개성'인 낙천주의가 제게도 전염되어 있었던 게죠. 런던으로 간다는 이유도 있었지만, 하여간 저는 스페인 친구들을 다시 만나게 되리라는 것을 믿어 의심치 않고 있었습니다. 그래서 눈물을 흘리지 않았습니다.

환송 파티가 있고 이틀 뒤 아침, 공항으로 가는 택시를 기다리고 있었습니다. 마침 자원봉사자들이 쉬는 날인 목요일이었습니다. 스페인 친구들이 모조리 제 숙소 앞으로 몰려왔습니다. 여자 친구들 뺨에 네 번씩 뽀뽀를 하고, 젖 먹던 힘까지 다해 남자 친구들을 꼭 껴안고 서둘러 택시에 올라타려 했습니다. 더 있다간 눈물이 나올 것 같아서 얼른 떠나려고 했습니다.
"준, 잠깐만!"
에스텔이 종이를 하나 꺼냈습니다. 그러더니 스페인 친구들이 저를 뺑 둘러싸는 것이었습니다. 함께 배웅하러 나왔던 다른 친구들과 저는 물론 어리둥절할 수밖에 없었습니다. 제 궁금증은 곧 풀렸습니다. "꼬모 우나 프로메사, 에레스 뚜, 에레스 뚜…… 꼬모 우나 손리싸, 에레스 뚜, 에레스 뚜, 아씨, 아씨, 에레스 뚜……." 그렇습니다. 「에레스 뚜」였습니다. 그것만으로도 눈물이 핑 돌았습니다. 그런데 이 '못된' 스페인 친구들은 끝내 저를 울리고야 말았습니다. "꼬모 우 노리손떼, 에레스 준, 에레스 준, 운 그랑 아미고, 에레스 준, 에레스 준, 뚜 두쎈씨아 세 노타라……."

뚜(tu)는 영어로 하면 you입니다. eres는 are이구요. 에스텔이 제 손에 쥐어준 종이의 뒷면에는 영어로 번역된 가사가 적혀 있었습니다. "약속처럼 너는, 너는, 여름날의 소나기처럼 너는, 너는…… 수평선처럼, 준은, 준은… 좋은 친구였다네, 준은, 준은…… 이제 우리 모두 너의 빈 자리를 느끼네……."

그렇게 캘커타를 떠났습니다. 잠시 서울에 들러 부모님께 인사드리고, '돌아온 지 며칠이나 됐다고 또 떠난다는 말로 어미 가슴에 못을 박느냐'는 어머니의 하소연을 뒤로 하고 런던으로 떠났습니다. 런던에서 석 달을 보내고, 친구들을 찾아 유럽 대륙으로 건너갔지요. 마드리드에 갔습니다. 마리나가 공항으로 마중 나왔습니다. 마리나의 집에서 사흘을 묵었습니다. 마리나의 어머니께선 귀한 손님이 왔다고 매일 점심마다 희한한 별식을 해주셨습니다. 그 중에 제일 별난 음식은 바로 일부러 먹물을 풀어 요리한 오징어 볶음, 이름하여 '깔라마르 쑤띤따스'였습니다. 새까만 오징어 먹물이 얼마나 근사한 양념인지 먹어보지 않은 사람은 절대로 모릅니다.

오스칼은 마드리드에 있는 마더 테레사의 집에서 여전히 봉사자로 일하고 있었습니다. 오스칼이 일하는 집은 에이즈 환자들을 위한 집이었습니다. 그곳은 제가 처음으로 에이즈 환자의 모습을 보았던 집이었습니다. 말로만 듣던 에이즈 환자들이었습니다. 오스칼을 포함한 스페인 자원봉사자들은 그 에이즈 환자들과 너무나 자연스럽게 포옹하는 모습을 보여주었습니다. 일주일에 한 번씩 돌아가며 야간 당직을 선다고 했습니다. 언제 운명을 달리할지 모르는 환자들이므로, 누군가 밤을 지켜야 한다는 것이었습니다. 저는 겨우 반나절을 환자들과 함께 지냈습니다. 솔직히 두려웠습니다. 뼈밖에 남지 않은 에이즈 환자들, 일부는 반쯤 치매 상태에 빠진 환자들과 얼굴을 맞대고 이야기를 해야 한다는 것이, 손을 잡아야 한다는 것이 두려웠습니다. 부끄러웠습니다. 너무나 자연스럽게, 당연한 일을 하듯 환자들과 거리낌없이 포옹하는 오스칼이 저를 부끄럽게 했습니다.

마리아는 스물 다섯의 나이에 다시 대학에 들어갔습니다. 전문적인 사회봉사 일을 하기 위해서였습니다. 학비를 버느라 정신이 없다고 했습니다. 그래도 일주일에 한두 번은 마더 테레사가 운영하는 무료 급식소에 가서 일을 한다고 했습니다. 불행히도 보고 싶은 알베르또와 마리아노와 마리크루스는 마드리드에 없었습니다. 세 사람 다 여전히 캘커타에 머물고 있었습니다. 저보다 먼저 캘커타에 들어왔던 친구들이었습니다. 제가 캘커타를 떠나고 거의 6개월이 지난 뒤에도 그들은 여전히 캘커타에 남아 있었던 것입니다. 그리고 충격적인 소식을 하나 들었습니다. 마리아노가 캘커타의 빈민 처녀에게 청혼을 했다는 소식이었습니다. 한참 시간이 지난 뒤에 그 결혼이 결국은 이루어지지 않았다는 소식을 듣기는 했습니다. 가엾은 마리아노! 지금 마리아노는 마드리드에서 열심히 불우 청소년 지원 활동을 하며 잘 살고 있습니다.

마드리드에서 버스로 여섯 시간쯤 가야 하는 북부의 빌바오에 가서 루이스를 만났습니다. 개구쟁이 루이스는 여전히 온갖 짖궂은 농담으로 저를 웃겼지만, 한편으로 저를 가슴 아프게 하기도 했습니다. 캘커타가 너무나 그립다는 것이었습니다. 루이스의 빌바오 집에서 사흘을 묵었습니다. 팜플로나에 사는 니에베스와 에스텔도 너무나 만나고 싶었지만, 일정이 허락하질 않았습니다. 겨우 전화 통화로 만족해야 했습니다. 니에베스와 에스텔은 이번엔 페루의 오지로 다시 자원봉사를 떠날 예정이라고 했습니다.

도합 5개월에 걸친 유럽 여행을 마치고 다시 캘커타로 돌아갔

을 때 그곳에는 알베르또와 하비엘이 있었습니다. 그 사이에 스페인으로 돌아갔다가 다시 돌아왔던 것입니다. 알베르또와 하비엘은 제가 6개월 만에 다시 캘커타를 떠날 때도 여전히 캘커타에 남아 있었습니다. 알베르또는 지금 마드리드에 돌아가 있습니다. 마드리드의 삶을 무던히도 싫어한 알베르또였습니다. 글쎄요, 짐작컨대 알베르또가 캘커타에 돌아가는 일은 시간 문제일 뿐, 틀림없을 것 같습니다.

오스칼은 그 사이에 결혼을 해서 새 신부 파트리샤와 신혼 여행을 캘커타로 왔습니다. 오스칼, 파트리샤 부부는 마더 테레사께서 돌보는 어린 고아를 입양하겠다고 신청했다가 마더 테레사에게 야단을 맞기도 했습니다. 마더 테레사의 말씀은 이런 것이었다고 합니다. "먼저 그대 부부의 아이를 낳아라. 그리고 부모 노릇이 얼마나 힘든 것인지를 배우고, 아이를 사랑하는 방법을 배운 다음에 내게 와라. 그러면 그대들에게 나의 아이를 맡기겠다." 벌써 2년이 지났습니다. 오스칼과 파트리샤는 아이를 낳았을까요? 이제 마더 테레사의 아이를 입양할 자격을 갖추게 되었을까요?

물론 새로운 스페인 친구들도 캘커타에 들어왔습니다. 그 중에 호세 마리아(Jose Maria)는 제가 병원에 누워 있었을 때 교대로 제 침대맡을 지킨 4인방 중 하나이기도 했습니다. 호세 마리아는 열심히 중국 식당의 쌀죽을 날라온 친구 중의 하나였고, 처방전을 들고 가 자기 돈으로 약을 사온 친구 중의 하나이기도 했습니다. 그 호세 마리아가 캘커타를 떠나는 제게 한 말이 있지요. "준, 너 나중에 마드리드에 와서 나한테 연락을 안 하면 어떻게 될지 알아? 넌 그날로 끝장이야." 오스칼의

사촌인 가브리엘(Gabriel)이라는 어린 친구도 있었습니다. 가브리엘은 제게서 사하(蛇河)라는 이름을 얻기도 했습니다. 구불구불 넉넉하게, 평화롭게 흘러가는 강물이라는 뜻을 담은 한국 이름을 가브리엘이 제게 부탁해서 지어 준 이름이었지요. 가브리엘이 정말 그렇게 넉넉하게, 평화롭게 흘러가는 강물처럼 살고 있으면 좋겠습니다.

이상한 사람들이죠? 전생에 무슨 죄를 그리 많이 지었길래, 그렇게 열심히 착한 일을 하며 살아가는 것일까요? 모르지요. 본래 그렇게 생겨먹은 사람들이겠지요. 그렇지 않고서야 설명이 되질 않습니다. 어떻게 그 힘든 일을 하면서 날마다 함박웃음을 지을 수 있는지, 누구에게나 그리도 쉽게 친구가 되어줄 수 있는지, 떠났다 돌아오기를 반복하면서 캘커타의 터줏대감들이 될 수 있는지, 말로는 설명이 되지 않습니다. 종교심 아니냐고요? 부분적으론 맞습니다. 하지만 교회에 나가지 않는 알베르또를 포함해, 스페인에서 만났을 때 친구들은 '열성 신자'와는 거리가 멀었습니다. 제가 할 수 있는 말은 딱 하나뿐입니다. '천성은 어쩔 수 없다' 는 것이지요.

제 스페인 친구들을 생각합니다. 저는 이제 곧 마드리드에 갑니다. 첫번째 캘커타에 있을 때 저는 스페인 친구들에게 약속을 하나 했습니다. 스페인어를 열심히 공부해 「에레스 뚜」를 스페인어로 부르겠노라는 약속이었습니다. 그 약속을 지키지는 못했습니다. 친구들에게 편지 한 장 제대로 쓰기 어려운 서울의 삶을 탓하지는 않겠습니다. 모두 제 게으름 탓이니까요. 그래도 언젠가 마드리드에서 그들 모두를 만날 거라고 했던 약속만큼은 지키고 싶습니다. 지킬 겁니다!

제 스페인 친구들이 가사를 바꿔 불러 준 「에레스 준」의 가사가 담긴 그 종이는 제 보물 상자 속에 꼭꼭 숨겨져 있습니다. 오늘밤, 정말 유행가 가사처럼 친구들이 그립습니다. 그런데 「에레스 뚜」가 들어 있는 〈모세다데스〉의 그 옛날 '빽판'은 도대체 어디로 숨었을까요? 그냥 혼자 불러봅니다. 에레스 알베르또, 에레스 마리아노, 에레스 호세, 에레스 오스칼, 에레스 마리나, 에레스 마리크루스, 에레스 안토니오, 에레스 마리아, 에레스 라몬, 에레스 까르멘, 에레스 아나벨, 에레스 에스텔, 에레스 니에베스, 에레스 루이스, 에레스 하비엘, 에레스 호세 마리아, 에레스 가브리엘…… , 바람아, 이 마음을 전해다오, 불어라아 내 친구들이 있는 곳까지…….

— 1997년 7월 어느 날

스테판

서더...스트리트의... 좋은... 의사...   A Good Doctor in Sudder Street

Stéphane

스테판은 의사가 아닙니다. 의과 대학생도 아닙니다. 그냥 상업 학교를 졸업하고 증권 회사에 다니다가 어느 날 뜻한 바 있어 직장을 때려치우고 캘커타로 날아온 스물세 살의 청년이었습니다. 고향은 스위스의 제네바이구요. 아시다시피 제네바는 스위스에서 불어를 쓰는 지역입니다. 스테판은 프랑스 혈통 탓인지 키가 조금 작습니다. 프랑스 사람들은 생각보다 키들이 작거든요. 어쩌면 저보다 작을지도 모릅니다. 작은 키에다 아직 소년 티를 채 못 벗어난 얼굴을 하고 있어 스테판은 나이를 먹을 만큼 먹은 청년임에도 여전히 소년 같은 느낌을 그대로 지니고 있었습니다.

스테판을 만난 것은 제 첫번째 캘커타에서였습니다. 저보다 먼저 캘커타에 들어와 저보다 늦게 캘커타를 떠난 스테판이었는데, 이상하게 스테판과 저는 자주 만나질 못했습니다. 스테판은 아침에 〈칼리가트〉에서 일을 한 반면, 저는 오후에만 〈칼리가트〉에서 일했기 때문입니다. 오전, 오후를 모두 일했던 저와 달리 스테판은 오전에만 일했습니다. 하지만 스테판은 그 나머지 오후를 그냥 놀지 않았습니다. 다른 프랑스 친구들의 소개로 스테판과 인사하게 되었습니다. 사실은 그 이전에 이미 제가 묵고 있던 서더 스트리트에서 가끔씩 스테판의 모습을 보았던 터였습니다.

서더 스트리트는 캘커타에 들어온 배낭족들이 총집결하는 거리의 이름입니다. 온갖 싸구려 호텔이며 게스트 하우스들이 모여 있는 곳이지요. 돈을 아껴가며 살아야 하는 마더 테레사의 자원봉사자들도 대부분 그 거리에 둥지를 듭니다. 하룻밤 지내는 데 1,000원에서 3,000원이면 충분한 곳이 바로 서더 스트리트입니다. 외국인 여행자들이 득시글대다 보니, 당연히 식당들이며 찻집, 상점들도 많습니다. 여행자들을 기다리는 인력거꾼들도 많고, 그리고 무엇보다 외국인들에게 손을 내미는 걸인들도 많습니다.

아침 일을 마치고 점심을 먹고 잠시 쉰 다음, 스테판은 이런저런 약품들이 가득

든 손가방을 들고 그 서더 스트리트로 나갔습니다. 약장수가 되었느냐구요? 아니죠. 스테판은 거리의 의사가 되었습니다. 돗자리도 없이 그냥 길바닥에 앉아 사람들이 오기를 기다렸습니다. 손발에 상처를 입은 거지 아이들, 맨발로 인력거를 끌다가 상처를 입은 릭샤왈라(인력거꾼을 뜻하는 인도 말입니다), 야채를 썰다가 손을 벤 가게 주인들이 스테판을 찾아왔습니다. 뭐, 전문적인 지식을 필요로 하는 경우는 별로 없었습니다. 그저 사소한 상처를 소독해주고, 필요하면 붕대도 감아주고, 그런 정도의 일이었습니다.

스테판과 알게 된 다음부터 가끔 스테판의 거리 진료 현장에 구경을 나갔습니다. 저는 오후 일이 저녁 6시께 끝나는 데다, 일을 끝내고 마더 테레사의 수도원에서 행해지는 저녁 기도에 참석했기 때문에 자주 스테판의 진료소(?)에 들르지는 못했습니다. 하지만 스테판의 거리 진료 현장이 바로 제 숙소였던 구세군 회관의 대문 앞이었기 때문에 스테판이 늦게까지 '환자들'을 돌보는 날이면 어쩔 수 없이 스테판을 만나야 했지요.
어느 날이었습니다. 벌써 날은 어두워지고, 별로 밝지도 않은 캘커타의 가로등이 켜졌는데, 여전히 스테판은 구세군 회관 대문 앞에 있었습니다. 그리고 늙은 릭샤왈라 한 사람이 스테판과 함께 있었습니다. 거리의 꼬마 아이들은 당연히 스테판 주변에 모여들어 있었구요. 무슨 일인가 싶어 저도 그냥 그 자리에 주저앉았습니다.
캘커타에서 인력거꾼은 제일 힘들게 사는 사람들입니다. 아침부터 밤까지 맨발로 사람들을 태우고 다닙니다. 인력거 한 대

에 뚱뚱한 인도인 아줌마 둘이 타고 있는 모습도 흔히 보았습니다. 외국인 여행자 친구들은 가끔 호기심에서 일부러 돈을 내고 인력거를 끌어보기도 합니다. 한 번 하고 나면 다시는 못할 일이라며 설레설레 고개를 내젓지요. 그렇게 힘든 중노동인 탓에 인력거꾼들의 평균 수명이 아주 짧다는 얘기도 들었습니다. 가족을 먹여살리기 위해 자신의 목숨을 희생하는 사내들이 바로 캘커타의 릭샤왈라들입니다. 하여간 그 릭샤왈라 한 사람이 그날 저녁 스테판의 환자로 앉아 있었습니다.

별다른 상처를 입은 것은 아니었습니다. 몇 마디 영어와 손짓발짓을 통해 그 인력거꾼이 스테판에게 호소하는 내용을 짐작해보니, 무릎이 아프다는 것이었습니다. 당연한 일이었지요. 하루 종일 사람을 태우고 인력거를 끄는데, 그것도 맨발로 달려야 하는데, 무릎이 망가지지 않으면 그게 비정상적인 일이지요. 무릎도 아프고, 허벅지며 종아리도 아프고 발꿈치도 아프고, 인력거꾼은 그렇게 고통을 호소했습니다. 스테판은 참 난감해 할 수밖에 없었습니다. 스테판이 가지고 있는 약은 고작해야 소독약과 연고제, 아스피린, 해열제, 붕대, 반창고가 고작이었으니까요. 그렇다고 스테판은 소독약을 발라주고 다 치료했다고 뻥을 칠 만큼 뻔뻔한 돌팔이도 아니었습니다.
"준, 이럴 땐 어떻게 해야 하지?" 속수무책이라는 표정으로 스테판이 저를 쳐다보았습니다. 저라고 뭐 뾰쪽한 수가 있었겠습니까? 그냥 어깨만 으쓱하고 함께 난감한 표정을 지을 수밖에요. 스테판은 인력거꾼이 제대로 알아듣지도 못할 영어로 계속 이런저런 설명을 하면서, 인력거꾼의 다리를 마사지하기

시작했습니다. 스테판의 설명인즉, 시간이 날 때마다 이렇게 자꾸 다리를 주물러줘라 하는 것이었지요. 그 모습을 보다 보니, 언뜻 생각나는 것이 있었습니다. 저는 곧바로 구세군 회관의 대문을 밀치고 들어가 제 배낭에서 '맨소래담' 로션을 꺼내 스테판과 인력거꾼에게 달려갔습니다. 여행할 때마다 상비약으로 준비했던 비상약 중의 하나였습니다. 배낭 때문에 아픈 어깨며 오래 걸어 아픈 다리에 즉효약이었거든요. 짠! 스테판의 '간호사' 준이 드디어 해결책을 찾아냈도다!

그날 저녁, 그 인력거꾼의 환한 표정을 잊을 수가 없습니다. 인력거꾼의 다리에 맨소래담 로션을 발라주며 함께 기뻐하던 스테판의 표정도 잊을 수가 없습니다. 알고 있습니다. 그까짓 소염 진통제 로션이 그 인력거꾼의 다리병에 아무런 도움이 되지 않으리라는 것 말입니다. 기껏해야 잠시 통증을 잊는 정도겠지요. 하지만 캘커타의 인력거꾼에게는 그 하잘 것 없는 맨소래담 로션이 평생 처음 발라보는 '명약'이었던 것입니다. 네, 세상은 그렇게 불공평합니다. 어떤 사람들은 호텔 같은 특별 병실에서 극진한 간호를 받으며 감기를 치료받는가 하면, 어떤 사람들은 죽을 때까지 고생할 다리병에 맨소래담 로션만 발라줘도 기뻐 어쩔 줄 몰라 합니다. 세상은 그렇게 생겨먹었지요. 그렇게 불공평한 세상을 생각할 때마다 화가 나서 미칠 지경입니다. 그렇게 수많은 성인들과 현인들이 평등한 세상을 외쳤는데도, 갈수록 불평등만 더욱더 깊어지고 넓어지는 이놈의 세상에 미치도록 짜증이 납니다. 하지만 어쩌겠습니까? 원래 그렇게 생겨먹은 세상인 걸요. 스테판 같은 사람들이 있어 그나마 저를 미치지 않게 해줍니다. 자기가 가진 약과 자기의 시간과 자기의 노동을 남들을 위해 나눠주는 사람들 말입니다.

저는 그 맨소래담 로션을 인력거꾼에게 주었습니다. 스테판이 하는 일에 비하면 아무것도 아닌 작은 일이었습니다. 스테판이 저에게 "고맙다"고 했습니다. 자기가 받은 맨소래담도 아니었는데요. 그리고 스테판은 인력거꾼이 원하는 대로 맨소래담 로션 바른 무릎과 다리에 붕대를 감아주었습니다. 치료를 다 받은 그 날의 마지막 환자 인력거꾼은 인력거를 끌고 기운차게 떠났습니다. 그의 환한 웃음 덕분에 어두운 캘커타 서더 스트리트가 잠시 환해졌습니다. "스테판, 우리 저녁 먹으러 가자." 저는 그 작은 소년이 너무나 귀여워 어쩔 줄을 몰랐습니다.

그 스테판을 제네바에서 다시 만났습니다. 유럽 여행 초기, 스위스의 티치노(Ticino, 스위스 남부의 이탈리아어 사용 지역입니다. 로카르노, 아스코나 등 유럽 최고의 휴양지가 있는 곳이기도 하구요)라는 곳에서 친구들을 만난 후 스테판에게 전화했습니다. "준! 지금 어디야? 서울?" "아니. 스위스." "와아아! 그럼 제네바에 올 거야?" 물론이었지요. 스테판의 시간이 괜찮다면 얼마든지 제네바에 갈 수 있었지요. 저녁 늦게 제네바 역에 도착했습니다. 스테판을 기다렸습니다. 저는 스테판이 차를 몰고 나오겠거니 짐작했습니다. 세계 최고의 국민 소득을 자랑하는 스위스의 청년이었으니까요. 생각보다 늦게 스테판이 저만치 앞에 나타났습니다. 다시 한 번 어두운 제네바 역 앞이 환해졌습니다. 스테판의 그 환한 웃음 덕분에요. 우리는 거의 10미터쯤을 달려가 서로를 끌어안았습니다. 역전에 모여 있던 사람들이 모두 우리를 쳐다보았을 겁니다. 웬 연인들인가 하고 말이죠. "준, 너는 내가 캘커타를 떠난 뒤에 처음 만난 캘커타 친구라는 거 아니?"

스테판은 차도 없고, 자기 몫의 아파트도 없었습니다. 좋은 직장을 때려치웠다고 아버지의 눈총을 받아가며 부모님의 집에서 살고 있었습니다. 스테판은 저를 누나인 파트리샤의 집으로 데려갔습니다. 부모님의 집에는 여분의 방이 없어 저를 데리고 갈 수 없다고 미안해하면서요. 사람의 인연은 참 묘한 것입니다. 저는 스테판과 저의 인연이 그저 캘커타뿐인 줄 알았습니다. 그랬더니 이게 웬일입니까! 스테판의 매형이 한국 남자였지 뭡니까? 스테판의 매형 세바스티앙은 스위스로 입양된 한국인이었던 것입니다. 제네바에 가서야 그 사실을 알았습니다. 하여간 스테판의 누이 파트리샤의 집에서 저는 극진한 손님 대접을 받았습니다.

학교가 방학이었던 덕에 스테판은 저를 데리고 제네바 구석구석을 구경시켜줄 수 있었습니다. 스테판의 여자 친구가 미용사였던 덕에 저는 또 공짜로 머리도 깎을 수 있었습니다(유럽에선 머리깎는 값이 아주 비쌉니다). 캘커타에선 서로 일이 바빠 그렇게 온전히 여러 날을 함께 보낸 적이 없었습니다. 제네바에 와서야 서로의 지나온 삶과 앞으로의 계획에 대해 두런두런 이야기를 나눌 수 있었습니다. 다시는 증권 회사 따위의 한심한 직업은 갖지 않겠노라고, 정말 자신이 좋아할 수 있는 일을 하며 살겠다고, 스테판은 다시 사회봉사 관련 공부를 할 수 있는 학교를 다니고 있었습니다. 사회에서 낙오된 청소년들을 보살피는 일이 스테판의 꿈이었습니다. 그리고 언젠가 캘커타로 돌아가는 것도 스테판의 꿈이었습니다.

스테판이 시작한 '거리의 의사' 일은 스페인 친구들이 이어받았다고 했습니다. 스페인 친구들 중에는 직업 간호사인 에스텔과 니에베스도 끼어 있었으니, 스테판보다 더 전문적인 치료가 가능했겠지요. 스테판의 '왕진 가방'은 물론 스페인 친구들에게 그대로 물려졌구요. 여전히 환한 미소를 보여 주었

지만, 캘커타 얘기를 할 때 스테판은 가끔 그늘진 얼굴을 보여 주기도 했습니다. 스테판 자신은 캘커타 경험을 통해 속속들이 변했지만, 제네바는 단 하나도 변하지 않았다는 것이 문제였습니다.

가족들이며 친구들이며 주변의 사람들은 하나도 변함없이 그대로인데, 자신만 혼자 동그마니 완전히 변한 상태로 고향에 돌아오는 것, 그것이 캘커타 자원봉사자들이 공통적으로 겪는 괴로움 중의 하나입니다. 고향에서 이방인이 되는 것이지요. 세상은 바뀌지 않았는데 나만 바뀌었을 때, 그 삶이 편하지 않을 것은 당연한 이치입니다. 스테판도 바로 그런 '캘커타 증후군'에 시달리고 있었던 것입니다. 그리고 그러던 차에 함께 캘커타의 경험을 나눌 수 있는 친구가 찾아왔으니, 당연히 너무나 기쁠 수밖에 없었던 것입니다.

제네바에서 스테판과 함께 닷새를 보냈습니다. 제네바 역 플랫폼에서 환한 웃음으로 저를 배웅하던 스테판을 지금도 바로 어제처럼 기억합니다. 유럽 여행을 마치고 다시 캘커타로 돌아갔을 때, 스테판이 시작한 '거리의 의사들'은 보이지 않았습니다. 스페인 친구들이 고향으로 돌아가면서 스테판의 '왕진 가방'을 물려받을 사람이 없었던 모양입니다. 저도 더 이상은 구세군 회관에 머물지 않았습니다. 조금 더 돈을 쓰면서(그래 봤자 하룻밤에 600원 더 썼을 뿐입니다) 더 편안한 숙소에 묵었습니다. 가끔 서더 스트리트에 갈 때마다 스테판이 생각났습니다. 맨소래담 로션을 받아들고 기뻐 어쩔 줄 모르던 그 인력거꾼도 기억났습니다. 세월은 그렇게 흘러가는 것이지요.

기억만 남겨두고요.

스테판과 제네바에서 헤어진 뒤 벌써 3년의 세월이 흘렀습니다. 스테판은 학교를 마쳤겠지요. 3년의 세월은 스테판을 또 어떻게 바꿔놓았을지 궁금합니다. 다시 제네바에서 스테판을 만나면 또 우리는 10미터를 뛰어가 서로를 끌어안을 겁니다. 진짜 친구들은 시간을 뛰어넘을 수 있는 법이니까요. 기억의 힘으로 말입니다. 그저 친구들끼리 열심히 좋은 기억을 만들며 살아야 합니다. 인생은 그 좋은 기억들로 행복해질 수 있으니까요. 그 좋은 기억들이 이 불공평한 세상을 그런대로 살 만한 것으로 만들어주니까요.

이제 20대 중반의 청년이 되었겠군요. 스테판은 여전히 그 소년 같은 웃음을 간직하고 있을까요? 자신의 꿈대로 불행한 청소년들의 마음을 고쳐주는 '의사'가 되어 있을까요? 제네바로 제 발길이 흘러갈 수 있으면 참 좋겠습니다. 헤어진 바로 그 자리에서 스테판을 만나고 싶습니다.

스테판과 저의 인생이 우리에게 조금 더 친절을 베풀어준다면 더욱 좋겠습니다. 구세군 회관 앞, 그 자리에서 다시 '의사와 간호사'로 스테판을 만나고 싶습니다.

— 1997년 9월 어느 날

스 테 판... 서더... 스트리트의... 좋은... 의사...

마르따

미… 에르마나… Mi Hermana(My Sister)

Marta

사랑과 우정을 재미있게 비교한 글이 있었습니다. 프랑스의 소설가 미셸 투르니에가 『열쇠와 자물쇠』라는 책에서 쓴 짤막한 글입니다. 아주 재미있게 읽었던 터라, 여러분에게 다시 한 번 소개하고 싶네요. 미셸 투르니에는 사랑과 우정의 차이를 이렇게 설명합니다.

"우정은 상호성이 없이는 존재할 수 없다. 여러분은 여러분에게 우정을 갖고 있지 않은 누군가에게 우정을 가질 수 없다. 우정은 서로 주고 받든가 아니면 서로 주고 받지 못하든가 그 둘 중에 하나다. 반면에 사랑은……. 사랑과 우정 사이에는 또 하나의 차이가 있다. 존경심이 없는 우정은 존재할 수가 없다는 사실이다. 우정은 경멸에 의해 깨진다. 그렇지만 사랑은……."

사랑을 한 번이라도 해보신 분이라면, 미셸 투르니에가 왜 "사랑은……" 하면서 말을 흐렸는지 충분히 이해하실 수 있을 거라고 믿습니다. 하여간 우정에 대한 투르니에의 정의, 참 재미있지 않습니까? 우정은 완벽히 주고 받는 것이다, 우정은 존경심의 바탕에서 존재한다……. 저 또한 적어도 남들이 그러한 만큼은 사랑의 아픔을 겪고 살아온지라, 때로는 사랑이 싫습니다. 한없이 주어도 주어도 돌아오는 것은 코딱지만큼도 없는 사랑, 하는 짓마다 밉고 경멸스러워도 또 어쩔 수 없이 용서해주어야만 하는 사랑……, 뭐 그런 것이 사랑 아닌가요? 그래서 가끔씩 사랑이 정말 몸서리치게 싫어집니다. 우정이 사랑보다 백 배, 천 배, 만 배 낫다는 생각이 들곤 합니다.

친구 얘기니 우정은 이해하겠는데 갑자기 웬 사랑 타령이냐고요? 그럴 만한 사정이 있습니다. 마르따 때문입니다. 마르따를 생각하면 가슴 한켠이 묵직해집니다. 가슴이 사랑으로 가득찬 사람은 꼭 사랑 때문에 고통을 겪어야 한다는, 그 이상한 진리가 또 생각나기 때문에 제 가슴이 아파집니다. 글을 쓰면서도 자꾸 망설여집니다. 이건 마르따의 사생활인데, 마르따에게 먼저 전화를 해서 이런 글을 써도 좋으냐고 물어봐야 하는 걸 텐데……. 마드리드로 전화를 해야 할까요? 마르따, 내가 니 얘기를 글로 써도 되니? 니 아픈 사랑 얘기를 사람들에게 알려도 되니?

마르따를 만났습니다. 제 첫번째 캘커타에서였습니다. 겨우 일주일, 짧은 만남이었습니다. 그때 마르따는 애인과 함께 캘커타에 왔습니다. 별로 많은 이야기를 나눌 시간은 없었지만, 그래도 일주일 내내 함께 빨래를 하고 설거지를 하고 청소를 하다 보니, 금세 친구가 되었습니다. 아주 쾌활하고 밝고 따뜻한 여자였습니다. 그리고 마르따는 캘커타를 떠났습니다. 언젠가 마드리드에 꼭 놀러오라며 제게 런던에서 사온 담배를 남겨주고 떠났습니다.

마르따를 런던에서 다시 만났습니다. 저는 런던에 체류 중이었고, 마르따는 잠시 들르러 온 길이었습니다. 이번에도 마르따는 제게 담배를 사다주었습니다. 담배 두 갑을 건네주며 마르따는 이렇게 말했습니다. "니가 이 담배 좋아했던 게 갑자기 생각났어."

런던을 떠나 친구 찾아 삼만 리로 유럽 대륙을 종횡으로 누비던 중, 마드리드에서 다시 마르따를 만났습니다. 마르따의 집에서 사흘을 묵었습니다. 직장에 다니고 있던 터라 저와 좀더 많은 시간을 보내지 못한다고 계속 미안해하며, 어떻게든 세끼 식사를 다 챙겨주려 무진 애를 썼습니다. 아침은 차려놓고 나갔고, 점심은 시내 레스토랑에서 사주었고, 저녁은 손수 특별 요리를 해주었습니다.

마드리드를 떠나기 전날이었습니다. 마르따의 집에서 쓰는 커

피 메이커를 사고 싶다고 제가 말했습니다. 에스프레소를 끓이는 '카페테라' 라는 이름의 커피 메이커였습니다. 몇 군데 가게를 가보았지만, 이미 문이 닫혀 있었습니다. 꼭 마드리드에서만 파는 물건도 아니었던지라, 마르따와의 마지막이 될지도 모르는 저녁을 쓸데없는 쇼핑으로 보낼 필요는 없었습니다. 밤 늦게까지 이야기를 나누다가 잘 자라는 인사와 작별 인사를 함께 했습니다. 저는 아침에 출근할 때 깨우라고 말했지만 마르따는 저를 깨우지 않았습니다.

일어나 보니 벌써 날이 환해져 있었습니다. 부엌에서 마르따의 여동생이 제 아침 식사를 준비하고 있었습니다. 세수를 하려고 욕실에 들어갔습니다. 세면대에 두툼한 물건이 포장지에 싸여 있었습니다. 그리고 그 위에 편지 봉투가 놓여 있었습니다. "사랑하는 준, 새 카페테라를 사주고 싶었는데, 그럴 시간이 없네. 미안해. 새 것은 아니지만 받아주렴. 그리고 서울에 가서 커피를 마실 때마다 나를 기억하렴." 편지에는 그렇게 적혀 있었습니다. 마르따는 집에서 쓰던 카페테라를 깨끗이 닦아 제게 선물한 것입니다.

마르따는 그런 여자였습니다. 언제나 제게 무엇인가를 주려고 애썼고, 또 항상 무엇인가를 제게 주었던 친구였습니다. 짧은 시간이었지만, 캘커타에서도 항상 웃는 얼굴로 열심히 일하던 봉사자였습니다. 착한 여자, 마르따를 한 마디로 표현하라면 그 말이 제일 좋은 말입니다. 그렇게 착한 마르따는 한 남자를 사랑했습니다. 그 남자가 자신에게 돌려주는 것이 자신이 준 것의 백 분의 일, 천 분의 일에도 못 미쳐도 여전히 그 남자를 사랑했습니다. 그 남자가 경멸받아 마땅할 행동을 저지르고 다니며 자신의 가슴에 대못을 박고 다녀도 그 남자를 떠나지 못하고 사랑했습니다. 거의 10년에 가까운 사랑이었습니다. 우연히 만난 친구에게 베푸는 마음씨가 그 정도였으니, 사랑하는 남자에게는 오죽했겠습니까……

유럽 여행을 마치고 두번째 캘커타에 돌아가 있을 때였습니다. 아침 미사를 드리고 나오는데 누군가 제 이름을 불렀습니다. "준!" 세상에나! 마르따였습니다. 온다는 연락도 없이 마르따가 왔습니다. 크리스마스 휴가 열흘을 마더 테레사와 함께 지내기 위해, 가난하고 병든 이들과 함께 지내기 위해 마르따가 왔습니다. 열흘 내내 마르따와 함께 일하러 가고, 중간에 이틀 시간을 내서 산티니케탄이라는 시골 마을로 여행도 다녀왔습니다. 캘커타의 친구들은 그런 마르따와 저를 놓고 연인 사이가 아니냐 하며 오해를 하기도 했지요. 마르따는 행복하다고 했습니다. 다시 캘커타에 돌아와 행복하다고, 저를 다시 만나 행복하다고 말했습니다. 그리고 그 아픈 사랑을 이제 잊기로 했다고, 자기를 정말로 사랑해 주는 남자를 만나 가정을 이루어 살 것이라며, 행복하다고 말했습니다.

저도 행복했습니다. 마르따가 그렇게 행복해하는 모습을 보는 것이 너무나 행복했습니다. 새 남자 친구가 이혼 경력이 있는 까닭에 교회에서 웨딩드레스를 입고 혼례 미사를 드릴 수는 없지만, 그래도 그 남자를 너무나 사랑하기 때문에 그건 아무 문제가 아니라고, 언젠가는 꼭 행복한 신부가 될 거라고, 마르따는 제게 말했습니다. 캘커타의 시장통에서 산 하얀 드레스를 제게 보여주었습니다. 그러면서 아름답게, 참 아름답게 웃었습니다. 세상에서 제일 아름다운 내 친구, 마르따였습니다.

서울에 돌아와서도 마르따와 저는 서로 편지를 주고 받았습니다. 어느 날부턴가 마르따에게서 편지가 오지 않았습니다. 무소식이 희소식이거니, 아니 그보다는 먹고 사는 일에만 신경 쓰면서 친구들 생각은 잊은 채로, 한동안 지냈습니다. 어느 밤, 갑자기 마르따 생각이 났습니다. 짧게 편지를 썼습니다.

"어떻게 살고 있니? 나? 맨날 그 타령이지 뭐. 글 쓰고, 번역하고, 지긋지긋해하면서 살아. 너는 행복하게 살아야 한다는 거 알지?" 그렇게 짧은 안부 편지를 마르따에게 보냈습니다. 보름 후 마르따의 답장이 날아왔습니다.

예쁜 아기의 사진이 동봉되어 있었습니다. 천사 같은 아기였습니다. 그리고 마르따의 가슴 아픈 이야기가 편지에 담겨 있었습니다. 마르따는 끝내 행복한 신부가 되지 못했습니다. 자세한 얘기는 하지 않으렵니다. 몇 사람의 프라이버시가 걸려 있는 얘기인지라 아무렇게나 얘기할 수가 없습니다. 그저 참 어리석은 사랑의 아픔이 있었다는 얘기만 들려드리겠습니다. 세상에 널린 멜로 드라마 중의 한 부분이 바로 제 친구에게 일어났다는 것만 알려드리겠습니다. 더 이상 궁금해하지 마시고 그냥 제 친구 마르따의 아픔만 가슴으로 짐작해주시기 바랍니다. 인생은 언제나 멜로 드라마 투성이입니다. 서글프지만 그것이 인생입니다. 착한 사람들, 착하기 때문에 어리숙할 수밖에 없는 사람들은 언제나 그 멜로 드라마에서 눈물 흘리는 역할을 맡습니다. 억울하고 분하지만 그것이 인생입니다.

속이 터질 것 같았습니다. 친구가 그렇게 고통스런 시간을 보내고 있었을 때, 저는 아무것도 모른 채 그냥 히히덕거리며 잘 살고 있었다는 사실이 견디기 어려웠습니다. 마드리드로 전화를 걸었습니다. 마르따에게 뭐라고 위로의 말을 건네야 했습니다. 하지만 아무런 말도 할 수가 없었습니다. "마르따……. 어떻게 말해야 할지 모르겠어……. 말하지 않아도 알지? 널 사랑해, 마르따, 미 에르마나. 그리고 내 조카 다니엘도……

행복해야 해……" 계속 밝은 목소리로 얘기하던 마르따가 마지막 작별 인사를 했습니다. "그래, 고마워, 준. 내 친구, 미 에르마노…… 꼭 마드리드에 오렴. 열심히 돈을 벌렴. 난 너에게 비행기 표를 사줄 수가 없어. 그러니까 열심히 돈을 벌어서 꼭 마드리드에 와주렴……" 마르따가 끝내 울며 전화를 끊었습니다. 수화기를 내려놓고 담배를 피워 물었습니다. 연기가 눈에 들어가는 바람에 저도 눈물을 흘리고 말았습니다.

남자들이 싫었습니다. 마르따의 인생을 엉망으로 만든 그 한 남자가 아니라, 저를 포함해 남자라는 동물이 싫었습니다. 사랑이 싫었습니다. 인간이 싫었습니다. 다른 사람의 사랑을 그렇게 짓밟을 수 있는 인간의 끔찍한 이기심이 싫었습니다. 그리고 친구가 혼자 슬퍼하고 혼자 아파하고 있을 때 아무것도 해줄 수가 없는, 그 우정이란 것의 무력함도 너무나 싫었습니다. 왜 착한 사람은 항상 고통을 겪으며 살아야 하는 것일까요? 왜 나쁜 사람들은 저렇게 행복하게들 잘 살고 있는데 착한 사람들은 이렇게 힘겹게 세상을 살아야 하는 것일까요? 모르겠습니다. 고통 속에서도 끝끝내 착한 사람으로 남는 사람들이 있고, 그런 사람들이 세상을 살 만한 것으로 만들어주기 때문일까요? 모르겠습니다.

몇 달 전 마르따의 편지에는 이제 걸음마를 시작한 제 스페인 조카 다니엘의 사진이 들어 있었습니다. 그 편지를 받고 다시 마드리드에 전화를 했습니다. 마르따에게 요구했습니다. "다니엘, 이제 말 배우기 시작했지? 그럼, '후니오 삼촌'이라는 말부터 먼저 가르쳐야 하는 거 알지?(후니오는 제 이름 준을 스페

인 애칭으로 부르는 이름입니다). 이제 곧 마드리드에 갈 거니까 말야."

마르따는 이제 행복하다고 말했습니다. 비록 완전한 것은 아니지만, 그토록 간절히 원했던 가정을 갖게 되었으니 행복하다고 말했습니다. 다니엘을 보면 세상의 모든 고통, 자신의 아픈 사랑도 다 잊을 수 있다고 말했습니다. 바닷가에서 찍은 마르따, 다니엘 모자의 사진을 보면 저도 행복해집니다. 이제 마르따에게는 자신이 받은 만큼의 사랑을 그대로 마르따에게 돌려줄 아들이 생겼습니다. 어머니가 된 마르따의 인생을 온전한 사랑으로 채워줄 '남자'가 생긴 것입니다.

마드리드에 가려 합니다. 너무나 늦게 마드리드에 갑니다. 좀더 일찍 마드리드에 가야 했습니다. 마르따의 이야기를 들어주기 위해서, 그녀의 손이라도 한 번 잡아주고 그녀의 어깨라도 한 번 안아주기 위해서, 다니엘에게 좋은 삼촌이 되어주기 위해서, 진작에 마드리드에 가야 했습니다. 인생이 그렇게 맘먹은 대로 되어주지를 않습니다. 하지만 이번 여름엔 하늘이 두 쪽이 난대도 마드리드에 가겠습니다. 가서 마르따에게 말하겠습니다. 니가 선물했던 카페테라 말이야, 서울에 있는 내 친구들이 모두 탐낸다는 거 아니? 커피를 타줄 때마다 내가 친구들에게 니 얘기 한다는 거 아니? 세상에서 제일 예쁘고, 제일 착한 내 친구 마르따. 미 에르마나(mi hermana, 내 누이라는 뜻의 스페인 말입니다. 형제는 에르마노라고 하구요), 마르따……

— 1997년 6월 어느 날

에르난

아이들에게.. 비스킷...한...봉지를... A Pack of Biscuit to the Children

Hernan

에르난(Hernan)이라는 이름의 동생이 있습니다. 제 동생입니다. 영어식으로 읽으면 헤르난이지만, 스페인어를 쓰는 아르헨티나에서 온 동생이기 때문에 H 발음을 빼고 '에르난'으로 읽어야 합니다. 해외 입양 보낸 동생이 돌아왔느냐고요? 에이, 무슨 말씀을요. 에르난은 시리아, 이탈리아, 스페인 등등의 피가 섞인 '오리지널' 부에노스 아이레스 출신입니다.

사진을 보시면 대충 감을 잡으시겠지만, 에르난은 정말 눈이 번쩍 뜨이게 하는 미남입니다. 불행인지 다행인지 하여간 사진발은 별로입니다만 말이죠(팬 레터는 절대 사절이니 미리 알아서 참아주십시오. 실물은 사진보다 훨씬 낫다는 것만 알아주십시오). 에르난이 얼마나 미남인지 확실히 알려드릴 수 있는 사건이 하나 있습니다. 제 가슴에 질투의 불길과 부모님에 대한 원망(!)을 가득 불어넣은 사건이었지요.

〈프렘 단〉에서만 일하던 에르난을 제가 〈칼리가트〉에 데리고 갔습니다. 그래서 아침, 오후 내내 함께 일을 하게 되었지요. 그런데 〈칼리가트〉의 어느 날이었습니다. 에르난이 조금 몸이 아팠습니다. 제가 숙소에 가서 쉬라고 해도, '형아' 말을 듣지 않고 에르난이 〈칼리가트〉에 왔습니다. 그냥 앉아서 쉬라고 했지요. 수녀님들께 에르난이 아프다고 말씀도 드렸구요. 그랬더니! 원장 수녀님께서 얼른 사람을 시켜 수박 한 덩이를 사오게 하신 겁니다! 에르난에게 주려고요!

워낙 '호랑이 수녀님'으로 유명한 원장 수녀님이었지요. 저희들 고참에겐 한 번도 수박을 사주신 적이 없었구요. 그런데 신참내기 에르난에겐 커다란 수박 한 덩어리를! 그날 속이 쓰렸던 자원봉사자는 저 하나가 아니었을 겁니다. 애고, 한탄해봐야 무슨 소용 있나! 그저 어딜 가나 잘 생긴 게 복이지! 하하하! 오해하지 마십쇼. 질투 운운은 농담입니다. 수박도 봉사자들이 다 함께 나눠먹었구요. 에르난이 잘 생긴 청년, 심지어 수녀님들까지 반하게 만들 만큼의 미남이었다는 얘길 하느라고 이렇게 수다를 떨었습니다. 자, 각설하구요, 에르난 얘기를 해드리겠습니다.

에르난은 그때 세계일주 배낭 여행을 하고 있었습니다. 방콕으로 가던 길에 캘커타에 들렀지요. 원래의 계획은 방콕을 거쳐 베트남, 인도네시아, 남태평양 등을 여행한 다음, 고향 아르헨티나로 돌아가는 것이었습니다. 그러나 에르난의 여행길은 캘커타에서 멈춰버리고 말았습니다. 제가 남인도 마드라스 행 기차표를 끊으러 캘커타에 들어갔다가 꽁꽁 발이 묶여버렸던 것처럼, 에르난도 캘커타의 '진흙늪'에 푹 빠져 버린 것입니다. 에르난 역시 처음엔 그저 호기심 삼아, 경험 삼아, 그리고 무엇보다 제일 큰 이유로는, 숙소에서 만난 핀란드 아가씨 페트라(Petra)와 좀더 깊은 우정(!) —— 정말 '우정'으로만 끝났습니다! —— 을 쌓으려고, 자원봉사 일을 시작했습니다. 그러다가 저를 만났고, 다른 많은 친구들을 만났습니다. 그리고 역시 무엇보다 제일 큰 기쁨, 바로 '가난한 이들을 돌보는' 기쁨을 알게 되었습니다.

에르난은 저를 '형(big brother)'이라고 부르며 쫄쫄 따라다녔습니다. 저보다 한 뼘쯤은 더 키가 컸는데도 말입니다. 물론 저는 에르난을 '동생(little brother)'이라고 불렀습니다(캘커타에는 나이와 인종과 성의 차별이 없는데, 거기에 또 하나 '키'의 차별도 없음을 알려드립니다). 아무튼 에르난과 저는 꺼꾸리와 장다리처럼 붙어다녔습니다. 어쩌다 그렇게 되었느냐구요? 글쎄요, 잘 모르겠습니다. 우정의 시작이라는 게 어디 항상 그렇게 똑똑히 기억나는 법인가 말입니다. 어떻게 친해졌는지도 모르는 새 친해지는 우정, 그런 우정이 대개는 진득하게 오래 가는 법이지요. 에르난과 제가 그랬습니다.

당연히 서로 많은 이야기를 주고 받았지요. 친구를 사귈 때 역시 최고의 방법은 '자기가 살아온 이야기'를 하는 것입니다. 부끄러운 이야기, 슬픈 이야기, 기쁜 이야기를 다 숨김없이, 미화시키지 말고, 그냥 하는 겁니다. 하룻밤을 함께 자보면 쉽게 친구가 될 수 있다는 말이 있죠? 그 하룻밤 동안 결국은 자기가 살아온 이야기를 두런두런 나누기 때문에 생겨난 말이라고 저는 생각합니다. 에르난도 제게 자기가 살아온 이야기를 많이 해주었습니다.

에르난은 상당한 부유층의 아이였답니다. 어린 나이에 부모님의 이혼이라는 불행을 겪어야 했고, 그 여파로 삐딱하게 나가기 시작했다더군요. 열다섯부터 담배와 술을 입에 붙이고 살았고, 심지어는 마약까지 손을 댔었답니다. 고등학교도 퇴학을 당해 '문제아'들만 모아 가르치는 학교로 옮겨갔답니다. 그 학교에 가서도 역시 '못된 망아지' 노릇을 계속하며 살았답니다. 나이가 조금 더 들어서는 여자들 꽁무니만 쫓아다녔다는 얘기까지 하더군요. 어떻게 대학에는 들어갈 수 있었고, 정치학을 전공했답니다. 그러던 어느 날, 갑자기 자신의 삶에 회의가 들었답니다. 대학을 휴학하고 무작정 세계일주에 나섰답니다. 자신의 삶을 바꿔보고 싶었답니다. 그러다 여행의 막바지에 캘커타까지 흘러오게 된 것이지요.

에르난은 누가 남미 출신이 아니랄까 봐, 무척이나 '정열적'인 청년이었습니다. 대개 처음 자원봉사 일을 시작하는 친구들은 환자들과 직접적으로 신체를 접촉하는 일을 꺼려 합니다. 다른 이유가 있어서가 아니라, 그저 두렵기 때문이지요.

환자들의 똥오줌을 맨손으로 닦아내는 일 같은 것도 처음부터 하기는 어렵습니다. 그런데 에르난은 그렇지 않았습니다. 에르난보다 조금 전에 봉사 일을 시작한 탓에 저는 에르난에게 '사수' 와 같은 존재였습니다. 에르난은 숙달된 사수 '준' 이 하는 그대로, 그야말로 무엇이든, 똑같이 따라했습니다. 몸을 아끼는 법이 없었습니다.

정열이 넘치는 사람은 대개 '사랑' 도 가슴에 넘치는 법이죠. 에르난이 그랬습니다. 환자들을 대하는 것뿐만 아니라, 거리에서 달려드는 거지 아이들에게도 그렇게 사랑이 가득찬 모습을 보였습니다. 서더 스트리트 거지 아이들에게 에르난은 최고의 '바바' 였습니다('바바' 는 원래 인도 말로 아버지, 선생님 등 남자 어른을 공경하는 높임말입니다). 아이들이 몰려 오면 무조건 안아올리고, 심지어는 무동을 태우고, 서더 스트리트를 한 바퀴 돌던 에르난이었습니다. 그 아이들 중 에르난이 특별히 예뻐했던 아이는, 에르난이 '마이 몬스터(my monster)' 라고 별명을 붙였던, 아주 못 생긴 아이였습니다. 거의 매일 저녁, 아이들은 에르난에게서 과자와 초콜릿을 얻어갈 수 있었지요.

에르난의 '정열' 을 이야기하려니까, 그놈의 '정열' 때문에 벌어진 자그마한 사건을 이야기하지 않을 수가 없군요. 에르난이 대단한 미남이라고 했던 앞의 이야기를 기억해주시기 바랍니다. 〈칼리가트〉에 가끔 들러 일을 하던 인도인 여대생이 있었습니다. 에르난은 그 아가씨에게 데이트 신청을 했고, 토요일 밤의 댄스 파티에 함께 가기로 약속을 했습니다. 물론 그 모든 사건의 진행을 '형아' 인 저에게 속속들이 보고했지요. 그러나, 에르난은 그 약속을 지킬 수가 없었습니다.

에르난이 꿈에 그리던 이상형의 여인이 목요일 밤, 에르난의 눈앞에 등장했던 것입니다. 돈 주앙이 따로 없고, 카사노바가 따로 없었지요. 잠시 제가 한눈을 팔고 있었던 찰나에, 이 '못된 망아지' 동생은 단번에 그 여인을 유혹하는 데 성공한 것입니다. 그리고 토요일 오후를 그 여인과 데이트하느라, 아니 그보다는 인도인 여학생을 피하느라, 〈칼리가트〉에도 나오지 않았습니다. 인도인 여학생은 당연히 저에게 에르난의 행방을 물었고, 사건의 모든 전말을 알고 있는 저는, 혀를 깨물며 '모른다'고 거짓말을 할 수밖에 없었습니다. 사건은 거기에서 끝나지 않았지요. 에르난이 새로 만난 여인은 인도계 남아프리카 공화국의 여행자였습니다. 이름은 이세이바니(Isayvani)였구요. 이번엔 이세이바니가 또 에르난의 자원봉사 일에 흥미를 갖고 아침부터 저녁까지 에르난의 일과를 따라다니기 시작한 것입니다. 〈프렘단〉과 〈칼리가트〉, 그 중간의 점심 시간을 에르난과 이세이바니, 그리고 저, 그렇게 세 사람이 함께 붙어다녔습니다. 그런 어느 날, 드디어 〈칼리가트〉에서 에르난과 인도 여학생, 이세이바니, 세 사람이 맞닥뜨리게 되고 말았습니다. 에르난은 인도 여학생을 피하느라 이리저리 숨어다니고, 아무것도 모르는 이세이바니는 자꾸 에르난을 찾고, 인도인 여학생은 조금씩 사태의 전말을 눈치채기 시작하고…… 푸하하하! 저는 터져나오는 폭소를 참느라고 자꾸 구석자리로 숨어야 했지요.

재미있지요? 네, 캘커타는 그런 곳입니다. 가난과 질병과 혼란만 있는 곳이 아닙니다. 성스러움도 있는가 하면, 코미디 같은 속됨도 함께 있는 곳입니다. 청춘 남녀들이 모여드는 곳이니, 당연히 거기에서 로맨스도 싹틉니다. 어떤 커플들은 캘커타에서 만나 평생을 같이 하는 동반자가 됩니다. 제가 아는 캘커타 커플만 해도 벌써 다섯 쌍입니다. 모두 캘커타에서 만난 커플들이지요. 미국-프랑스, 미국-스위스, 일본-일본, 영국-덴마크, 스페인-미국, 그렇게 서로를 알지도 못한 채 캘커타

에 왔다가, 함께 일을 하고 함께 슬픔과 기쁨을 나누다 사랑에
빠지기도 합니다. 그런 사랑 때문에 캘커타의 잿빛 대기 속에
가끔씩 눈부신 햇살이 비칩니다. 세상에 온전히 절망과 슬픔
만 있는 도시는 없습니다. 온전히 희망과 기쁨만 있는 도시가
또한 없듯이 말이죠. 캘커타에도 매일매일 웃음과 로맨스가
피어납니다.

에르난과 이세이바니는 에르난이 캘커타를 떠나는 날까지 함
께 지냈습니다. 우리네 동방예의지국 사람들의 눈으로 볼 때
는 눈살이 찌푸려질지도 모르겠군요. 하지만 청춘남녀가 서로
마음이 맞으면 얼마든지 주위 눈치를 보지 않고 함께 지내는
것이 서구인들의 라이프 스타일입니다. 우리가 그렇지 않다고
무조건 백안시하고 욕하지 말았으면 싶습니다. 사람들의 언어
가 다르듯, 살아가는 방식도 모두 다르게 마련이니까요. 하여
간 에르난의 '바람끼' 때문에 빚어진 사건은 별 불상사 없이
끝났습니다. 에르난과 인도인 여학생 사이에 뭐 심각한 얘기
가 오갔던 것도 아니었구요.

이세이바니 또한 여행 스케줄을 바꿔 중간 일정을 포기한 채
캘커타 체류를 연장했습니다. 그녀는 에르난이 떠난 후에도
한동안 성실한 자원봉사자로 일하다가 원래의 목적지로 떠났
습니다. 인연의 사슬이 그렇게 이어진 것이지요. 저도 그랬고,
에르난도 그랬고, 이세이바니도 그랬습니다. 아무 생각 없이,
꿈도 꾸지 않고, 캘커타에 들어왔다가 발목이 잡혀버린 것입
니다. '우연히' 말입니다. 저는 이제 '우연의 힘'을 믿습니다.
우리 삶에서 우연이 얼마나 큰 역할을 하는지를 확실히 알고
있습니다. 그것이 힌두교와 불교에서 얘기하는 '업(業)'일까

요? 알 수 없는 인연의 힘이 '어쩌면 그럴지도 모른다'고 대답합니다.

아참, 에르난과 저와의 사이에도 아주 재미난 에피소드가 하나 있는데, 이왕 말 나온 김에 그것도 말씀드리는 게 좋겠군요. 지금도 그 생각만 하면 배꼽을 잡고 웃어야 합니다. 어느 날, 점심을 먹었는데, 그것이 가슴에 꽉 막혀 내려가질 않았습니다. 하루 종일 중노동으로 몸은 파김치가 되어 있는데, 그놈의 체증은 아무리 약을 먹어도 가라앉질 않고, 컨디션이 정말 최악이었습니다. 저녁도 먹지 못하고 있는 저를 본 에르난이 걱정을 하다가, 그날 밤은 자기 방으로 와서 자라고 했습니다. 그러다 한밤중에 더 심하게 아프면 자기라도 보살펴줘야 되지 않겠느냐면서요. 그 당시 저는 한 방에 10명이 자는 구세군 회관의 '도미토리(공동 침실)'에 있었고, 에르난은 혼자서 더블룸을 쓰고 있었습니다.
도미토리라는 곳이 마음 편히 쉴 수 있는 곳이 아니었습니다. 밤 늦게까지 들락거리는 배낭족들 때문에 12시 이전엔 잠을 잘 수가 없는 곳이었습니다. 게다가 사람이 아프면 누구라도 옆에 있어 주길 바라는 것이 인지상정 아닙니까. 에르난의 방으로 가서 하룻밤 그의 '환자'가 되기로 했습니다. 오랜만에 조용한 방에 누웠는데도 잠이 오질 않고, 가슴의 체증은 거의 통증으로 바뀌고 있었습니다. 너무 괴롭다 못해 마침내 결심을 했지요. 손을 따기로요. 에르난에게 실과 바늘이 있느냐고 물었습니다. 배낭족에게 실과 바늘은 필수품이니 당연히 있었지요. 집에서 어머니가 해주시던 대로, 엄지 손톱 주위를 실로 꽁꽁

에 르 난...아이들에게...비스킷...한...봉지를...

묶고 바늘로 따보려 했습니다. 그러나! 해보신 분은 알겠지만, 자기 손을 자기가 바늘로 따는 것은 거의 불가능한 일입니다. 몇 번 바늘로 손톱 근처를 찔렀지만, 검은 피는커녕 아예 바늘 구멍도 생기지 않더군요. 결국은 침대에 누워 막 잠이 든 에르난을 깨워야 했습니다. "에르난, 부탁이 하나 있는데, 이 바늘로 내 손가락 좀 찔러줄래?"

에르난의 두 눈이 휘둥그레지던 모습을 여러분에게 못 보여드리는 것이 참 아쉽군요. 도대체 무슨 소리냐? 하는 표정이었습니다. 한참을 그러고 있더니, 에르난이 이렇게 말하는 것이었습니다. "준, 이상해. 도대체 왜 그래? 너, 혹시 매저키스트니?" 에르난의 말은 농담이 아니었습니다. 에르난에게 바늘로 살을 찔러달라는 부탁은 도저히 이해할 수 없는 것일 수밖에 없었습니다. 단 한 번도 경험해보지 못했던 일일 테니까요.

바늘로 손 따는 것이 한국 어머니들의 오래된 지혜라는 것, '체했을 때'는 그것이 최고라는 것을 설명하는 일은 제 인생에서 제일 힘들었던 일 중의 하나였습니다. 일단 몸이 너무 아팠고, 거기다 '체하다'라는 말을 어떻게 영어로 옮길지 캄캄했으니까요. '문화의 차이'라는 거 말이죠, 그거 별 게 아닙니다. 한국에서는 '어머니의 사랑'인 바늘로 손 따주기가 아르헨티나선 '변태'로 보이는 것, 바로 그런 것이 문화의 차이라는 거죠.

어쨌든, 에르난은 제 부탁대로 바늘을 집고 제 손가락을 따주었습니다. 물론 어머니처럼 시원하게 따준 것은 아니었지만요. 게다가, 양 손가락을 따면서 한 여섯 번쯤은 바늘을 찔러대기도 했지만요. 손 따기가 정말 효험이 있었던 건지, 아니면 그저 기분이 그렇게 된 건지는 모르겠지만, 하여간 겨우 잠이 들 수가 있었습니다. 그리하여 에르난은 제 손을 따준 최초이자 최후의 서양인이 되었고, 저 또한 에르난이 바늘로 찌른 최초이자 최후의 동양인이 되었을 겁니다. 덤으로 저는 팔자에 없는 '매저키스트'가 될 뻔했구요.

대학 개강 날짜에 맞추느라 에르난이 먼저 캘커타를 떠나야 했습니다. 마지막으로 태국에 들러 잠시 쉬고 바로 아르헨티나로 돌아간다고 했습니다. 캘커타를 떠나기 전날 마지막 저녁을 함께 나눌 때, 에르난은 제게 선물을 건넸습니다. 마더 테레사의 사진집이었습니다. 캘커타에서 사흘 생활비에 해당하는 큰 돈을 주고 산 책이었습니다. 그 책에 에르난은 편지를 썼습니다. 조금 긴 듯 싶지만, 그냥 옮겨보고 싶습니다.

"내 형에게. 고마워, 고마워, 고마워……. 캘커타에서 내 인생이 바뀌었어. 내 인생은 이제 사랑으로 충만한 천국이 되었어. 그리고 그렇게 된 데는 형의 도움이 컸지. 형한테서 배운 수업을 영원히 잊지 않을 거야. 인내하는 마음, 관용하는 마음, 자신감, 그리고 아주아주 큰 사랑, 형이 내게 준 것들 말이야. 준, 변하지 말아야 해. 형은 내게 아주 특별한 존재니까!! 난 믿어. 우리의 인생이 우리를 언젠가 다시 만나게 할 거라고. 어쩌면 이디오피아에서, 브라질에서, 아니면 다시 캘커타에서 만날 수도 있겠지. 그 순간을 기다릴게. 그리고 형한테 약속할게. 날마다, 그리고 조금씩 조금씩 열심히 일할 거야. 내가 만난 모든 불행하고 버림받은 사람들을 위해서, 그리고 내가 사랑하는 모든 친구들을 위해서 말이야. 사랑해. 에르난, 형의 아우."

편지를 읽으며 눈물이 핑 돌았습니다. 사실은 지금 그 편지를 우리말로 옮기면서 또 콧등이 시큰해집니다. 아주 오랜만에 그 편지를 다시 읽었습니다. 저에 대한 에르난의 이야기는 물론 과분한 찬사입니다. 제가 에르난에게 준 것은 거의 없습니다. 에르난이 제게 준 것이 훨씬 많았지요. 아픈 저를 밤 늦게까지 간호해주었고, 다음날 아침 저를 깨우지 않고 혼자서 일하러 나갔고, 점심 때 돌아오면서 비싼 과일과 빵을 사왔던 에르난이었습니다. "형 몫까지 내가 다 일했으니까 아무 걱정 말고 하루 푹 쉬는 거야. 알았지?" 하면서요. 저야 그저 약간 먼저 캘커타에 들어온 고참으로서 신참 에르난을 데리고 다녔던 것뿐이었습니다.

그렇습니다. 캘커타에서는 사람들이 변합니다. 아무리 작은 일에도 고마워할 줄 아는 사람으로 변하고, 아무리 작은 일에도 서로 칭찬하고 북돋워줄 수 있는 사람으로 변합니다. 그것 때문에 캘커타의 고단한 삶이 '천국의 삶'으로 바뀝니다. 서로 보살피고, 서로 칭찬하고, 서로 나누는 삶이지요. 우연히 만나고 짧은 시간을 함께 할 뿐이지만, 그 '천국의 삶' 때문에 서로를 영원히 잊지 못하게 됩니다. 한 번 캘커타 자원봉사자는 영원한 캘커타 자원봉사자!

저녁을 함께 나누고, 다시 긴 대화를 나누고, 밤이 늦어 제가 숙소로 돌아가려 했을 때, 에르난이 저를 붙잡았습니다. "준, 잠시만 더 나와 함께 있어 줄래?" 에르난은 밖으로 나가자고 했습니다. 가게에 가더니 비스킷을 몇 십 봉지나 사는 것이었습니다. 두 사람이 나눠 들어야 할 만큼 많은 비스킷이었습니다. 에르난이 앞서고 저는 뒤따랐습니다. 에르난은 거리에서 잠든 사람들의 머리맡에 조용히 그 비스킷 한 봉지씩을 내려놓았습니다. 하나씩, 하나씩……. 가끔 잠을 깨는 사람들도 있었지만, 잠든 사람들 대부분은 그냥 곤히 자고 있었습니다. "비스킷 하나가 아무것도 아닌 거, 잘 알아. 하지만 그냥 이렇게 하고 싶었어. 지금 내가 저 사람들에게 줄 수 있는 건 이것뿐이니까." 한참을 걸려 서더 스트리트 주변 길을 헤매고 다니며 그 많던 비스킷을 다 나눠준 다음, 에르난이 제게 한 말이었습니다. 저는 그런 에르난을 꼭 안아주어야 했습니다. 하룻 저녁 사이에 두 번씩이나 제 눈에 핑 눈물이 돌게 만든 그 '못된 망아지 동생'을 말입니다.

에르난이 아르헨티나에 돌아가서 긴 편지를 보낸 적이 있습니다. 대학을 마치고 브라질, 콜롬비아, 페루 등 남미를 여행한 다음 보낸 편지였습니다. 여행 도중 어떤 사내가 거리의 아이들을 위한 집을 운영하는 것을 보고, 한동안 그 사내를 도왔다고 합니다. 편지 말미에는 이렇게 써 있었습니다. "나도 언젠가 그 사내처럼 호텔을 하나 지을 거야. 거기서 나오는 돈으로 거리의 아이들을 모아서 함께 살고 싶어. 준. 그때가 오면 날 도와줄 거지? 남미에 와서 나랑 함께 일해줄 거지?"

작년 가을께 다시 또 에르난의 편지가 날아왔습니다. 놀랍게도 캘커타에서 보낸 편지였습니다. 대학을 졸업하고 신문사에 취직해 중국 특파원으로 갔다가, 거기서 기자를 때려치우고 바로 캘커타로 돌아갔다는 소식이었습니다. 저보고 빨리 캘커타에 돌아오라는 당부도 끼어 있었죠. 금방이라도 짐을 꾸려 떠나고 싶었지만, 그러지 못했습니다. 벌여놓은 일이 너무 많았던 탓이었습니다. 다시 서울에서의 삶에 덜미를 잡혀 그 '천국의 삶'의 기억을 너무나 많이 잊어버리고 있었습니다.

에르난은 지금도 여전히 캘커타에 있습니다. 한 번 고향으로 돌아갔다가 얼마 전 다시 또 캘커타로 돌아간 모양입니다. 에르난의 얼굴을 마지막으로 본 것이 벌써 3년 전이네요. 그 세월 동안 에르난이 어떻게 변해 있을지 몹시 궁금합니다. 더 가슴이 넓고, 더 마음이 따뜻한 사내로 변해 있을 게 틀림없습니다. 이제는 더 이상 '형아'의 도움이 필요 없는 그런 튼튼한 사내로 말이지요. 며칠 전 캘커타의 에르난에게 편지를 보냈습니다. 몇 달 후면 내가 유럽을 거쳐 캘커타로 들어갈 테니까 그때까지 캘커타에 있어 달라고요. 내 작은 동생, 에르난을 참 많이 보고 싶습니다.

— 1997년 7월 어느 날

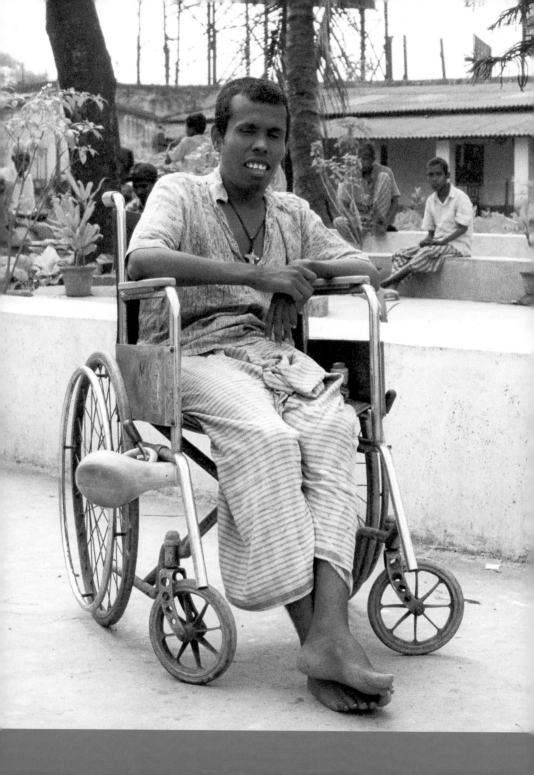

삼부

프렘...단에서...천사들과...함께...   With Angels at Prem Dan

Sambu

삼부가 언제부터 〈프렘 단〉에 있었는지 저는 모릅니다. 제가 〈프렘 단〉의 일을 시작했을 때 삼부는 이미 그곳에 있었고, 여덟 달 만에 〈프렘 단〉으로 돌아갔을 때도 그곳에 있었습니다. 그러나 제가 두번째로 〈프렘 단〉을 떠났을 때 삼부는 그곳에 없었습니다.

삼부는 하루 종일 휠체어에 앉아 있어야 했습니다. 의사들도 정확히 원인을 모르는 전신 마비증에 걸려 있었습니다. 정신은 온전했고, 말도 아무 문제 없이 할 수 있었지만, 목 아래 부분부터는 자신의 의지대로 움직일 수가 없었습니다. 원래 삼부는 형제들과 함께 과자집을 운영했답니다. 꽤 사는 축에 끼었던 것이죠. 기초교육은 받았던 터여서 영어도 꽤 잘하는 편이었습니다. 하지만 삼부의 병은 밑빠진 독이었습니다. 결국 삼부의 가족들은 그를 〈프렘 단〉으로 옮기기로 결정했습니다. 그리고 삼부를 〈프렘 단〉에 맡긴 가족들은 서서히 그를 잊었습니다.

〈프렘 단〉의 삶. 삼부의 삶은 하루 종일 휠체어와 침대만을 오가야 하는 삶이었습니다. 사실 삼부는 〈프렘 단〉을 그리 좋아하지 않았습니다. 부자는 아니었지만 그래도 제대로 먹고 살던 청년이었습니다. 이런저런 환자투성이에 제 정신이 아닌 사람들로 북적대는 〈프렘 단〉의 삶이 그를 만족시킬 수는 없었을 것입니다. 그래도 자원봉사자들과 함께 있는 시간에는 그의 얼굴에서 곧잘 미소를 볼 수 있었습니다.

삼부와 저에겐 특별한 사연이 하나 있습니다. 몸을 움직이지 못하니 삼부에게는 매일 마사지를 해주는 것이 필요했습니다. 처음에 멋모르고 삼부에게 전신 안마를 해주기 시작했습니다. 한국 사람들이야 원래 코흘리개 시절부터 할머니 할아버지 주물러 드리느라고 훈련이 잘 되어 있지 않습니까. 손가락으로 깨작깨작 '애무' 수준에서 끝나는 서양 친구들의 안마와는 완전히 질이 다를 수밖에 없지요. 하여간 '코리언 브라더 준'의 전신 안마는 삼부를 뿅 가게 만들었던 모양입니다. 환자들 목욕과 청소, 빨래를 다 마치고 난 다음에야 환자들 개개인이 필요로 하는 일을 해줄 수가 있습니다. 간호팀은 환자들의 치료를 맡고, 나머지 사람들은 이발을 해주기도 하고, 면도도 해주고, 손톱 발톱을 깎아주기도 합니다. 대개 9시 반에서 한 시간 정도 그런 자질구레한 일들을 하는데, 그 시간은 특히 환자들과 자원봉사자들이 '개인적인 교감'을 누릴 수 있는 유일한 시간이기도 합니다.

처음 며칠 동안은 제가 알아서 삼부를 찾아갔습니다. 한 30분쯤 걸려 삼부의 온 몸을 안마해주고 나면, 이번엔 제 온 몸이 흥건히 땀으로 젖었습니다. 삼부에게 안마를 해주고 나면, 이번엔 제가 누구에겐가 안마를 받고 싶은 심정이었습니다. 그런데 〈프렘 단〉의 환자가 삼부 하나는 아니었지요. 뭔가 다른 일을 해야 할 때도 있었고, 다른 환자를 돌봐야 할 때도 있었습니다. 그런데 삼부는 그런 저를 그냥 내버려두지 않았습니다.

빨래를 하고 있건, 아니면 다른 환자의 머리를 깎아주고 있건, 그 시간만 되면 봉사자 친구들이 제게 와서 급한 호출을 전했습니다. "준, 삼부가 찾아. 빨리 가봐!" 매일 아침마다 벌어지는 숨바꼭질이었습니다. 해보신 분은 압니다. 손가락에 힘을 꾹꾹 줘서 사람을 안마하는 일이 얼마나 힘이 드는 일인지 말입니다. 그야말로 '기'를 다 뺏기는 일이 바로 안마입니다. 가끔씩은 저도 그 중노동에서 벗어나고 싶었습니다. 저도 사람이니까요. 가끔은 저도 꾀를 부려 조금 편해지고 싶었습니다. 한번은 '참한' 일본인 친구를 삼부에게 데려갔습니다. 삼부에게 말했죠. "삼부, 이 친구는 일본 사람인데, 일본 사람하고 한국 사람하고 안마하는 방법이 같거든. 오늘부터 며칠 동안은 이

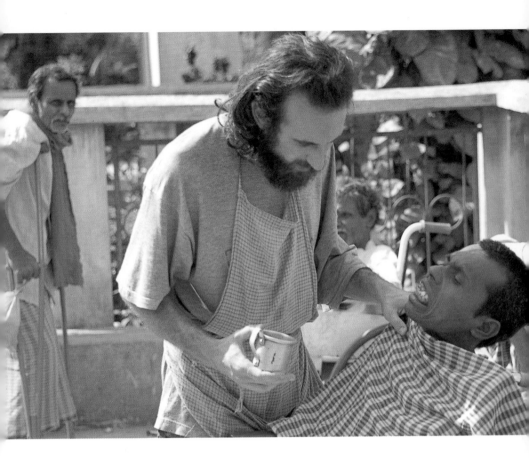

친구한테 안마를 받아보렴."

다음날 아침, 다시 미국 친구 마이클이 저를 불렀습니다. "준, 삼부가 빨리 오래." 호출을 전하며 마이클은 킥킥 웃고 있었습니다. 일본인 친구가 당분간 삼부의 안마를 맡겠다고 약속했기 때문에, 또 무슨 일인가 궁금해 삼부에게 갔습니다. 갔더니 이 일본인 친구, 그 친구의 이름이 유이찌였을 겁니다, 난감한 표정으로 삼부의 침대 옆에 우두커니 서 있는 것이었습니다. "삼부, 왜 또 그래?" 삼부가 저를 자기 옆으로 부르더니 별로 작지도 않은 소리로 말하는 것이었습니다. "재패니즈 브라더, 마사지 노 굿!" 아, 가엾은 유이찌! 혼신의 힘을 다 했음에도 불구하고 유이찌는 삼부에게서 그런 심한 말을 들어야 했던 것입니다. 하여간 그날 이후, 준의 아침 일과는 삼부에 꽁꽁 묶이게 되었습니다. 매일 30분씩 마사지를 해줘야 했고, 그 다음엔 다시 삼부가 철봉을 잡고 걷기 연습을 하는 것을 도와줘야 했습니다. 삼부는 열심히 다시 움직이려 노력했습니다. 젖 먹던 힘까지 다 짜내서 철봉을 붙들고 몸을 움직여보려 했습니다. 조금씩 조금씩 삼부는 철봉 끝에서 끝까지 혼자 힘으로 움직일 수 있게 되었습니다. 거의 기적 같은 일이었습니다. 글쎄요, 제가 계속 〈프렘 단〉에 남아 있었다면, 삼부의 병이 조금이나마 좋아졌을까요? 모르는 일입니다. 역사에는 가정법이 없으니까요. 개인의 역사에도 마찬가지입니다. '그때 이렇게 했더라면, 저렇게 했더라면'은 다 지나간 다음에 할 수 있는 얘기일 뿐이지요. 하여간 저는 석 달 만에 〈프렘 단〉을, 캘커타를 떠나야 했습니다.

제가 다시 〈프렘 단〉에 돌아갔을 때, 삼부가 제게 건넨 첫 마디는 "그동안 안마를 받지 못했다"는 불평이었습니다. 그리고 그 사이에 삼부의 병은 오히려 더욱 깊어져 있었습니다. 그나마 휠체어에 앉아 있기도 힘들어 침대에 누워 있는 시간이 더 많았습니다. 몸이 아픈 사람은 성질이 거칠어지게 마련입니다. 그래서 주변 사람들까지 힘들고 괴롭게 만들 수밖에 없습니다. 삼부는 몸의 병이 깊어진 만큼 마음에도 병이 들어 있었습니다. 삼부는 무척이나 까다로운 환자가 되어 있었던 것입니다.

삼부는 자기가 좋아하는 봉사자들하고만 지내려 했습니다. 안젤로를 비롯해 몇몇 고참 자원봉사자만을 끝없이 불러댔습니다. 멋모르고 삼부를 도와주려 했던 신참내기들은 난데없는 무안을 당하고 얼굴이 붉어져야 하는 경우도 적지 않았습니다. 삼부는 이제 잘 웃지도 않았습니다. 항상 찡그린 얼굴에 무엇이 불편하고, 무엇이 불만이고, 끝없이 불평을 늘어 놓았습니다. 천사 같은 자원봉사자들이지만, 그들도 역시 사람이기는 마찬가지였습니다. 불평꾼을 좋아하는 사람은 없는 법이지요. 차츰 봉사자들은 삼부를 피해 다니기 시작했습니다.

거의 하루 종일을 침대에만 누워 있다 보니 결국 삼부도 등창에 걸리고 말았습니다. 그리고 삼부의 몸은 점점 더 쇠약해졌습니다. 뚜렷한 이유도 없는 불평에 질린 봉사자들은 삼부의 얘기라면 또 그저 불평이겠거니 넘어가고……. 그래도 〈프렘 단〉에서 잔뼈가 굵은 고참들은 그의 호출을 거부하지 않았습니다. 그 중에서도 안젤로는 삼부의 그 숱한 불평불만에도 불구하고 삼부의 온갖 요구를 다 들어준 유일한 사람이었습니다. 그 안젤로까지도 가끔 제게 "삼부 때문에 힘들어 죽겠어" 하고 푸념을 털어놓곤 했습니다.

저요? 저는 안젤로 같은 천사표는 절대로 못 되었습니다. 처음 돌아와 얼마 동안은 예전처럼 삼부에게 안마도 해주고, 운동도 시키려고 해보았습니다. 하지만 이미 삼부는 다시 걷겠다는 마음을 버린 지 오래였고, 상대가 그러니 저도 삼부를 안마해 주는 일에 신명이 나지 않았습니다. 조금씩 저도 삼부를 피해다니는 봉사

자들 중에 한 명이 되고 말았습니다. 게다가 두번째 〈프렘 단〉
생활에서 저는 간호팀에 합류했던 까닭에 삼부에게만 시간을
내줄 수도 없었습니다.

두번째 캘커타 생활의 막바지에서 저는 친구들과 함께 네팔로
히말라야 트레킹 여행을 하고 돌아왔습니다. 그리고 돌아오자
마자 바로 병원으로 실려가야 했습니다. 보름 동안 병원 신세를
지고 〈프렘 단〉으로 돌아왔을 때, 삼부는 그곳에 없었습니다.
참 쓸쓸했습니다. 제가 꼼짝 못 하고 병원에 누워 있던 그 보름
동안의 경험 덕분에 저는 비로소 삼부를 이해할 수 있었습니
다. 하루 종일 아무것도 하지 못하고 침대에 누워 있는 일이 얼
마나 끔찍한 일인지를 겨우 알게 되었던 것입니다. 누군가 병
실을 찾아와 함께 이야기를 나눠주고, 따뜻한 손길 한 번 보내
주는 사람이 얼마나 그리운지를 겨우 알게 되었습니다. 열흘
만에 겨우 일어나 벽을 잡고 걷는 연습을 하며, 삼부가 철봉을
잡고 걷기 연습을 했을 때 얼마나 힘들었을지를 겨우 짐작할
수 있었습니다.
몸이 완전히 회복된 상태가 아니었던 탓에, 더 이상 일을 할 수
는 없었습니다. 그래도 삼부 옆에서 삼부의 말 상대라도 되어
줄 수는 있을 줄로 알았습니다. 그런데 삼부는 이미 〈프렘 단〉
을 떠나고 없었던 것입니다. 숱한 죽음을 캘커타에서 만났지
만, 삼부의 죽음은 결코 예사롭게 받아들일 수가 없었습니다.
삶이 참 허망했습니다……

홀아비 사정은 과부만 안다지요? 제 몸이 아프고 나서야 겨우

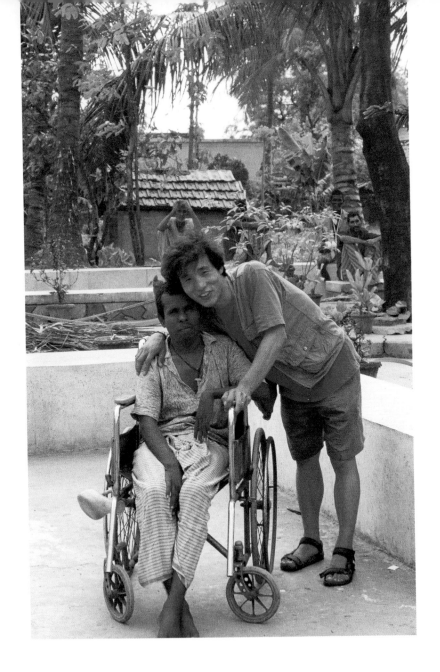

캘커타 환자들을 이해할 수 있었습니다. 그들의 투정과 어리광과 불평을 겨우 이해할 수 있었습니다. 내 몸이 아플 때, 나를 돌봐주는 어떤 '한 사람'이 얼마나 소중한 존재인지도 겨우 깨달을 수 있었습니다. 보름의 병원 생활은 마지막으로 제게 캘커타의 진짜 교훈을 던져주었던 것입니다. 보살핌을 받는 것과 보살펴주는 것이 사실은 서로 다르지 않다는 교훈이었습니다. 언제 나도 쓰러져 다른 사람의 보호를 받아야 할지 아무도 모르는 세상입니다. 그렇기 때문에 우리는 서로서로 부축해주어야 하고, 한 마디 따뜻한 말과 손길을 건네주어야 합니다. 캘커타를 떠나기 직전에야 그런 진실을 배웠습니다. 캘커타의 선물은 제게 그런 식으로 주어졌습니다.

삼부가 가장 만만하게 호출할 수 있었고, 2년이라는 시간 동안 그의 불평을 참아 주었던 안젤로가 삼부의 마지막 순간을 지켰다고 합니다. 안젤로에게도 삼부의 죽음은 견디기 쉽지 않은 일이었겠죠. 안젤로와 저는 그 힘든 마음을 이기려고, 더 이상 슬픔의 늪에서 허우적거리지 않으려고 웃기지도 않는 농담을 던졌습니다. "천사들이 불쌍해, 안젤로. 하늘에서 천사들도 삼부 때문에 고생 꽤 할 걸. 불쌍한 삼부! 지금쯤 차라리 〈프렘 단〉으로 돌아오고 싶을 걸……"

가족을 포함한 모든 사람들에게서 버림받았고, 겨우 서른다섯 해를 살다 간 삼부였습니다. 그래도 〈프렘 단〉의 천사들'과 함께 살다 간 것만으로 다행이라고 생각할 수 있는 걸까요? 잘 모르겠습니다…….

― 1997년 8월 어느 날

프랑소와 & 수꿀

네가...다시는...홀로...걷지...않으리니... You'll Never Walk Alone

François & Sukul

만 나이로 열여덟 살에 무엇을 했는지 혹시 기억하십니까? 무슨 생각을 했고, 무엇을 했는지 기억에 남을 만한 무엇이 있으신가요? 저는 별로 기억나는 것이 없습니다. 허겁지겁 대학에 들어가기 바빴던 것 말고는 없습니다. 대학에 들어가서요? 담배 배우고, 술 배우고, 미팅하고……. 별 볼일 없는 청춘이었던 셈이지요. 열여덟에 저는 세상이 모두 제 것인 줄로 알았던 것 같습니다. 온갖 쓸데없는 고민에, 온갖 쓸데없는 허풍으로 날밤을 지새웠던 것 같습니다. 그러면서도 스스로는 꽤나 어른이 되었다고 자부했었죠. 지금 생각하면 거의 코흘리개 어린애나 별 진배없었는데 말입니다. 서른여섯이 된 지금, 이십여 년 전, 그러니까 제가 열여덟이었던 시절을 생각하면, 저는 그냥 '꼬마'였습니다. 하룻강아지 범 무서운 줄 모르고, 머리에 피도 안 마른 채 영감탱이 흉내를 내던 '꼬마'였습니다.

꼬마가 하나 있었습니다. 예쁜 금발 머리에 얼굴에는 약간의 주근깨가 있고, 등에는 여드름이 퐁퐁퐁 돋아나 있던 꼬마가 있었습니다. 그 꼬마의 나이가 열여덟이었습니다. 그 꼬마를 만났을 때 저는 만으로 서른넷이었습니다. 꼬마보다 거의 두 배 많은 나이였지요. 그 꼬마의 이름이 프랑소와였습니다.

모리셔스(Mauritius)라는 나라를 아시나요? 남태평양 어디쯤 있는 나라 아니냐구요? 애고 애고. 지리 공부 좀 하세요! 사실은 저도 그렇게 생각했답니다. 모리셔스는 인도양에 있는 섬나라입니다. 한때 프랑스의 식민지였고, 그래서 프랑스 이민들의 후손이 많이 살고 있고, 사탕수수 재배가 주산업인 나라입니다. 물론 프랑스계 이민들만 사는 나라는 아닙니다. 인도인들도 많이 살고, 중국인도 많이 산다는군요. 원주민들도 많이 살구요.

프랑소와는 프랑스계 이민의 후손입니다. 프랑스어를 모국어로 씁니다. 영어도 아주 잘 하고, 영어와 프랑스어와 원주민 토착어 등등이 짬뽕된 '크레올'어도 잘 합니다. 프랑소와가 잘 하는 게 또 하나 있지요. 노래를 아주 잘 합니다. 기타를 치며 프랑스 노래와 영어 노래, 크레올어 노래를 부르면 캘커타의 여자 자원봉사자들이 모두 넋을 잃고 프랑소와를 쳐다보았지요.

프랑소와가 잘 불렀던 노래 중에 「와일드 월드(Wild World)」라는 노래가 있었습니다. '험한 세상'이란 뜻이죠. 록밴드〈미스터 빅(Mr. Big)〉이 록 버전으로 부르기도 했고, 맥시 프리스트(Maxi Priest)라는 가수가 레게 버전으로 부른 노래도 있지요. 하지만 원래는 영국의 시인가수 캣 스티븐스(Cat Stevens)가 부른 노래였습니다. 제가 열여덟, 열아홉 시절에 무척 자주 들었던 노래이기도 했습니다.

"오, 내 사랑, 세상은 험해요. 따뜻한 미소 한 번 만나기가 얼마나 어려운데요. 오, 내 사랑, 세상은 험해요. 나는 언제나 당신을 어린 소녀로 기억할 거에요…… 그래도 당신이 떠나겠다면, 몸조심해요. 좋은 친구를 많이 사귀기 바래요. 하지만 세상엔 나쁜 사람들도 많이 있으니 조심해야 해요. 오, 내 사랑, 세상은 험해요……"

참 신기하더군요. 어떻게 16년의 나이차에도 불구하고 같은 노래를 좋아하고 부를 수 있는지, 음악에는 국경도 없고 나이차도 없다는 걸 실감하는 일이 참 즐거웠습니다.

프랑소와가 잘 한 것이 또 있었습니다. 제일 중요한 것이죠. 프랑소와는 캘커타에서 아주 훌륭한 자원봉사자였습니다. 프랑소와는 친구들과 함께 캘커타에 왔습니다. 제가 프랑소와를 만났을 때는 프랑소와가 두번째 캘커타에 들어온 때였습니다. 프랑소와가 처음 캘커타에 온 것은 고등학생일 때였습니다. 선생님의 인솔 아래 캘커타로 자원봉사 체험을 위해 온 것이었습니다. 그 첫 경험(!)이 어린 프랑소와를 비롯해 몇몇 소년

프랑소와 & 수꿀… 네가… 다시는… 홀로… 걷지… 않으리니…

들의 뇌리에 영원히 지우지 못할 각인(!)을 남겨놓았던 모양입니다.

방학을 이용한 짧은 자원봉사 체험을 마치고 고향으로 돌아간 프랑소와와 친구들은 자기들끼리 다시 캘커타로 돌아가기로 결심을 했답니다. 열심히 아르바이트를 하고 모자란 돈은 부모님께 지원을 받아 마침내 네 명의 모리셔스 소년들은 캘커타로 돌아왔습니다. 프랑소와, 얀, 뱅상, 세바스티앙이 그들이었습니다. 크리스마스 며칠 전 네 소년이 캘커타로 돌아왔을 때 그들은 고교를 졸업한 상태였습니다. 하지만 여전히 겨우 열여덟 살의 '어린 꼬마'들이었습니다.

프랑소와가 어쩌다 제 친구가 되었는지는 별로 중요하지 않습니다. 캘커타 마더 테레사의 자원봉사자들 사이에는 친구가 되는 것보다 친구가 되지 않는 것이 훨씬 더 희귀한 일이니까요. 하여튼 프랑소와는 아주 쉽사리 제 친구가 되었습니다. 다른 세 소년에 비해서도 프랑소와는 아주 친화력이 뛰어난 친구였습니다. 원래 숙달된 고참들이 주로 담당하는 〈프렘 단〉의 간호일에도 금방 뛰어들만큼 일에도 열심이었구요.

본래 서양 사람들의 경우, 나이는 친구 관계에서 아무 의미가 없습니다. 근본적으로 우리 말의 형 또는 선배 같은 말이 서양 말에는 없기도 합니다. 어쩌면 바로 그런 언어상의 특징 때문에 나이가 많건 적건 친구 관계에서는 일단 대등한 관계가 형성될 수 있는 것인지도 모르겠습니다. 누구를 만나든 일단 몇 년생이세요? 몇 학번이세요?를 묻고 난 다음에야 관계가 시작되는 우리나라에서는 기본적으로 불가능한 일이지요. 그런 나라에서 나고 자란 탓에, 저는 프랑소와를 볼 때마다 '형'으로서의 기분을 완전히 지울 수가 없었습니다. 볼수록 귀엽고 대견한 '꼬마'를 보는 '늙다리 형'으로서의 기분 말이지요.

어쩌면 프랑소와도 저를 그런 형 같은 친구로 느꼈을지도 모릅니다. 이 꼬마가 툭하면 절 찾아와서 온갖 고민을 늘어놓곤 했거든요. 그 고민 상담 중에는 물론 연애 상담도 포함되어 있었습니다. 캘커타에서 프랑소와는 사랑에 빠지고 말았거든요. 궁금하실 줄 알지만, 프랑소와의 사랑 얘기는 여기서 하지 않겠습니다. 좋은 상담자는 원래 입을 잘 다물 줄 알아야 하는 법이니까요. 하여간 프랑소와의 등에 난 여드름을 짜주면서, 프랑소와의 어린 가슴에 찾아든 사랑의 아픔을 다독거려주면서, 저는 프랑소와의 형 노릇, 친구 노릇을 열심히 했습니다.

프랑소와는 친구들이 캘커타를 떠날 때 함께 떠나지 않았습니다. 싼 비행기표를 끊어온 탓에 예약된 날짜에 돌아가지 않으면 귀국표를 버릴 수밖에 없는데도 예정보다 한 달 더 캘커타에 머무르기로 결심했습니다. 다행히 부모님이 돌아올 비행기표 값은 보내주기로 했습니다. 물론 거기에는 프랑소와가 사랑에 빠졌던 미국 처녀의 역할도 적지 않았을 겁니다. 하지만 정말 중요한 이유는 그것이 아니었습니다. 프랑소와는 캘커타와 사랑에 빠졌던 겁니다. 캘커타의 같은 자원봉사자 친구들, 그리고 캘커타 마더 테레사의 집, 〈프렘 단〉에 있는 인도인 환자들과 사랑에 빠졌던 겁니다.

한 달여 만에 예정대로 친구들이 모리셔스로 돌아갔던 날, 저녁에 프랑소와는 저를 찾아왔습니다. "준, 기분이 참 이상해. 왜 이렇게 걔들이 보고 싶지? 겨우 한 달 뒤면 다시 만날 텐데 왜 이렇게 서글퍼지는 거지?" 어린 프랑소와에게 그 이별은 난생 처음 겪어보는 이별이었습니다. 한 동네에서 자라고, 같은 학교를 계속 다니고, 함께 캘커타에 처음 들어왔었고, 함께 캘커타로 다시 돌아왔던 친구들이었던 것입니다. 가엾은 프랑소와! 자기는 다 컸다고 열심히 담배를 피워 물고 다녔지만, 또 열심히 연상의 여인을 사랑했지만, 프랑소와는 그렇게 어린 꼬마였던 것입니다. 친구들과의 최초의 이별, 그것도 겨우 한 달 동안의 이별 때문에 '형아'를 찾아와 한숨을 늘어놓던 꼬마였습니다.

어린 시절에는 누구나 그렇습니다. 어떤 종류의 이별이든 쉽게 마음에 상처를 입고 쉽게 눈물을 흘리는 법입니다. 살다 보면 수많은 이별을 겪게 마련이지요. 그러면서 천천히 이별에도 무디어지게 되구요. 하지만 프랑소와는 아직 그런 나이가 아니었습니다. 겨우 열여덟이었으니까요. 곧 다시 만날 친구들과의 이별에도 울적해지고 말았던 프랑소와였습니다. 그런 프랑소와에게 다가온 또 하나의 이별이 있었습니다. 프랑소와에게 그 이별은 너무나 큰 이별이었습니다.

〈프렘 단〉에 수꿀(Sukul)이라는 이름의 환자가 있었습니다. 수꿀이 몇 살인지는 아무도 몰랐습니다. 거의 말을 할 줄 모르는 정신박약아였으니까요. 수꿀은 참으로 골치 아픈 환자였습니다. 아침이면 온몸이 배설물투성이였고, 씻기려 들면 소리를 지르며 마구 팔다리를 휘두르는 통에 서너 명이 달려들어야 겨우 목욕을 시킬 수 있는 말썽꾸러기였습니다. 제대로 말도 못하면서 어디서 또 못된 말은 배워가지고 아무한테나 '보카쪼타'라는 인도 욕을 침과 함께 내뱉곤 했습니다. 거기다 툭하면 아무 데서나 옷을 벗어 던지는 통에 수녀님들을 질겁하게 만드는 일도 다반사였지요.

'왕 말썽꾸러기'였고, 게다가 얼굴마저 참 못생긴 수꿀이었습니다. 하지만 캘커타 마더 테레사의 자원봉사자들은 수꿀을

'천사 같은 아기'라고 불렀습니다. 심지어 다른 환자들로부터도 놀림감이 되곤 하는 수꿀이었습니다. 하지만 웬만해선 화를 내지 않는 자원봉사자 친구들도 그런 일만큼은 참지 않았습니다. 수꿀을 약올리는 인도인 환자는 자원봉사자들로부터 호되게 야단을 맞아야 했습니다.

어느 날의 수꿀이 기억납니다. 햇볕이 무척이나 따갑던 날이었습니다. 아침 나절만 해도 조용하던 수꿀이 갑자기 마당에서 데굴데굴 구르며 울부짖고 있었습니다. 자원봉사자들이 달래려 해도 소용이 없었습니다. 프랑소와가 저를 부르러왔습니다. 수꿀이 이상하다고, 어떻게 해야 할지 모르겠다고요. 벌써 여러 명의 자원봉사자 친구들이 수꿀이 휘두르는 팔다리에 두들겨 맞은 상황이었습니다. 수꿀의 바지는 오줌으로 흥건히 젖어 있었습니다. 난감했습니다. 일단 수꿀을 진정시켜야 하는데 도대체 방법이 없었습니다. 그때 옆에 있던 인도인 환자 하나가 제게 손짓으로 무슨 말인가를 전달하려 했습니다. 한참 만에야 그것이 수꿀의 머리에 물을 뿌려주라는 뜻이라는 걸 이해하게 되었습니다. 프랑소와에게 수꿀을 붙잡게 하고 수꿀의 머리에 조금씩 찬 물을 부어주었습니다. 그랬더니 거짓말처럼 수꿀이 잠잠해지기 시작했습니다.

햇볕 때문이었는지, 아니면 다른 원인이었는지는 모릅니다. 하여튼 수꿀이 극심한 두통으로 고통을 겪었다는 것만큼은 확실합니다. 말로는 자신의 고통을 표현하지 못하고 그냥 울부짖었던 것이지요. 아기들이 그런 것처럼 말입니다. 찬 물을 머리에 끼얹어주자, 그 고통이 가라앉았던 모양입니다. 프랑소

프랑소와 & 수꿀...네가...다시는...홀로...걷지...않으리니...

와와 둘이서 수꿀을 목욕장에 데리고 가 몸을 씻어주고 옷을 갈아 입혔습니다. 그러는 동안에도 수꿀은 계속 울고 있었습니다. 무언가 알아들을 수 없는 말을 계속 중얼거리면서요. 저는 그때 수꿀의 말을 제 나름대로 받아들였습니다. 엄마를 찾고 있을 거라고요. 엄마 아파, 엄마 아파를 줄곧 외우고 있었을 겁니다. 깨끗한 새옷을 입히고 침대에 눕히자, 착한 '우리들의 아기' 수꿀은 곧 잠이 들었습니다.

수꿀은 우리들 자원봉사자들의 총애(?)를 받던 환자였습니다. 프랑소와가 특히 수꿀을 항상 감싸고 돌았습니다. 수꿀의 아침 목욕도 대개는 프랑소와의 몫이었고, 점심을 먹이는 일도 역시 프랑소와의 몫이었습니다. 캘커타의 수녀님들은 자원봉사자들에게 항상 주의를 줍니다. 어느 특정한 환자와 '특별한 관계'를 만들지 말라는 주의입니다. 환자들이건 자원봉사자건, 어느 쪽이 먼저 떠나든 어차피 언젠가는 헤어지게 마련입니다. 환자들이 저 세상으로 떠나는 경우도 있고, 몸이 회복되어 마더 테레사의 '집'을 떠나야 하는 경우도 있습니다. 그럴 때 자원봉사자들이 겪을 이별의 아픔을 사전에 미리 방지하겠다는 뜻이지요. 자원봉사자들이 떠날 때 환자들이 겪을 아픔도 물론 고려한 주의 조치였습니다. 하지만, 자원봉사자들도 결국은 '사람'이었습니다. 자기도 모르게 어떤 특별한 환자에게 더 정이 가고, 한 번이라도 더 신경을 쓰는 일은 도저히 인력으로 막을 수 있는 성질의 것이 아니었습니다. 수꿀과 프랑소와가 바로 그런 '특별한 관계'였습니다.

수꿀과 프랑소와의 이별은 아무런 예고도 없이 닥쳐왔습니다. 어느 날 아침 일하러 가니 수꿀이 보이지 않았습니다. 혹시 밤 사이에 무슨 일이라도 당한 게 아닌가 가슴이 철렁 내려앉았습니다. 멀쩡하던 환자가 다음 날 가보면 세상을 떠나고 없는 일도 가끔 벌어지는 캘커타였습니다. 그러나, 수꿀은 세상을 떠난 것이 아니었습니다. 수꿀은 다만 〈프렘 단〉을 떠났을 뿐이었습니다. 〈프렘 단〉에 실려왔을 때 수꿀은 온몸에 심한 상처를 입은 중환자였습니다. 그리고 이제 수꿀은 더 이상 '환자'가 아니었습니다. 정신은 온전하지 않았다손 치더라도, 육체적으로는 건강해진 상태였던 것입니다. 그리고 수녀님들에겐 더 시급하게 돌봐야 할 다른 환자들이 많았습니다. 〈프렘 단〉의 수용 능력에는 한계가 있었고, 도저히 생활 능력이 없는 노인 환자들을 제외하고, 그래도 구걸할 힘이라도 있는 젊은 환자들은 병이 나으면 다시 거리로 돌려 보낼 수밖에 없었습니다.

우리들 자원봉사자들은 그런 현실을 다 이해하면서도 착잡한 기분을 어쩔 수가 없었습니다. 수꿀은 혼자서는 그 '험한 캘커타'를 헤쳐갈 수 없는 '아기'였던 것입니다. 때때로 캘커타의 일들은 우리의 이해 능력을 넘어 있었습니다. "수꿀은 다르잖아! 제 손으로 씻을 줄도 모르고, 툭하면 사람들에게 침을 뱉으며 욕을 퍼부어대는 '아기'를 어떻게 거리로 돌려보낼 수 있다는 거야!" 프랑소와는 아직 어린 소년이었습니다. 오랜 캘커타 생활을 통해 '체념'을 배운 고참들과는 달랐습니다. 프랑소와는 흥분해서 어쩔 줄 몰라했고, 원장 수녀님을 쫓아가 항의했습니다. 하지만 상황은 이미 프랑소와가 어쩔 수 있는 한계를 넘어 있었습니다. 수꿀은 자기가 처음 쓰러져 있던 캘커타의 기차역으로 돌려보내진 상태였습니다.

자원봉사자들이 잠시 한숨을 돌리는 티타임이었습니다. 프랑소와가 보이지 않았습니다. 그리고 보니 간호팀이 일을 할 때도 프랑소와는 보이지 않았습니다. 저녁 때까지 프랑소와를 본 사람은 아무도 없었습니다. 저녁을 먹고 숙소에 돌아와 쉬고 있을 때, 프랑소와가 저를 찾아왔습니다. 땀에 푹 절어 힘

프랑소와 & 수꿀...네가...다시는...홀로...걷지...않으리니...

하나 없는 모습으로 저를 찾아왔습니다.

"하우라 역으로 갔었어. 수꿀을 찾으려고. 내가 뭘 어떻게 할 수 없다는 거 알고 있었어. 하지만 그래도 수꿀을 찾고 싶었어. 밥이라도 사먹여 주고 싶었어……."

고개를 떨군 프랑소와에게 제가 해줄 수 있는 것은 아무것도 없었습니다. 하루 종일 아무것도 먹지 않고 그 뜨거운 캘커타 거리를 헤매고 다닌 프랑소와에게, 수십만 명의 사람들이 지나다니는 하우라 역 주변을 헤매고 다닌 프랑소와에게, 제가 해줄 수 있는 일이 아무것도 없었습니다. "너무 슬퍼하지 말렴. 인생은 그런 거야. 세상은 험하단다……." 겨우 그런 상투적인 말밖에는 다른 말을 해줄 수가 없었습니다. 명색이 열여섯 살이나 더 먹은 '형'이었는데도 말입니다. 고작해야 프랑소와의 어깨를 안고 등을 다독거려주는 일 말고는 달리 그 '꼬마'를 위로해줄 방법이 제게는 없었습니다.

그날 저녁, 노트에 몇 글자를 끄적였습니다. 시를 한 편 써야겠다고 생각했습니다. 시의 제목은 쉽게 정해졌습니다. 네가 다시는 혼자 걷지 않으리니. 언젠가 들었던 영어 찬송가의 제목이었습니다. You'll never walk alone. 수꿀에게, 그리고 프랑소와에게 바치는 시를 쓰고 싶었습니다. 아직도 그 시를 쓰지 못했습니다. 두 해가 지났는데도 여전히 그 시는 한 줄도 더 나가지를 못했습니다. 이렇게 두서 없는 산문으로 그 이야기를 전하고 있습니다. 네가 다시는 혼자 걷지 않으리니…….

프랑소와는 캘커타를 떠나며 또 한 번 울었습니다. 공항으로 프랑소와의 '연상의 여인'과 함께 배웅을 나갔지요. 한 번도 혼자서는 비행기를 타본 적이 없는 프랑소와였습니다. 모리셔스를 떠나던 때에는 친구들과 함께였지만, 캘커타를 떠날 때는 온전히 혼자였던 것이지요. 드디어 프랑소와는 혼자 비행기 탑승 수속을 하고, 혼자 가방을 들고, 혼자 출국 게이트를 빠져나가야 했습니다. "프랑소와, 잘 가렴. 항상 건강하고." 마지막으로 한 번 더 프랑소와를 꼭 안아주었습니다. 게이트를 빠져나가며 다시 한 번 프랑소와가 뒤를 돌아보았습니다. 두 눈 가득 그렁그렁 맺혀 있던 눈물이 끝내 주르륵 흘러내리는 모습을 제게 보여주고, 프랑소와는 캘커타를 떠났습니다.

아픈 만큼 성숙해진다고 어떤 가수가 노래했던가요? 그렇죠. 아픈 만큼, 꼭 그만큼 성숙해집니다. 이별의 아픔이 제일 즉효약입니다. 사람이 성숙하는 데는 말이지요. 세 번의 이별을 캘커타에서 겪으며 프랑소와는 '어른'이 되었습니다. 이제 프랑소와는 미국에서 살고 있습니다. 가족의 품을 떠나 보스톤 근처의 미술학교에서 그래픽 디자인 공부를 하고 있습니다. 죽어도 못 잊을 거라며 질질 짜던 '연상의 여인'도 아마 잊은 모양입니다. 그 여인에게서 프랑소와에 대한 이야기가 나오지 않는 걸 보면요. 뭐, 다 그렇게 이별하고 잊으면서 어른이 되는 것 아니겠습니까.

이제 스물한 살의 청년이 되었겠군요. 하지만 여전히 프랑소와는 예쁜 꼬마로 제 기억에 남아 있습니다. 솜털이 보송보송한 소년으로 말이지요. 가끔씩 프랑소와를 생각합니다. 과외 공부에 녹초가 된 우리나라 고교생들을 볼 때면, 수꿀을 찾아 하우라 역을 헤매다 돌아온 프랑소와를 떠올립니다. 선생님들이 시켜서, 교육부가 시키고 사회가 시켜서, 할 시간도 없고 할 만한 마음의 여유도 없는 '대학 입시용' 자원봉사에 끌려나가는 아이들을 볼 때도 프랑소와를 떠올립니다. 대학 입시가 끝나자마자 술집으로 달려가고 나이트 클럽으로 달려가는 우리의 열여덟 청춘들을 보면서도 역시 프랑소와를 떠올립니다.

우리는 언제쯤이면 프랑소와 같은 열여덟을 만날 수 있을까요? 그나 저나 이 놈의 '험한 세상'은 언제나 끝나는 것일까요? 가끔씩 캣 스티븐스 노래로 「와일드 월드」를 듣습니다. 프랑소와를 기억하면서요. 그러면 세상이 조금 덜 험해 보이기도 하거든요…….

— 1997년 7월 어느 날

프랑소와 & 수꿀…네가…다시는…홀로…걷지…않으리니…

폴 & 딜립

프렘...단의...어린...왕자들... Little Princes of Prem Dan

Paul & Dilip

생땍쥐뻬리의 『어린 왕자』를 모르시는 분은 아마 없겠죠? 저는 우리나라 사람들만 그렇게 『어린 왕자』를 좋아하는 줄 알았습니다. 그런데 캘커타에 가서 보니 그게 아니더군요. 캘커타의 친구들은 헤어질 때 책 선물하기를 좋아합니다. 마더 테레사의 사진집과 함께 가장 인기 높은 책이 바로 『어린 왕자』였습니다. 저도 어떤 미국 친구에게 그 책을 이별 선물로 주었던 적이 있습니다. 이렇게 써서 주었지요. "내가 지금까지 열 번쯤은 읽은 책이야. 너도 아마 읽었겠지. 그래도 언젠가 또 한 번 읽으렴" 하고요.

어린 왕자가 여우를 만나는 대목 기억나시죠? 어린 왕자가 여우에게 함께 놀자고 말하죠. 여우의 대답은 "난 너하구 놀 수가 없단다. 길이 안 들었으니까"였습니다. 어린 왕자가 계속 묻습니다. 길이 든다는 게 무슨 뜻이냐고. 다 알고 계시는 얘기겠지만, 그래도 다시 한번 여우의 대답을 옮겨보겠습니다.

"그건 너무나 잊혀져 있는 일이야. 그것은 '관계를 맺는다'는 뜻이란다. 내게 있어선 네가 아직 몇천만 명의 어린아이들과 조금도 다름없는 사내아이에 지나지 않아. 그리구 나는 네가 필요 없구, 너는 내가 아쉽지두 않은 거야. 그렇지만 네가 나를 길들이면 우리는 서로 아쉬워질 거야. 나에게는 네가 세상에서 하나밖에 없는 아이가 될 것이구, 네게는 내가 이 세상에서 하나밖에 없는 여우가 될 거야……."

참 철없는 사내이지요. 저는 아직도 이 구절을 읽으면 가슴이 뭉클해집니다. 내친김에 한 구절만 더 여우의 말을 옮겨보죠.

"저걸 봐라! 저기 밀밭이 보이지? 난 빵을 안 먹어. 그러니까 밀은 나한테는 필요 없는 물건이야. 밀밭을 보아도 내 머리에는 아무것도 떠오르는 게 없어. 그런데 네 머리는 금빛깔이지. 그러니까 네가 나를 길들여 놓으면 참 기막힐 거란 말이야. 금빛깔이 도는 밀을 보면 네 생각이 날 테니까. 그리구 나는 밀밭으로 지나가는 바람 소리가 좋아질 거야"(민희식 선생님께서 번역하신 책에서 옮겼습니다).

금빛 밀밭을 보면 생각나는 '어린 왕자'가 제게도 있습니다. 그리고 그 어린 왕자가 어쩌다 '길이 들어버린' 또 한 명의 어린 왕자가 있습니다. 폴과 딜립입니다. 폴의 머리는 금발 곱슬 머리였습니다. 나이는 스물이 넘었지만, 그래도 꼭 어린 왕자 같은 얼굴을 하고 있었습니다. 머리숱이 좀 적은 것이 흠이긴 했지만요. 딜립은 캘커타 빈민가의 어린아이였습니다. 어쩌다 그랬는지 하반신을 움직이지 못했습니다. 앙상하게 야위었지만, 커다란 눈이 반짝반짝 빛나는 예쁜 꼬마였습니다.

1994년 11월의 어느 날이었습니다. 두번째 캘커타에 들어간 날이었습니다. 〈프렘 단〉의 고참 봉사자 안젤로는 제 첫번째 캘커타에서 가장 친한 친구 중의 하나였습니다. 제가 여덟 달 만에 다시 캘커타로 돌아갔을 때도 안젤로는 여전히 캘커타에 남아 있었습니다. 역시 여전히 캘커타에 '죽치고 있던' 또 다른 고참 봉사자 투안(Tuan)과 셋이서 함께 저녁을 먹기로 했습니다. 저의 캘커타 귀환을 축하하는 저녁이었죠. 이슬람 동네의 식당으로 가서 300원짜리 저녁을 맛있게 먹고, 150원짜리 디저트, '커드(떠먹는 요구르트)'를 먹었습니다. 그 저녁 식사 자리에 폴이 함께 있었습니다. 안젤로, 투안이 그러했듯이 폴도 별로 말이 많지 않은 친구였습니다. 아무튼 그렇게 해서 폴과 제가 일단 '길이 들게' 되었습니다. 그 금발 곱슬머리를 영원히 기억하게 된 것이지요.

폴과 안젤로, 투안, 세 사람은 〈프렘 단〉의 고참으로서 함께 간호팀의 주요 멤버로 일하고 있었습니다. 저도 곧바로 간호팀에 합류했습니다. 처음 캘커타에서 석 달 내내 끝내 함께 하

지 못했던 간호일이었습니다. 말은 간호지만, 캘커타 마더 테레사의 집에서 간호팀이 하는 일은 사실 별일도 아닙니다. 그저 상처를 깨끗이 소독하고 약을 발라 붕대를 다시 감아주는 정도의 일이죠. 가끔 직업 간호사나 의사들이 오는 경우도 있지만, 그들은 대개 오래 머무르지 않습니다. 할 수 없이 오랜 자원봉사 경험을 통해 어깨 너머 눈치코치로 배운 고참 봉사자들이 간호일을 맡게 됩니다.

첫번째 캘커타에서 제가 선뜻 간호일에 참여하지 못한 이유는 별것 아닙니다. 저는 환자들의 비명을 참고 들을 수가 없었습니다. 살아 있는 사람의 몸에서 구더기를 꺼내야 하는 참혹한 현장을 차마 눈뜨고 볼 수가 없었습니다. 그랬던 제가 두번째 캘커타에선 바로 손을 걷어붙이고 간호팀에 합류했습니다. 안젤로도 하는데, 투안도 하는데, 폴도 하는데…… 뭐 그런 생각이었던 것 같습니다.

간호팀의 일은 조금 힘듭니다. 오전 내내 간호일만 하는 것이 아니라, 일단 환자들 목욕과 청소와 빨래를 다 함께 해놓고 나서 간호일을 시작해야 하기 때문에 항상 시간이 모자랍니다. 환자가 많은 날엔 10시 반부터 20분 정도의 티타임을 놓칠 수밖에 없습니다. 12시가 되면 일단 모든 일을 마치고 귀가하는 것이 〈프렘 단〉의 원칙이었거든요.

정신이 온전한 환자들이야 알아서 자기 발로 간호팀을 찾아오지만, 그렇지 못한 환자들은 찾아서 억지로 끌고 와야 하는 경우도 많습니다. 상처가 심한 환자의 경우엔 자원봉사자 넷이 팔다리를 하나씩 붙들고 있어야 겨우 상처를 치료할 수 있기도 합니다. 게다가 약도, 의료 기구도 늘 넉넉지는 않죠.

"안젤로, 니가 항생제 연고 가져갔니?"

"투안, 반창고 좀 던져줘!"

"폴, 요오드액 다 쓰지 마. 나도 써야 해!"

허구헌날 그런 대화들이 오고갔습니다. 그래도 〈프렘 단〉 간호팀의 팀워크는 최고였습니다. 정말로 환상적이었습니다.

그런 어느 날이었습니다. 〈프렘 단〉에 새 환자가 들어왔습니다. 대여섯 살 정도로밖에는 보이지 않는 어린 환자였습니다. 아마 여덟 살이나 아홉 살은 먹었을 겁니다. 폴이 데려온 꼬마였습니다. 딜립이었습니다. 겁을 잔뜩 집어먹어 그 커다란 눈이 휘둥그레진 채로 들것에 실려 딜립이 〈프렘 단〉에 왔습니다. 또 한 명의 '어린 천사'가 〈프렘 단〉에 왔던 것입니다.

〈프렘 단〉은 기본적으로 성인 환자들을 수용하는 집입니다. 아기들과 아이들은 각각 다른 집으로 보냅니다. 하지만 병에 걸려 있는 경우엔 다른 아이들에게 전염되는 것도 막아야 하고, 일단 병을 빨리 고쳐야 하기 때문에 아이들도 〈프렘 단〉으로 데려옵니다. 그래서 〈프렘 단〉에는 항상 서너 명의 어린아이들이 있었습니다. 당연히 그 아이들은 자원봉사자들의 제일 좋은 친구가 됩니다. 아이들이란 기본적으로 '이방인'을 좋아하는 법이니까요. 왜 우리도 어릴 때는 외국인이 지나가면 무조건 "헬로! 헬로!"를 외치며 따라다니지 않습니까.

하지만 딜립은 꽁꽁 얼어 있었습니다. 난생 처음 와보는 곳인데다 온갖 이상한 사람들이 득시글대고 있었으니, 그 어린 꼬마가 얼마나 겁을 집어먹었을지는 상상하고도 남을 일입니다. 아마 난생 처음 엄마 품을 떠나왔겠지요. 그렇습니다. 딜립은

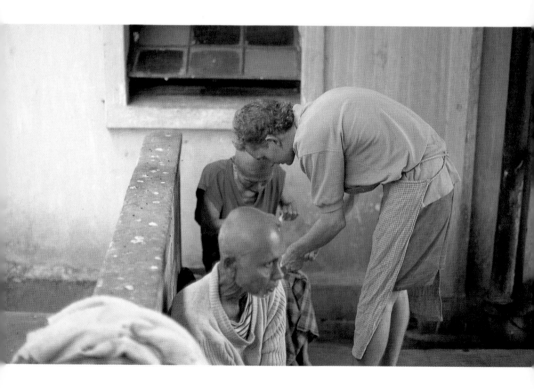

고아가 아니었습니다. 아빠, 엄마와 형제들이 다 있는 아이였습니다. 하지만 딜립의 부모는 너무나 가난했습니다. 아이들을 학교에도 보내지 못했고, 딜립이 하반신을 못 쓰고 하루 종일을 누워 있다가 결국은 등창에 걸려 등과 엉덩이의 살이 온통 짓물러 썩어가는데도 병원에 보내지 못했습니다.

딜립을 발견해 〈프렘 단〉에 데려온 사람이 폴이었습니다. 폴은 아침 내내 〈프렘 단〉에서 뼈빠지게 일한 다음, 점심 먹고 잠시 쉬고는 다시 수녀님들이 운영하는 무료 학교에 가서 영어 선생님, 산수 선생님 노릇을 했습니다. 빈민가 한복판에 자리잡은 그 학교의 이름은 〈간디 스쿨〉이었습니다. 부모가 학교에 보내지 못하는 아이들에게 영어와 산수를 가르치고, 가끔씩 소풍도 데려가 주는 학교였습니다. 딜립의 형제들 중 하나가 그 〈간디 스쿨〉의 학생이었던 모양입니다. 그 아이가 폴을 딜립에게 데려갔던 것이지요. 폴은 그 즉시 딜립의 부모에게 딜립을 달라고 했습니다. 〈프렘 단〉에 데려가서 치료를 마친 다음 돌려보내겠노라고요.

그렇지 않아도 〈프렘 단〉에는 여러 명의 반신불수 환자들이 있었습니다. 몇 명씩이나 되는 환자들의 등창을 치료하는 일은 보통 중노동이 아니었습니다. 매일 아침 상처를 치료하고 다시 붕대를 갈아붙여야 했습니다. 안젤로가 한 명, 투안이 한 명, 제가 한 명, 폴이 한 명, 그러다 보면 오전 12시가 넘어가 버리는 일도 수두룩했지요. 수녀님들도 저희 간호팀에 대해서는 오전 12시 이후 무조건 귀가 원칙을 고집할 수가 없었습니다. 거기에 꼬마 딜립이 또 덧붙여진 것이었습니다. 그리고 딜

폴 & 딜립...프렘...단의...어린...왕자들...

립은 완전히 폴의 몫이었습니다.

딜립은 천천히 〈프렘 단〉의 생활에 익숙해졌습니다. 조금씩 웃기 시작했고, 조금씩 말도 하기 시작했습니다. 물론 인도말이라 저희 봉사자들이 알아듣기는 어려웠지만요. 2년 가까운 캘커타 생활에서 거의 완벽하게 현지어를 배운 투안이 통역사 역할을 주로 했지요. 하지만 다른 친구들도 딜립과의 대화에는 별 어려움이 없었습니다. 그냥 같이 웃어주고, 함께 놀아주면 만사 오케이였으니까요.

그렇게 날이 지나면서 딜립에겐 별명이 하나 생겼습니다. '리틀 마하라자' 였습니다. 마하라자요? 마하라자는 인도에서 임금님, 또는 영주님을 뜻하는 말입니다. 딜립에게 마하라자라는 별명을 붙인 게 누구였는지는 기억이 나질 않습니다. 등창 치료를 끝내면 봉사자들이 한 귀퉁이씩 잡고 딜립을 침대에 눕힌 채로 병동에 옮겼습니다. 딜립의 철제 침대는 그 순간 마하라자의 가마로 변했습니다. 의젓한 리틀 마하라자, 딜립은 우리들의 '어린 왕자' 였습니다. 낡은 철제 침대를 타고 가며 만 백성을 내려다보는 왕자님이었지요.

그렇게 얼마쯤이 지나서였을까요? 어느 날, 폴의 얼굴이 평소답지 않게 아주 어두워 보였습니다.

"야, 폴. 왜 그래? 무슨 안 좋은 일 있니?"

폴의 대답은 저와 다른 친구들의 얼굴마저 어둡게 만들고 말았습니다. 아들을 보러 〈프렘 단〉에 왔던 딜립의 어머니가 당장 딜립을 데려가겠노라고 난리를 피웠다는 것이었습니다. 아무리 가난할지언정 그래도 자존심은 지키고 있던 딜립의 부모님이었습니다. 그런데 〈프렘 단〉에 와보니, 온통 제정신 아닌 환자들 투성이에 귀한 아들이 끼어 있었으니, 그 어머니의 마음이 오죽했겠습니까. 이해할 수 있는 일이었습니다. 하지만 이해하고 싶지 않았습니다. 어쨌든 우리의 손에 있어야 딜립에게 최소한의 치료라도 해줄 수 있었으니까요. 하지만 딜립의 어머니에게 우리들은 그저 '이방인' 이었을 뿐입니다. 그녀는 결국 딜립을 데려가겠다고 선언했습니다.

그로부터 며칠 후, 우리들에게 빠이빠이 손을 흔들며 딜립은 다시 들것에 실려 〈프렘 단〉을 떠났습니다. 캘커타 마더 테레사의 집에는 누구나 들어올 수 있습니다. 가족이 있어도 가족이 그 환자를 보살필 능력이 없다면, 누구든 병든 사람은 들어올 수 있습니다. 하지만 환자가 떠나고 싶어하고, 환자의 가족이 원할 때는 누구도 그 환자가 떠나는 것을 막을 수가 없습니다. 그 어린 딜립이 또다시 아무런 대책 없이 빈민가의 골방에 처박혀 있게 될 것을 뻔히 알면서도 어쩔 도리가 없었습니다. 폴은 만사를 제쳐두고 딜립을 따라나섰습니다. 그날 저녁 폴은 세상에서 제일 불행한 사나이였습니다.

그러나 그 정도 일에 기가 죽을 폴이 아니었습니다. 열여섯 어린 나이에 스스로 학교를 뛰쳐나와 세상을 떠돌기 시작한 폴이었습니다. 웬만한 지도책에는 물론 나오지 않고, 두꺼운 전문 지도책을 펴도 한참을 찾아야 나오는 '와가와가(Wagga Wagga)'라는 재미난 이름의 쬐그만 도시가 폴의 고향입니다. 호주의 한복판에 있는 도시이지요. 폴은 스물넷이 되던 해에 다시 한번 고향을 떠났습니다. 원래의 목적은 인도를 통해 파키스탄, 아프가니스탄, 이란, 터키를 거쳐 유럽을 횡단하고 런던으로 들어가는 것이었답니다. 런던에 가서 직업을 얻기로 작정했다고 합니다. 그래서 들어온 캘커타였는데, 그만 가엾은 폴은 캘커타에 발목을 잡히고 말았습니다. 유럽은커녕 인도 여행도 제대로 하지 못한 채 그냥 캘커타에 눌러앉고 만 것이지요.

노란 곱슬머리에 선하기 그지없는 얼굴의 폴이었지만, 폴은 뚝심도 보통 쇠힘줄 뚝심이 아닌 외통수였습니다. 오전 일과를 마치고 나면, 소독된 의료기구와 약품을 들고 폴은 딜립의 집으로 달려갔습니다. 딜립은 폴의 아이였던 것입니다. 폴은 자신에게 '길든' 딜립을 그냥 혼자 죽어가게 내버려둘 수가 없었습니다. 그래서 오전의 〈프렘 단〉, 오후의 〈간디 스쿨〉, 그리고 그 중간에 '딜립의 집'이 폴의 일과에 더해졌습니다.

딜립이 〈프렘 단〉을 떠난 후로 저는 다시 딜립을 보지 못했습니다. 폴에게서 딜립의 안부를 듣는 일이 고작이었지요. 폴은 자신이 해줄 수 있는 일이 고작해야 매일 딜립의 등창을 소독하고 새 붕대를 감아주는 일뿐이라는 것 때문에 항상 괴로워했습니다. 평생을 그렇게 하반신 마비 상태로 살아야 할 아이에게 자신이 해줄 수 있는 일이 고작 영어 몇 마디를 가르치고, 그림 그릴 색연필과 공책을 가져다 주는 일뿐이라는 것을 몹시 힘들어했습니다. 겨우 스물네 살, '어린 청년'이었습니다. 어쩌겠습니까, 저는 폴보다 열 살이 더 많았지만, 저도 그 이상의 방법은 알지 못했는데요. 하지만 어쨌든 폴은 열심히 딜립을 돌보았습니다.

〈프렘 단〉에서 딜립을 돌보던 폴의 모습에서, 딜립의 집에 다녀와 딜립의 이야기를 들려주는 폴의 모습에서, 저는 '아버지'의 모습을 보았습니다. 야단치고 혼내는 아버지가 아니라, 어머니와 마찬가지로 '생명을 귀히 여기고 보듬어안는' 아버지됨, 곧 부성(父性)을 보았던 것입니다. 젊은 아버지였습니다. 아버지가 된다는 것이 무엇인지 모르는 젊은 청년의 나이

였지만, 폴은 이미 아버지였습니다. 아이들을 돌보는 아버지
였습니다. 절대로 '어머니됨(母性)'에 뒤지지 않는, 꼭 그만큼
위대한 힘, 세상에서 제일 위대한 힘인 '아버지됨'이 폴의 깊
은 내면에 담겨 있었습니다.

하지만 운명은 폴이 끝까지 딜립의 아버지로 남도록 내버려두
지 않았습니다. 냉정한 손으로 딜립을 폴의 손에서 빼앗았습
니다. 그리고 폴의 가슴에 평생 씻지 못할 깊은 생채기를 내놓
았습니다.

딜립의 가족은 딜립을 데리고 고향으로 돌아가기로 결심했습
니다. 이해할 수 없는 무지(無知)인가요? 그들은 딜립을 고향
시골 마을로 데려가면, 낫게 할 수 있다고 생각했답니다. 딜립
의 병이 캘커타의 더러운 공기와 더러운 물 때문이라고 생각
했던 모양입니다. 어차피 가난하게 살긴 마찬가지겠지만, 그
래도 고향으로 돌아가는 게 낫다고 판단했던 겁니다. 폴은 거
의 절반쯤 실성 상태에 빠졌습니다.

"미친 부모들이야. 거기 데려가면 딜립은 곧 죽어!"

폴은 딜립이 고향으로 떠나는 것을 막으려 온갖 노력을 다했
습니다. 인도 말을 할 줄 아는 수녀님을 모시고 가서, 딜립만
이라도 수녀님들의 고아원에 남겨놓아 달라고, 병이 나을 때
까지가 아니라 등창 치료가 끝날 때까지만이라도 딜립을 데려
가지 말아달라고 애원했습니다. 하지만 이번엔 폴이 할 수 있
는 일이 아무것도, 단 하나도 없었습니다.

딜립은 폴의 아이였습니다. 하지만 불행히도(!)──딜립의 부
모에겐 미안합니다. 하지만 딜립이 고아가 아니었다는 사실이

딜립에게는 어쩌면 불행스러운 일이기도 했습니다——딜립의
부모는 살아 있었습니다. 그리고 부모가 아이를 데리고 고향
으로 돌아가겠다는 것을 막을 수 있는 사람은 아무도 없었습
니다. 딜립과 딜립의 가족이 캘커타를 떠나던 날, 폴은 마치
공기가 다 빠져나간 풍선처럼 얼이 빠져 있었습니다.

"준, 미칠 것 같아. 나는 왜 이렇게 무력하지? 왜 내가 할 수
있는 일이 이렇게 아무것도 없는 거지……?"

저 역시 폴에게 해줄 수 있는 일이 아무것도 없었습니다.

아무리 발버둥쳐도 어쩔 수 없는 일들이 있습니다. 나이가 들
면서 그런 일이 천지사방에 널려 있음을 배우게 됩니다. 그러
다 보면, '어쩔 수 없을지도 모른다'는 예감이 코딱지만큼이
라도 드는 일에는 아예 처음부터 접근도 하지 않게 됩니다. 상
처받지 않기 위해서이지요. 자신의 무력함을 매번 확인하는
일처럼 끔찍한 일이 없기 때문에 그것을 피하기 위해서이지
요. 약삭빠르게 세상을 사는 방법을 배우는 것입니다. 폴이 스
물네 살, 아직 어린 나이였기 때문일까요? 폴은 그것이 어쩔
수 없는 일인지 어쩐지, 재보지도 않고 무작정 뛰어들었습니
다. 자신의 힘으로 그 아이를 끝까지 보살필 수 없다는 것을
생각해보지도 않고 무조건 그 아이에게 '길이 들고' 말았습니
다. 폴은 캘커타의 모든 아이들을 보며 딜립을 기억했습니다.
1년의 캘커타 생활을 마치고 캘커타를 떠날 때까지 딜립의 기
억 때문에 힘들어했습니다.

제가 열병에 걸려 병원에 입원해 있던 보름 동안, 폴은 다른
세 친구와 번갈아가며 제 병실을 밤새 지켰습니다. 하루 종일

을 일하고 또 한 명의 '환자'를 돌보았던 것입니다. 한밤중에 깨어 화장실에 데려다 달라고 해도 폴은 얼굴 한번 찡그리지 않았습니다. 제가 간신히 퇴원을 하고 얼마 후, 폴은 고향으로 돌아갔습니다. 저는 후들거리는 다리를 무릅쓰고 폴의 환송 파티에 참석했습니다. 친구들은 저보고 그냥 집에 누워 있으라고 했지만, 그럴 수는 없었습니다. 폴과의 마지막이 될지도 모르는 저녁이었으니까요.

다음날 아침 마더 테레사의 수도원에서 새벽 미사가 끝나고, 폴이 떠났습니다. 폴을 꼭 끌어안았을 때 저도 모르게 울고 말았습니다. 저 역시 폴에게 깊이 '길이 들고' 말았던 것입니다. 그 착하고 예쁜 '어린 왕자'와 헤어지는 일은 정말 힘든 일이었습니다. 어쩌겠습니까? 세상에 '어쩔 수 없는 일'은 널려 있는데요. 사람이 만나면 헤어지는 일도 그 어쩔 수 없는 일 중에 하나일 터인데요. 캘커타엔 널려 있지만, 캘커타 바깥의 세상에서는 찾기가 쉽지 않은 '착한 어린 왕자'들과 헤어지는 일도 그 어쩔 수 없는 일 중에 하나였습니다. 워낙 몸이 망가져 있었던 탓에 폴을 공항까지 배웅해주지도 못했습니다. 몇몇 친구가 폴이 공항으로 가는 택시에 함께 올라탔습니다. 폴은 밝은 미소를 보이며 손을 흔들고 떠났습니다. 밝게 웃고 있었지만, 우리는 알고 있었습니다. 폴이 젖 먹던 힘까지 다 꺼내서 그렇게 웃고 있다는 것을요.

고향 와가와가에 돌아간 폴은 지방 신문사에서 삽화를 그리는 직업을 얻었습니다. 서울로 돌아온 제게 폴의 편지가 날아왔습니다. 돈 버는 일이 지긋지긋하다고, 하지만 돈을 벌어야 캘커타로 돌아갈 수 있으니 열심히 일하고 있다고 소식을 알려왔습니다. 그리고 딜립의 이야기가 편지 한 모퉁이에 적혀 있었습니다. 그 아이가 아직도 살아 있는지 어쩐지조차 알 수 없지만, 여전히 딜립을 생각하면 가슴이 아프다고 써 있었습니다.

제가 이 글을 쓰고 있는 1997년 7월 중순 현재, 폴은 캘커타에 돌아가 있습니다. 작년 5월부터였습니다. 고향에서 1년 동안 열심히 '지긋지긋한 일'을 해서 모은 돈을 가지고 또 캘커타로 돌아간 것입니다. 폴과 헤어진 지 어느새 2년이 넘는 세월이 흘렀습니다. 폴은 그동안 얼마나 변했을까요? 이제 스물여섯이 되었겠군요. 더 이상 '어린 왕자'로 폴을 부를 수는 없을지도 모르겠습니다. 아뇨! 그렇지 않을 겁니다. 폴은 여전히 어린 왕자로 남아 있을 게 분명합니다. 제 손가락 열 개에 몽땅 장을 지질 수도 있습니다. 여전히 〈프렘 단〉과 〈간디 스쿨〉을 오가며 땀을 뻘뻘 흘리고 있겠지요. 혹시, 그 사이에 머리숱이 더 줄어든 건 아닐지가 걱정일 따름입니다.

캘커타에는 '어린 왕자'들 투성이입니다. 여우를 만나건, 불시착한 비행사를 만나건, 일단 '길부터 들고 보는' 또는 '길부터 들이고 보는' 어린 왕자들 투성이입니다. 그 중에 한 '어린 왕자' 폴이 저를 길들여 놓았습니다. 폴이 길들인 또 하나의 어린 왕자 딜립이 또한 저를 길들여 놓았습니다. 그렇게 '길들이기'가 끝없이 계속됩니다. 바라는 것 없이 그저 서로 길이 든 것만으로도 고마워하고 행복해하는 사람들이 있습니다. 그 행복의 한 몫을 제가 차지할 수 있었다는 것이 참 고맙습니다.

— 1997년 7월 어느 날

아르노

해발...2997미터... "준,...손을... 이리...줘!" ...
2997m Above Sea Level "Joon, Give Me Your Hand!"

Arno

부끄러운 고백을 하나 하자면, 저는 아직 한라산 꼭대기엘 올라가 보지 못했습니다. 우리나라에서 제일 높은 한라산의 높이가 1950미터였던가요? 초등학교 때 외운 것이니 정확한 기억인지 잘 모르겠습니다. 하여간 저는 남들 다 가본 한라산에도 못 올라가 본 덜 떨어진 사람입니다. 산을 좋아하긴 하는데, 그렇다고 매주 산에 못 가면 몸살이 난다는 정도는 아닙니다. 제가 올라가 본 제일 높은 곳이 설악산 대청봉이었습니다. 1천7백 몇 미터였던 걸로 기억하고 있습니다.

제가 산을 자주 오르지 않는 이유요? 게으른 탓도 있지만, 사실은 제게 고소공포증이 있었습니다. 높은 곳에, 그것도 추락을 막아줄 난간이 없는 곳에 서게 되면 다리가 후들후들 떨려 꼼짝 못하는 사람이 바로 저였습니다. 가끔씩 친구들과 함께 북한산에라도 올라갈라치면 낭떠러지나 바위를 끼고 올라가는 일이 진짜 고역이었죠. 남들에게 겁쟁이라는 소리는 듣고 싶지 않아 열심히 젖 먹던 힘까지 다해 꾸역꾸역 산행을 끝내기는 했지만요.

그랬던 제가 어느 날 해발 2997미터 꼭대기까지 올라갔습니다. 백두산보다 높은 산이었습니다. 북한산이나 관악산과는 비교도 할 수 없을 만큼 까마득한 낭떠러지 옆으로 한참을 걸어야 하는 산이었습니다. 알프스 산맥의 한 귀퉁이에 자리잡은 그 봉우리의 이름은 피츠 베베린(Piz Beverin)이었습니다. 스위스의 그라우뷘덴이라는 지방, 투지스(Thusis)라는 마을에 있는 산입니다. 투지스에 사는 제 친구 아르노가 저를 그 높은 꼭대기까지 올려준 친구입니다.

아르노를 만난 것은 어쩌면 '세상에서 제일 낮은 곳'일지도 모르는 캘커타에서였습니다. 어깨가 떡 벌어진 건장한 청년이 프렘 단에 일하러 왔습니다. 누구와도 그러하듯이 서로 인사를 나누고, 함께 일하고 함께 숙소로 돌아가게 되었죠. 아르노는 그때 머리를 박박 밀고 있었습니다. 머리를 밀어버린 특별한 이유가 있느냐고 물었죠. "여행할 때 머리가 길면 덥고 짜증나잖아? 그것뿐이야."

커다란 덩치에다가 박박 밀은 머리 탓에 아르노의 첫인상은 사실 썩 좋은 편이 아니었습니다. 그런데 매일 함께 일을 하고 가끔 함께 밥을 먹으며 얘기를 나누다 보니, 아르노는 참 순박하고 착한 청년이었습니다. 덩치답지 않게 아주 조용조용한 성격이었구요. 싱가포르 처녀 링링과 제가 함께 준비했던 설날 파티에 아르노를 초대했을 때였습니다. 아르노가 제게 물었습니다. "내 여자 친구와 함께 가도 되니?" "물론이지. 그런데 캘커타에 여자 친구가 있었어?" "응, 내 여자 친구는 말이지, 부드러운 몸통에 여섯 줄이 달린 여자야." 무슨 소린가 싶어 헷갈렸죠. "하하하, 농담이야. 그냥 기타를 들고 가겠다는 소리였어."

설날 파티에서 아르노의 '여자 친구' 기타는 진가를 발휘했습니다. 우리가 모두 손을 잡고 「스탠 바이 미」 「렛잇비」 「이매진」 같은 노래를 부를 때 아르노의 기타가 아주 멋지게 반주를 넣어주었던 것입니다.

기타를 여자 친구라고 끼고 다니던 아르노에게 진짜로 한 여인이 나타났습니다. 아르헨티나에서 온 카르멘이라는 여인이었습니다. 덩치만 컸지, 전형적인 '순둥이'인 아르노였습니다. 짐작컨대 뭐 저돌적인 구애 같은 일은 없었을 겝니다. 카르멘이 캘커타를 떠나던 날이 기억납니다. 밤기차로 떠나는 카르멘을 아르노와 제가 함께 배웅했습니다. 택시를 세워두고 카르멘을 포옹하던 아르노의 표정이 지금도 생생하게 떠오릅니다. 아르노는 눈을 꼭 감고 아무 말 없이 그저 카르멘을 껴안고 있었습니다. 몇 분은 족히 지났을 겝니다. 아르노는 카르멘을 그렇게 말 없이 껴안고만 있다가 떠나보냈습니다.

아르노를 다시 만난 건 스위스에서였습니다. 바젤에 사는 친구 루트와 함께 호수와 계곡이 있는 티치노라는 곳으로 갔습

니다. 아르노가 차를 몰고 그곳으로 와 합류한 것입니다. 캘커타에서 아르노와 헤어진 지 넉 달쯤 지났을 때였습니다. 그 사이에 아르노의 머리는 많이 자라 있었습니다. 다시 만난 자리에서 아르노는 저를 껴안고 한참을 있었습니다. 저도 아르노를 안고 있었기 때문에 아르노의 표정을 볼 수는 없었지요. 하지만 아마 카르멘을 보내던 때와 비슷하게 두 눈을 꼭 감고 있었지 않을까 싶네요. 그냥 아무 말 없이, 힘주어 안은 두 팔과 가슴만으로 자신이 하고 싶은 말을 다 전하는, 그런 친구가 바로 아르노였습니다.

티치노 호수와 계곡에서 함께 나흘을 지내고 아르노와 함께 아르노의 고향집으로 향했습니다. 가는 길에 또 다른 캘커타의 친구 죠바니의 집에 들러 하룻밤을 함께 보내기도 했습니다. 참 즐거운 친구들의 재회였습니다. 제가 여러 번 이야기했지만, 캘커타 친구들 사이의 우정은 정말로 특별합니다. 만약 우리가 캘커타가 아닌 다른 곳에서 만난 친구들이었다면, 그런 특별한 우정, 또는 사랑은 아마 불가능했을 겁니다. 그것은 저뿐만 아니라 다른 친구들도 모두 동의하는 사실입니다. 그야말로 '형제애' 바로 그것입니다.

형제애요? 형을 대하듯, 동생을 대하듯 하는 우정입니다. '친구'가 '식구'로 바뀌는 것이지요. 아르노의 집에서 저는 그 집의 식구가 되었습니다. 아르노의 부모님은 걱정이 태산 같았다고 합니다. 제가 놀러간다는 소식을 듣고서 말이지요. 저는 그 집에 처음 찾아온 '외국인'이었던 것입니다. 젊은 시절 이탈리아에서 올라오신 아르노의 부모님은 영어를 한 마디도 못하셨습니다. 잘 사는 편도 아니고, 못 사는 것도 아닌, 그저 그

아 르 노...해발...2997미터... "준,...손을...이리...줘!"...

런 평범한 가정이었습니다. 그렇지만 가족들간의 사랑이 가득 차 있는 집이었습니다. 그리고 아르노의 가족은 저를 그 가족 안의 한 사람으로 받아들여 주었습니다.

아르노의 어머니는 매일 맛있는 정통 이탈리아 요리를 만들어주셨습니다. 아르노의 어머니가 만들어주신 진짜 '라자냐'와 진짜 '티라미스'를 여러분에게도 맛보여 드렸으면 정말 좋겠습니다. 아, 지금도 그 라자냐와 티라미스가 그립네요. 쩝쩝……, 언제쯤 다시 한 번 아르노 어머니의 요리를 먹어볼 수 있을까요. 저는 그런 아르노의 어머니를 '마마'라고 불렀고, 아버지를 '빠빠'라고 불렀습니다. 난생 처음 맞이해보는 이방인에게서 엄마, 아빠라는 소리를 들으면서 아르노의 부모님은 무척 즐거워했습니다. 서양 사람들은 갖고 있지 않은 풍습이 바로 친구의 아버지, 어머니를 '아버지, 어머니'라고 부르는 일이니까요. 아참, 아르노의 어머니가 낡아 헤진 제 여행용 조끼를 정성들여 재봉틀로 박아주신 것도 빠트리면 안 되겠군요.

아르노는 건축학교를 나와 건설회사에서 일하고 있었습니다. 캘커타로 오면서 그 회사를 그만둔 상태였고, 새 직장에 가기 전까지 마침 집에서 놀고 있던 '실업자' 신세였습니다. 저한테야 최고의 상황이었지요. 아르노의 집에 머문 일주일 동안 내내 아르노는 매일 저를 데리고 주변 곳곳을 구경시켜주었습니다. 유럽에서 제일 높은 곳에 위치한 마을도 데려가주었고, 전유럽의 부자들이 모여든다는 생모리츠에도 데려가주었죠. 마운틴 바이크를 타고 낑낑거리며 알프스 산길을 오르기도 했

아 르 노…해발…2997미터… "준,…손을…이리…줘!"…

구요. 그리고 마침내 '그날' 이 왔습니다.

아르노의 고향 투지스에서 제일 높은 봉우리인 피츠 베베린에 오르는 '그날' 이 왔습니다. 아르노가 그러더군요. 언젠가 여행길에서 만난 친구가 자기를 찾아오면 꼭 함께 피츠 베베린에 올라가고 싶었다구요. 그리고 제가 바로 그 친구가 되었던 것입니다. 아르노 어머니의 등산화를 빌려신고, 배낭에 점심 샌드위치를 챙겨넣고 피츠 베베린으로 향했습니다. 산 중턱까지는 도로가 나 있었습니다.

올라가고 내려오는 데 도합 다섯 시간쯤이 걸렸던 것 같습니다. 아르노의 말대로 피츠 베베린은 그냥 동네 사람들이 하이킹 삼아 오르는 산이었습니다. 할아버지, 할머니, 아이들도 별로 힘들이지 않고 올라가는 산이었다는 얘깁니다. 그런데 저한테는 그것이 아니었습니다. 뭐 바위를 기어올라가야 한다든지 밧줄을 타고 내려가는 것도 아니었습니다. 아르노는 저를 위해 거의 계속 능선을 따라 올라가면 되는 쉬운 코스를 택했던 것입니다. 문제는 그 능선이 거의 계속 까마득히 깎아지른 벼랑 옆에 있다는 것이었습니다. 가뜩이나 고소공포증이 있던 터에 제가 얼마나 오금이 얼어붙어 있었을지 쉽게 짐작하실 수 있겠죠?

몇 번이나 그 자리에서 그냥 도로 내려가고 싶었습니다. 아르노가 옆에 있지 않았다면 저는 피츠 베베린의 꼭대기, 해발 2997미터에 올라가지 못했을 겁니다. 가끔 제 손을 잡아 끌어주기도 하고, 계속 저를 격려하면서 아르노는 저를 이끌어주었습니다. 중간 어느 지점에선가 저는 말로만 듣던 에델바이스를 발견하기도 했습니다. 아르노가 놀라더군요. "야, 준, 내

아 르 노...해발...2997미터... "준,...손을...이리...줘!"...

가 피츠 베베린을 오른 게 벌써 수십 번은 될 거야. 난 한 번도 못 본 에델바이슨데 넌 어떻게 첫길에 찾아낼 수가 있니!"

그렇게 악전고투, 사생결단으로 마침내 해발 2997미터, 3천 미터에서 딱 3미터가 빠지는 제 인생의 최고봉에 올랐습니다. 산꼭대기에는 이미 수많은 등산객들이 올라와 점심 샌드위치를 먹으며 휴식을 취하고 있었습니다. 저 멀리 끝없이 알프스의 산들이 펼쳐지고 있더군요. 바람이 차가웠고, 정상 부근의 평지에서 조금만 걸어나가면 또 까마득한 벼랑이 버티고 있었습니다.

정상에는 자그만 돌탑이 하나 있었습니다. 그리고 그 돌탑 안에 두툼한 노트가 한 권 들어 있었습니다. 피츠 베베린에 오른 사람들이 기념으로 한 구절씩 써넣는 노트라고 했습니다. 아르노의 권유에 따라 저도 한 구절을 썼습니다. "아르노에게 감사를, 내 인생에서 가장 높은 자리에 오를 수 있게 해준 친구에게. 코리언 준." 1994년 7월 말이든가, 아니면 8월 초의 어느 날이었습니다.

어쩌면 저는 피츠 베베린에 오른 첫번째 한국인이었을 가능성이 높을 겁니다. 투지스는 그냥 조그만 마을이고, 스위스 국철도 통과하지 않는 작은 마을입니다. 피츠 베베린도 몽블랑처럼 눈으로 뒤덮인 유명한 산이 아닙니다. 그냥 작은 마을 투지스에 있는 평범한 산이 피츠 베베린입니다. 하지만 제게 피츠 베베린은 그 어떤 높은 산보다 더 소중합니다. 지상 가장 낮은 곳에서 만난 친구가 저를 그때까지 제 인생에서 가장 높은 곳으로 올라갈 수 있게 해주었습니다.

아 르 노... 해발...2997미터... "준,...손을...이리...줘!"...

그때 이후 저는 고질적인 고소공포증에서 많이 벗어날 수 있게 되었습니다. 쉬운 트레킹 코스이긴 했지만, 어쨌든 안나푸르나 트레킹에도 나서 해발 3800미터까지 올라가 보기도 했습니다. 이제 북한산에 올라가서 아래를 내려다보기 무서워 백운대 꼭대기를 올라가지 못하는 일도 없습니다. 지금 이 글을 쓰면서 다시 아르노를 생각했습니다. 아르노를 비롯한 캘커타의 친구들을 다시 생각했습니다. 그들이 제 인생에서 그렇게 소중한 이유가 무엇일까를 다시 한 번 생각해보았습니다. 별것 아니었습니다. 그저 그들이 제 옆에 있어 주었다는 것입니다.

제가 캘커타의 험한 인생을 보며 일종의 공포증에 떨고 있었을 때 친구들이 제 손을 잡아 한 걸음씩 높은 곳으로 떨리는 발걸음을 옮길 수 있도록 도와주었다는 것입니다. 캘커타의 삶은 어쩌면 벼랑 위에 선 삶이었습니다. 날마다 환자들의 죽음이라는 벼랑을 맞닥뜨려야 하는 삶이었습니다. 처음 그 벼랑 앞에서 저는 오금이 저려 꼼짝할 수가 없었습니다. 거기서 당장 짐을 꾸려 캘커타를 떠나고 싶었습니다. 그때 친구들이 제 손을 잡아주었습니다. 이렇게 말하면서요. 조금만 더. 한 걸음만 옮겨봐. 밑을 내려다 보지 말고, 그냥 위만 쳐다봐. 그러면 너도 올라올 수 있어. 금방이면 돼. 자, 어서 손을 이리 줘!

아르노가 피츠 베베린에서 제게 했던 일과 캘커타에서 아르노를 비롯한 친구들이 저를 비롯한 다른 친구들에게 해주었던 일은 서로 다르지 않습니다. 친구들이 없었다면 저는 오래 캘커타에 머무를 수가 '절대로' 없었습니다. 가끔씩 혼자 묻곤 합니다. 내가 캘커타를 그렇게 좋아한 이유는 내가 했던 자원봉사 때문이었을까, 아니면 친구들 때문이었을까? 답은 '둘 다' 입니다. 친구들이 없었다면 캘커타도 없었고, 캘커타가 없었다면 친구들도 없었습니다.

세상에 혼자 할 수 있는 일은 그리 많지 않습니다. 어떤 일에는 여러 사람의 손이 필요합니다. 제가 캘커타에서 참 좋아했고 많이 썼던 말이 있습니다. 'helping hand' 라는 말이었습니다. 도와주는 손, 도움의 손길, 뭐 그런 정도로 번역이 되겠지요. 힘들 때, 외로울 때, 어지러울 정도로 무서운 벼랑 위에 서 있을 때, 우리는 그런 '손'이 필요합니다. 그리고 그럴 때 우리에게 든든한 손을 내밀어줄 '마음'이 필요합니다. 때로는 우리가 그런 손을 내밀어줘야 할 때도 있을 겝니다. 그렇게 서로 손을 내어주고 받으면, 비록 조금씩이지만 함께 더 높은 곳으로 올라갈 수 있을 겝니다.

아르노는 그 후에 또 다른 친구와 함께 피츠 베베린에 올라갈 수 있었을까요? 다시 한번 아르노의 집에 들를 수 있다면, 함께 피츠 베베린에 올라갈 겝니다. 이제는 혼자서도 잘 올라갈 수 있겠지만, 그래도 가끔씩은 일부러 엄살도 피워볼 겝니다. 아르노! 내 손 좀 잡아줘! 다리가 후들거려서 못 올라가겠어! 틀림없이 아르노는 가던 길을 되돌아와 제 손을 잡아주겠죠. 그런 친구들이 있어 제 인생이 참 행복합니다.

— 1997년 8월 어느 날

아 르 노...해발...2997미터... "준,...손을...이리...줘!"...

투안

하우라...역...플랫폼에서... At Howrah Station

Tuan

투안을 처음 보았을 땐, 일본 사람인 줄 알았습니다. 일본 청년들처럼 이쁘장한 얼굴에 '털복숭이'였기 때문입니다. 투안을 처음 보았을 땐, 30대 초반 아니면 적어도 20대 후반으로 보았습니다. 워낙에 말도 없이 침착하고 점잖게 행동했기 때문입니다. 머리는 길게 길러 포니 테일로 묶고, 게다가 수염까지 기르고 있었습니다. 제가 처음 투안을 보았을 때, 그가 겨우 열아홉밖에 먹지 않은 '영계'라고는 상상도 못했습니다. 처음 말문을 트면서 일본 사람이냐고 묻자, 단호하게 자기는 일본인이 아니라 베트남인이라고 대답했을 때, 또 한 번 놀랐습니다. 투안은 제가 처음 만난 베트남 사람이었고, 베트남 사람이 캘커타에 와서 자원봉사를 하고 있으리라곤 꿈에도 생각 못했기 때문입니다.

정확히 말하면, 투안은 베트남 사람이 아니라 베트남계 노르웨이 사람이었습니다. 보트 피플이라는 말 아시죠? 투안은 아주 어릴 때 아버지의 등에 업혀 보트 피플이 되었습니다. 투안의 아버지는 베트남전 당시 미군 부대에서 근무했다고 합니다. 당연히 공산화된 베트남에선 살 수가 없었겠지요. 그래서 투안의 가족들은 노르웨이까지 배를 타고 흘러가야 했던 모양입니다. 열대의 베트남에서 저 추운 스칸디나비아까지요.

유럽 사람들이 미국 사람들에 비해 상대적으로 덜 하다고는 하지만, 제가 다녀 본 경험에 비춰보면, 유럽에도 알게 모르게 인종차별이 있습니다. 극단적으로 폭력을 휘두르는 네오 나치 따위가 아니더라도, 눈에 보이지 않는 차별이 분명히 존재한다는 거죠. 전쟁으로 얼룩진 가난한 아시아의 작은 나라 베트남에서 온 보트 피플이 최고의 선진국 스칸디나비아에서 쉽게 받아들여질 수 있었을까요?

투안은 그런 얘기를 잘 꺼내지 않았습니다. 원래 말수가 적기도 했지만, 어둡고 우울한 얘기는 거의 꺼내지 않았습니다. 저는 그런 투안의 태도를 곧 투안과 투안의 가족들이 겪어야 했던 험한 생활의 증거로 받아들였습니다. 영국, 프랑스와 달리 스칸디나비아 제국은 식민지를 지배한 경험이 없습니다. 그 덕분에 식민지로부터의 이민도 없었습니다. 흑인, 아랍인을 흔히 볼 수 있는 영국, 프랑스와 달리 스칸디나비아 국가들은 거의 온전히 백인 국가로 남아 있었다는 얘기죠. 그런 백인들의 나라에 정착한 보트 피플 가족이 겪었을 마음 고생이야 군이 듣지 않아도 쉽게 짐작할 수 있는 일이었습니다.

나이답지 않게 침착했고, 나이답지 않게 점잖았던 투안이었습니다. 그래서 다른 친구들과는 달리 투안과 친해지는 데는 아주 많은 시간이 걸려야 했습니다. 투안은 제가 처음 보았을 때부터 〈프렘 단〉 간호팀의 일원이었습니다. 그 어린 나이에도 투안은 눈 하나 깜짝하지 않고 환자들의 살을 째고 피고름을 뽑았습니다. 처음에 저는 투안을 의사라고 착각했을 정도였습니다. 조금씩 조금씩 저하고도 서로 말문을 트기 시작했지만, 솔직히 제가 석 달 만에 캘커타를 떠날 때까지도 투안과 저는 그렇게 가까운 사이는 아니었습니다. 안젤로와 투안이 가까웠던 덕분에 함께 많이 다니기는 했지만서도요.

여덟 달 만에 다시 캘커타로 돌아갔을 때, 투안은 안젤로와 함께 여전히 캘커타에 남아 있었습니다. 그 모습 그대로였습니다. 열아홉에서 스물로 나이가 변한 것 말고는요. 제가 〈프렘 단〉의 간호팀에 동참하면서 투안과의 진짜 우정이 시작되었습니다. 그리고 제가 떠나 있던 사이에 투안은 제가 그랬던 것처럼 오후에 〈칼리가트〉 일도 하고 있었습니다. 그 덕분에 투안과 저는 하루 종일을 함께 다니게 되었습니다. 함께 점심을 먹으며, 함께 〈칼리가트〉로 가는 버스를 기다리며, 함께 〈칼리가트〉에서 돌아오는 지하철을 기다리며, 투안과 저는 조금씩 속내 이야기를 나누기 시작했습니다. 게다가 당시에는 투안과 제가 〈칼리가트〉에서 최고참들이었습니다. 이래저래 투안과

저는 가까워지지 않을래야 않을 수가 없었습니다.

투안은 아주 많이 내성적인 소년이었습니다. 사람들과 왁자지껄 어울리는 일은 일단 피하는 스타일이었습니다. 숙소도 혼자 인도인 가정에 방을 얻어 살고 있었고, 그 집은 다른 봉사자들이나 배낭족의 숙소와는 아주 멀리 떨어진 곳에 있었습니다. 투안과 가깝게 지낸 친구들은 안젤로나 폴, 쉐리처럼 1년 이상 캘커타에 머무는 고참들이 대부분이었죠. 시간이 지나면서 조금씩 저는 투안이 그래도 스무 살 청년이라는 것을 알게 되었습니다. 웃을 때면 볼에 보조개가 패이고, 가끔씩은 농담도 할 줄 아는, 그런 젊은이였습니다. 친해지기까지 시간이 오래 걸려서 문제지, 일단 친구가 되고 나면 다른 친구들 못지않게 살갑고 다정한 친구라는 것도 알게 되었습니다.

〈칼리가트〉로 오후 일을 갈 때면 둘이서 제 워크맨 이어폰을 한 쪽씩 나눠끼고 가기도 했습니다. 당연히 30센티미터 이상 떨어져서는 갈 수가 없었지요. 투안은 음악을 무척 좋아했습니다. 자기 키의 3분의 2쯤은 되는 기타를 애지중지하며 기타 몸통 가득 캘커타 친구들의 서명을 받았습니다. 투안은 또 다른 어느 봉사자들보다 더 벵갈어를 잘 했습니다. 거의 완벽한 벵갈어를 구사할 수 있었던 덕분에 환자들과의 의사 소통에서 큰 도움이 되었지요. 물론 영어도 완벽하게 구사했습니다. 영어, 노르웨이어, 베트남어, 벵갈어. 겨우 스무 살 나이에 투안은 4개 국어를 능숙하게 구사했습니다. 투안의 그런 언어 능력은 어쩌면 성장 과정에서 얻어진 생존 능력이었는지도 모르겠습니다.

나중에야 알게 된 사실이지만, 투안이 처음 캘커타에 들어왔을 때, 그의 비자는 딱 한 달짜리였다고 합니다. 고등학교를 마치고 그냥 마더 테레사의 일을 돕겠다고 무작정 들어왔답니다. 그 한 달이 결국 2년이 되었습니다. 6개월짜리 비자가 만료되면 방글라데시로, 또는 네팔로 들어가 다시 비자를 얻어 들어왔습니다. 그리고 그 사이에 열아홉 소년 투안은 스물한 살의 청년으로 성장했습니다. 〈프렘 단)에서나 〈칼리가트〉에서나 투안의 자리는 아주 큰 것이었습니다. 투안이 못하는 일은 다른 어떤 봉사자도 할 수 없는 일이었습니다.

그렇게 2년의 세월을 보내고 투안이 노르웨이로 돌아가야 하는 날이 왔습니다. 입학을 허락받았던 대학에도 가야 했고, 가족들도 투안의 귀향을 재촉했습니다. 마지막 비자 기간까지 다 채우고 투안은 짐을 꾸렸습니다. 2년 동안의 살림살이라야 친구들이 떠나며 넘겨준 낡은 티셔츠, 반바지들뿐이었습니다. 그것들도 성한 것은 다시 다른 친구들에게 넘겨주었습니다. 물론 투안만 그렇게 입던 옷을 물려받고 물려주는 것은 아니었습니다. 모두들 캘커타를 떠날 때면 그렇게 옷을 물려주고 받았습니다.

날마다, 때로는 오후와 저녁에 한 번씩 옷을 갈아 입어야 하는 캘커타였습니다. 날마다 빨래를 할 수 없으니, 당연히 많은 옷이 필요했고, 친구들은 떠나며 자신의 옷을 다른 친구들에게 물려주었습니다. 다들 잘 사는 선진국에서 온 청년들이었습니다. 하지만, 누구도 다른 사람의 낡은 옷을 물려입는 것을 부끄러워하지 않았고, 그렇다고 자랑스러워하지도 않았습니다. 낡은 옷을 물려입는 것은 그냥 캘커타 생활의 한 부분이었습니다. 서울에 돌아온 지 두 해가 지났는데도 여전히 그런 캘커타의 삶이 그리워집니다. 일부러 친구들, 후배, 선배에게서 티셔츠를 뺏어입곤 합니다. 입던 티셔츠를 물려입을 때, 온몸을 훈훈하게 감싸는 그 '형제애'가 그립기 때문입니다(덕분에 지난 2년간 옷값이 거의 들지 않았습니다).

떠나는 투안에게 무엇인가 해주고 싶었습니다. 마침 모리셔스에서 온 또 다른 친구 프랑소와도 투안과 비슷한 때에 떠나게 되었습니다. 제 숙소에서 투안과 프랑소와를 위한 환송 파티를 열기로 했습니다. 제가 주방장이 되어 제 아름다운 룸메이트들, 로르, 라일라, 쉐리와 함께 요리를 준비했습니다. 저녁이 되어 한 열 명쯤 되는 친구들이 모였습니다. 투안과 프랑소와에게는 그것이 캘커타에서 친구들과 함께 나누는 마지막 저녁이었습니다. 저녁을 먹고 우리는 노래를 불렀습니다. 투안과 프랑소와가 함께 기타를 치고, 일본 친구 테쯔가 하모니카를 불며 밤이 늦도록 함께 노래를 불렀습니다. 촛불을 켜고 노래를 불렀습니다.

투안을 떠나보내는 자리는 모두에게 참 힘든 자리였습니다. 투안이 캘커타에서 얼마나 행복했는지, 남들처럼 웃고 까불지는 않았지만 그가 얼마나 캘커타를, 〈프렘 단〉을, 〈칼리가트〉를 사랑했는지, 모두 알고 있었기 때문입니다. 아름다운 밤이었지만, 그 밤은 동시에 참 슬픈 밤이었습니다. 그렇게 헤어지면 언제 다시 만날 수 있을지를 아무도 몰랐습니다. 어쩌면 평생 다시는 볼 수 없는 작별이 될 수도 있었습니다. 그래도 시간은 흘러갔고, 모두들 "좋은 꿈 꾸렴" 인사를 나누고 각자의 숙소로 흩어졌습니다.

투안은 캘커타에서 비행기를 타지 않았습니다. 돈을 아끼느라 일단 델리까지 기차를 타고 가서, 델리에서 출발하는 러시아 항공사 아에로플로트 비행기를 탄다고 했습니다. 안젤로와 저는 투안을 하우라 기차역까지 배웅하기로 했습니다. 투안은

혼자 가겠다고 고집을 부렸지만, 그날만큼은 투안의 고집을
그냥 봐줄 수는 없었습니다. 안젤로가 투안의 큰 가방을 들고,
제가 투안의 기타를 들고, 그렇게 셋이서 하우라 역으로 갔습니
다.

기차가 출발할 때까지는 시간이 많이 남아 있었습니다. 델리
까지 스무 시간 가까이를 달리는 기차였습니다. 투안의 자리
에 가방을 모두 올려주고, 잠시 기차칸에 함께 앉아 있었습니
다. 투안은 여전히 평소의 침착한 그 모습 그대로였습니다. 투
안이 제게 "담배 한 대 피러 갈까?" 말했습니다. 셋이서 다시
플랫폼으로 내려왔습니다. 안젤로는 담배를 피우지 않았습니
다. 투안도 그렇게 골초는 아니었구요. 하지만 그날 아침 투안
은 입에서 담배를 떼지 않았습니다.

그런데 이게 웬일입니까? 담배 연기를 몇 모금 들이마시더니
그야말로 거짓말처럼 투안의 눈에서 갑자기 눈물이 주르륵 흘
러내리기 시작한 것입니다. 제가 그때까지 벌써 일곱 달 가까
이 투안을 겪는 동안, 단 한 번도 보지 못했던 투안의 눈물이
었습니다. 그렇게 차돌맹이같이 단단해보이던 투안의 눈에서,
그렇게 하염없이 눈물이 흘러내렸습니다.

안젤로 또한 남들에게 눈물을 보이는 친구가 아니었습니다.
그때까지 한 번도 안젤로의 눈물을 본 적이 없었습니다. 그 안
젤로가 갑자기 헉 소리를 내며 돌아섰습니다. 플랫폼에 있던
가로등을 붙들고, 어깨를 들먹이며 안젤로가 울었습니다. 저
요? 저야 원래 눈물이 많다 못해 흔해 빠진 사람이었습니다.
캘커타에서 제일 사람이 많은 곳이 바로 하우라 역이었습니

다. 드넓은 인도 대륙 구석구석으로 연결되는 수많은 기차들과 그 기차를 타고 오고 가는 사람들로 넘치는 하우라 역이었습니다. 한낮의 하우라 역 플랫폼에서 세 사람의 이방인 사내들이 서로를 부둥켜안고 울었습니다.

지나던 인도 사람들이 도대체 무슨 일인가 모여들기 시작했습니다. 하지만 우리 세 사람은 아무도 서로에게 "그만 울어"라고 말하지 않았습니다. 안젤로도, 투안도, 저도, 다들 가슴 한 구석씩 상처를 갖고 있었습니다. 그 상처가 무엇인지는 중요하지 않았습니다. 저야 가끔씩 친구들 앞에서 눈물을 흘리며 그 상처를 달랠 수 있었습니다. 하지만 투안과 안젤로는 저 같은 사람이 아니었습니다. 그저 가슴에 묻어두고, 그저 남들에게 힘든 모습 보이지 않으려 애쓰고, 단단한 모습만 보여주려 애쓰고, 그렇게 살던 친구들이었습니다. 그런 투안과 안젤로가 우는 모습을 보며, 저는 한편으로 기쁨의 눈물을 흘렸습니다.

안젤로는 저보다 다섯 살이 어렸고, 투안은 열세 살이 어린 친구였습니다. 그 어린 친구들이 마음 놓고 우는 모습을 보는 것이 기뻤습니다. 그 눈물로 그들의 슬픔이 정화될 수 있으리라는 것을 알고 있었기 때문에 기뻤습니다. 투안을 떠나보내는 것이, 어쩌면 다시는 볼 수 없으리라는 것이 슬퍼서 울었습니다. 그리고 투안과 안젤로가 그렇게 눈물로 자신들의 상처를 스스로 씻어내리는 것이 기뻐서 울었습니다.

그렇게 투안이 캘커타를 떠났습니다. 투안은 편지도 하지 않습니다. 처음부터 자기는 편지 같은 거 쓸 줄 모르는 사람이라

고 못 박는 친구였죠. 두어 번 안젤로와 전화를 해서 투안의 소식을 들었습니다. 가족을 떠나 혼자 대학에 다니고 있다고 합니다. 안젤로가 전해주는 얘기에 따르면, 많이 외로워 하고 많이 힘들어 한답니다. 어쩌면, 투안이 캘커타에서 보낸 2년이 투안을 더 외롭고 힘들게 할지도 모릅니다. 캘커타, 그 사랑으로 충만한 삶이 투안의 노르웨이 생활을 더 힘들게 할 것이, 아마 분명합니다. 노르웨이에는 투안이 마음놓고 눈물을 보일 수 있는 사람이 없을지도 모릅니다.

사람은 가끔 눈물을 흘리며 살아야 합니다. 가끔씩은 눈물을 가로막는 둑을 터뜨려 주어야 합니다. 그 이유를 굳이 설명할 필요가 있을까요? 캘커타에서는 누구나 눈물을 흘릴 수 있습니다. 그 눈물을 아무 말 없이 받아 주는 친구들이 있기 때문입니다. 울지 마! 뚝 그쳐! 하고 소리치는 사람이 없기 때문입니다. 모두들 그래서 캘커타를 떠날 때면 눈물을 흘리고 맙니다.

투안은 대학을 졸업하기 전까지는 당분간 캘커타로 돌아가지 못할 겁니다. 심지어는 가족도 곁에 없는 타향에서 몇 년을 더 지내야 할 겁니다. 답장을 받지 못하더라도, 투안에게 한 번 편지를 쓸까 합니다. "투안, 우리가 하우라 역에서 헤어지던 날, 기억나니? 정말 신나게 울었지! 너무 외롭고 너무 힘들면 또 울렴. 우는 건 참 좋은 거야. 너도 그거 알지? 우리 언제 만나서 실컷 울어나 볼까?" 그렇게 쓴 편지를 읽으면 투안의 입가에 잠시라도 웃음이 피어날까요?

— 1997년 9월 어느 날

알브레히트 & 모니카

외틀링엔을...아십니까?... Have You Ever Heard about Ötlingen?

Albrecht & Monika

외틀링엔(Ötlingen)을 아십니까? 독일과 스위스와 프랑스, 세 나라의 국경선이 만나는 곳에 있는 마을입니다. 외틀링엔은 독일이지요. 라인강이 지척에 흐르고, 야트막한 언덕의 아래쪽은 포도밭으로 덮여 있고 위쪽은 울창한 숲으로 덮여 있는, 외틀링엔은 참 아름다운 마을입니다. 웬만한 지도책에는 나오지도 않는 아주 작은 마을입니다. 그래서 외틀링엔에는 기차가 서지 않습니다. 외틀링엔에 가시려면 스위스 바젤에서 기차를 내려 국경 근처까지 전차를 타고, 거기서부터는 자동차를 얻어 타고 가거나 한 시간쯤을 걸어가야 합니다.

그렇게 먼 곳이지만, 그렇게 작은 마을이지만, 외틀링엔에는 알브레히트와 모니카(Albrecht & Monika) 부부가 살고 있습니다. 알브레히트와 모니카가 살고 있기 때문에 외틀링엔은 제게 '고향 마을'입니다. 제가 외틀링엔을 떠날 때마다 알브레히트와 모니카는 제게 말했습니다. "기억해두렴. 외틀링엔에는 언제나 너의 집(home)이 있다는 걸."

인생이라는 길을 걷다보면 숱한 인연을 경험합니다. '하필이면 그날, 그곳'에서 어떤 사람의 인생과 나의 인생이 마주칩니다. 그저 엇갈려 지나가버리는 인연이 있고, 잠시 엮였다가 풀어지는 인연이 있고, 인생길이 끝날 때까지 이어지는 인연도 있습니다. 어떤 인연이든 인연은 모두 신기합니다. 그리고 소중합니다. 어떤 인연은 인생길의 행로를 바꾸어놓기도 합니다. 어떤 인연은 배낭 여행자의 여행 스케줄을 엉망진창(!)으로 만들어버리기도 합니다. 알브레히트와 모니카 부부와의 인연이 그랬습니다.

1994년 7월 22일, 프랑스 남부 아비뇽에서 기차를 타고 스위스 바젤로 가야 했습니다. 스위스 친구 루트(Ruth)와 함께 티치노로 여행을 가기로 약속이 되어 있었습니다. 아비뇽에서 바젤까지의 여행길은 참 고생스러웠습니다.

밤기차를 탔으면 갈아타는 불편 없이 한 번에, 그것도 그리 오래 걸리지 않고 바젤까지 갈 수 있었을 텐데, 프랑스 사람들의 저 악명 높은 파업 덕분에 예정에 없던 낮기차를 서둘러 타야 했습니다. 거기에서 끝났으면 좋으련만, 이번엔 그 기차가 하필이면 에어컨이 고장난 기차였습니다. 중간에 열차를 갈아타느라 또 몇 시간을 기차역에서 보내야 했습니다.

밤새 기차에서 시달리며 바젤에 도착하니 새벽 3시께였습니다. 아무리 그날 도착한다고 약속이 되어 있기로서니 전화를 걸기에는 너무 이른 시각이었죠. 역 벤치에서 배낭에 몸을 기댄 채 아침이 오기만 기다렸습니다. 그래도 몇 시간 뒤 만날 루트를 생각하면 그 정도 고생은 아무것도 아니었습니다.

6시가 되자마자 부리나케 전화통으로 달려갔습니다. 그런데, 이게 웬일입니까! 루트의 목소리는 틀림없는데, 독일어로 자동응답 메시지만 들려오는 것이었습니다. 이상도 해라. 분명히 오늘부터 휴가가 시작된다고 했는데. 그때부터 30분 간격으로 전화를 걸었습니다. 그때마다 변함없이 녹음기가 전화를 받았습니다. 나쁜 일은 절대로 하나만 뚝 떨어져서 일어나질 않는 법이죠. 설상가상, 점입가경, 엎친 데 덮친다……

그 전날 하루 종일 땀을 흘렸던 데다가 잠을 자지 못했던 탓에 몸은 이미 파김치가 되어 있었죠. 거기다 철석같이 믿었던 친구가 행방불명(!)이 되어 있으니 마음까지 곤죽이 되기 시작했습니다. 할 수 있는 일이 아무것도 없었습니다. 루트의 주소는 갖고 있었지만, 집에 없는 것이 확실한 터에 주소는 아무짝에도 쓸모가 없었습니다. 에이, 바젤 시내나 구경하자!

큰 배낭은 보관함에 맡겨놓고 바젤 시내 '방황'에 나섰습니다. 재미가 있을 리 만무했죠. 배가 고파 슈퍼마켓에 들어가 바게뜨 빵 한 덩어리와 우유 한 팩을 샀습니다. 바젤 시내를

흐르는 라인 강변에 앉아 맛없는 빵을 먹었습니다. 그것도 밥이라고 먹고 났더니 졸리는 것이었습니다.

그날 오전, 제 가장 큰 소망은 그저 차가운 물로 샤워하고 소파라도 좋으니 두 발 뻗고 누워 자는 것이었습니다. 땡볕 내리쬐는 한낮의 바젤 시내와 라인 강변에는 사람도 별로 없었습니다. 30분에 한 번씩 전화를 했어도 루트의 응답기 메시지는 처음 그대로였습니다. 슬슬 걱정이 되기 시작했습니다. 혹시 루트에게 무슨 일이 생긴 건 아닐까? 혹시 그 독일어 메시지에 특별한 내용이 들어 있는 건 아닐까? 독일어를 모르니 확인할 방법이 없었습니다.

두 발 뻗고 누울 자리 하나 없는 세상에 저 혼자였습니다. 배고프고 목마르고 덥고 외로웠던 어느 여름날, 라인 강변에서 알브레히트를 만났습니다.

걷다가 지쳐 나무 그늘 아래 벤치에 앉아 있었습니다. 청바지에 하얀 와이셔츠를 입은 중년 신사가 오더니 제 건너편 벤치에 앉았습니다. 서로 눈길이 마주쳤고, 저는 그저 아무 생각 없이 가볍게 눈인사를 건넸습니다. 알브레히트와의 인연은 그 아무 생각 없이 건넸던 눈인사에서 시작되었습니다. 여행자냐? 그렇다. 어디에서 왔느냐? 한국에서 왔다. 뭐 그런 식으로 의례적인 대화가 오고 가고, 서로 통성명이 이어졌습니다. 대화를 나누는 사이에 저는 알브레히트가 스위스 사람이 아니라 독일 사람이고, 고등학교 선생님이며, 독일 녹색당의 지역 책임자라는 사실을 알게 되었습니다.

제가 워낙 지쳐 있었기 때문이었을까요? 아니면 워낙 수다스러운 제 성격 탓이었을지도 모르죠. 하여간 어쩌다 보니, 처음

민난 낯선 사람에게 주절주절 제가 바젤 시내를 헤매고 있는 까닭을 털어놓게 되었습니다. 친구와 만나기로 했는데, 친구 전화에선 계속 자동응답만 들린다. 혹시 무슨 특별한 내용이 있는지 대신 좀 들어봐 줄 수 있겠느냐? 알브레히트는 제 부탁을 들어주었고, 특별한 내용은 없이 그냥 메시지를 남겨달라고만 녹음되어 있다고 알려주었습니다.

벌써 시간은 정오를 넘겨 한낮의 불볕 더위가 시작되고 있었습니다. 배가 고팠지만, 그리고 등에 멘 작은 배낭 속엔 아침에 먹다 남은 빵이 있었지만, 전날 낮부터 연거푸 세 끼를 빵으로 때웠던 터라 그 빵을 먹기가 죽기보다 싫었습니다. 애고, 이러자고 내가 유럽에 왔나! 스스로 불쌍한 사람은 남들 눈에도 불쌍해 보이는 법이죠. 알브레히트 눈에도 제가 무척이나 불쌍해 보였던 모양입니다.

"커피 한 잔 하겠느냐?"

지루하고 심심하던 차에 말동무가 생긴 것만도 고마운 일인데 커피 한 잔은 정말 반가운 제안이었습니다.

커피를 마시며 저는 알브레히트에게 제가 바젤까지 오게 된 사연을 이야기했습니다. 루트는 물론 제가 캘커타에서 만난 친구였습니다. 런던에서의 외로웠던 시절, 루트는 매주 한 통씩 따뜻한 편지로 저를 위로해줬던 친구였습니다. 루트 이야기를 하다 보니 얘기는 자연스럽게 캘커타에서의 추억담으로 이어졌습니다. 런던에서 만난 친구 데이빗이 언젠가 제게 이런 얘기를 한 적이 있었습니다. "야, 준. 니가 캘커타 얘기를 할 때면 니 눈빛이 완전히 달라진다는 거 알고 있니?"

제가 제 눈빛을 볼 수야 없으니, 저는 모를 수밖에요. 하여간 데이빗의 말을 듣고 제가 몰랐던 사실을 하나 알게 되었습니다. 캘커타 얘기를 할 때면 제 눈빛이 달라진다는 사실 말입니다. 알브레히트도 그렇게 달라진 제 눈빛을 눈치챘던 것일까요? 알브레히트는 열심히 고개를 끄덕이며 제 이야기를 들어주었습니다.

1시간쯤 지나 다시 루트에게 전화를 걸었습니다. 똑같은 메시지뿐이라고 알브레히트가 전해주었습니다. 한참 눈빛을 반짝이며 캘커타 이야기를 하다가 그 소식을 들으니 이번엔 제 눈빛이 오뉴월 더위 먹은 강아지의 눈빛으로 달라졌을 겝니다. 측은해 보여서였을까요? 알브레히트가 제게 이런 말을 건넸습니다.

"난 이제 집으로 돌아가야 할 시간인데, 음, 이러면 어떨까? 네가 괜찮다면 우리 집에 가서 좀 쉬면서 네 친구 루트가 집에 돌아오기를 기다릴 수도 있을 텐데 말이야."

캘커타에서 지낸 아홉 달 동안 제가 배운 것이 참 많습니다. 그 중 하나가 바로 '잘 받는 것도 주는 것만큼 소중하다'는 교훈이었습니다. 인생은 어차피 주고 받는 것이라죠. 손바닥이 마주쳐야 소리가 나듯, 주고 받는 것도 항상 두 사람이 마음으로 만나야 이루어지는 일입니다. 아무리 작은 것일망정 내가 진정으로 주고 싶은 어떤 것을 누군가에게 줄 때, 받는 그 사람도 물론 기뻐할 테지만, 그 전에 주는 내가 먼저 기뻐지는 법입니다. 그 사람이 받아주지 않을 때 내 기쁨은 존재할 수가 없습니다. 캘커타에서 수많은 친구들이 제게 참으로 소중한 우정과 사랑을 주었습니다. 그 우정과 사랑을 받으면서 배웠습니다. 받는 것도 주는 것과 똑같이, 덜도 아니고 더도 아니고 꼭 그만큼, 소중하다는 진리를 배웠습니다.

우리는 흔히 받기를 꺼려합니다. 이유 없는 호의를 접할 때면 겁부터 먼저 냅니다. 저 사람이 나한테 왜 이럴까? 나한테 원하는 게 뭘까? 무슨 꿍꿍이속이 숨어 있는 것일까? 의심하고 경계합니다. 그렇게 살다 보니 이번엔 마음대로 주지도 못합니다. 내가 이걸 저 사람에게 주면 저 사람이 무슨 생각을 할

까? 나는 그냥 순수한 마음에서 그러는 건데 혹시 저 사람이 오해를 하지는 않을까? 그렇게 우리는 주고 받기를 동시에 두려워하며 살아갑니다. 믿을 수 있는 몇 사람, 식구들과 오랜 친구를 빼놓으면 진정으로 '주고 받는' 관계는 없습니다. 마음으로 주고 받지 못하고, 그저 필요에 의해, 오로지 '비즈니스' 관계로만 사람들을 만납니다. 그러면서 불평을 늘어놓습니다. '나이가 들어 진짜 친구를 만들기란 불가능한 일이야!' 세상에 이유 없는 호의란 것은 과연 있어서는 안 되는 것일까요? 사람이 사람을 좋아하고, 사람이 사람에게 도움을 베푸는데 꼭 '이유가 있어야 하는 이유'는 과연 무엇일까요?

저는 만난 지 불과 몇 시간밖에 되지 않은 알브레히트의 호의를 그냥 마음 편하게 받아들였습니다. 의심과 걱정이 없었던 것은 아니지만, 그보다는 캘커타에서 제가 배웠던 교훈이 더 크게 힘을 발휘했습니다. 세상엔 착한 사람이 많다는 교훈이었습니다. 착한 사람들에게선 얼마든지 마음놓고 받아도 된다는 교훈이었습니다. 그렇게 받다 보면 내 안에 선물이 넘치고 넘쳐서 나도 언젠가 다른 사람들에게 그 선물을 나누어줄 수 있게 된다는 교훈이었습니다.

알브레히트의 집에서 했던 차가운 샤워는 제 인생에서 제일 시원한 샤워였습니다. 알브레히트가 타주었던 원두커피는 제 인생에서 제일 맛있는 커피였습니다. 늦은 오후, 다시 루트에게 전화를 걸었던 알브레히트가 제게 수화기를 건네주었습니다. 자동응답 메시지가 바뀌어 있었습니다. "이것은 제 친구 준에게 보내는 메시지입니다. 준, 지금 어디 있니? 이 메시지

를 듣거든, 저녁 7시까지 바젤 역으로 와주기 바래."

알브레히트는 다시 차로 저를 바젤 역까지 태워다 주었습니다. 하루 사이에 독일과 스위스 국경을 두 번 넘나들었던 것입니다. 기차역에 저를 내려준 알브레히트는 제게 전화번호와 주소를 적어주었습니다.

"다시 바젤에 들를 계획이 있니?"

"글쎄, 아마 힘들 거야. 티치노에서 제네바를 거쳐 다시 프랑스로 들어갈 계획이거든."

"그렇구나. 아무튼 언제라도 다시 바젤에 오면 연락하렴. 만나서 반가웠다. 좋은 얘기 고마웠고. 항상 건강해라."

"고맙다는 얘긴 내가 해야 할 얘긴데……. 정말 고맙다. 편지할게."

그런 대화를 나누고 헤어졌습니다. 그리고 루트를 만났습니다. 루트의 차를 타고 바젤을 떠나 바젤 근교의 전원에 있는 루트의 집에 갔습니다. 푹 자고 다음 날 티치노로 루트와 함께 떠났습니다. 티치노에서 또 다른 캘커타 친구 아르노가 합류했습니다. 다시 바젤로 돌아가는 일은 없을 거라고 생각했습니다. 친구들에게 알브레히트 얘기를 했을 때 그들은 이렇게 말했습니다.

"준, 넌 정말 행운아야. 유럽에서 그런 사람을 만나기는 하늘에서 별따기보다 더 어려운 일이란다."

다시 가지 않을 것 같았던 바젤, 사실은 바젤이 아니라 외틀링엔에 그 해 여름부터 가을까지 모두 네 번을 가게 되었습니다. 계획을 세우지 않는 것이 기본 계획인 제 여행의 특성도 크게 작용했지만, 하여간 이상하게도 이리저리 이동하는 과정에서 바젤이 통과 지점이 되는 일이 자주 벌어졌습니다. 아니 그보다는 알브레히트와의 몇 시간 인연이제 여행길을 바꿔놓았다는 표현이 더 나을 것 같습니다. 두번째 바젤에 내려 밤기차를 기다리며 혹시나 하고 전화를 했을 때 알브레히트는 부리나케 차를 몰고나왔고, 그날 저녁, 알브레히트의 부인 모니카는 제게 멋진 바비큐 파티를 열어주었습니다.

"꼭 오늘 밤 기차를 타야 하니?"

"꼭 그렇지는 않을 걸, 아마."

"그럼, 우리 집에서 하루 저녁 자고 가도 되겠구나. 물론 네가 원한다면 말이야."

그렇게 해서 외틀링엔이 제 '고향 마을'이 되었습니다. 하루 저녁이 사흘 밤으로늘어났고, 들락날락 외틀링엔은 5개월에 걸친 제 유럽 여행에서 일종의 '베이스캠프' 같은 곳이 되었습니다. 외틀링엔은 저 유명한 독일 '흑림'(Black Forest)의끝자락에 위치한 마을입니다. 당연히 사방이 숲으로 둘러싸여 있지요. 알브레히트와 모니카가 각자 직장으로 가고 나면, 저는 혼자 알브레히트의 자전거를 타고숲으로 갔습니다. 숲으로 가면 그렇게 마음이 편해질 수가 없었습니다. 특히 부슬비가 내리는 숲속길을 걷는 것이 얼마나 멋진 경험인지 그때 처음 알게 되었습니다. 외틀링엔에서 저는 숲이 사람에게 얼마나 좋은 친구가 되어줄 수 있는지를처음 알게 되었습니다.

알브레히트 부부의 두 아들, 부키(Burki)와 요헨(Jochen)도 제 친구가 되었습니다. 특히나 천부적인 '버섯 사냥꾼'인 부키와 저는 버섯 사냥을 통해 사나이들끼리의 진한 우정을 나누기도 했습니다. 50대의 부모와 20대 후반의 아들들이 다친구가 되었습니다. 조금 이상하게 들리시죠? 제가 서양 사람들한테서 부러워하는 것 중에 하나가 바로 그것입니다. 나이와 사회적 신분 같은 것들이 친구 관계를 만드는 데 전혀 장애물이 되지 않는 것 말입니다.

제가 외틀링엔에 머물고 있었을 때, 알브레히트와 모니카 부부가 저를 남겨두고사흘간 다른 도시로 가야 할 일이 있었습니다. 마침 주변의 친척들까지 모두 이런저런 이유로 집을 비워야 했던 모양입니다. 모니카는 제가 아무리 혼자 있어도 아무 문제 없다고 얘기해도 차마 저를 혼자 빈집에 남겨두고 갈 수가 없었던 모양입니다. 모니카는 마침내 해결책을 찾아냈습니다. 직장, 아참, 모니카의 직업을 알려드리지 않았군요. 모니카는 독일 시민이지만, 스위스 바젤에 있는 장애인 직업학교에서 장애인들에게 편물을 가르치는 교사였습니다. 월급을 받고 일하긴 하지만, 그녀 역시 다른 이들을 돕는 일을 하고 있었던 것이지요. 하여간 그 장애인 직업학교에 모니카의 부하 직원이 있었습니다. 클라우디아(Claudia)라고요.

클라우디아는 배낭 여행 도중 만난 뉴질랜드 청년 맥(Mac)과 사랑에 빠져 결혼을 했고, 그 부부는 당시 바젤 근교의 오르말링엔(Ormalingen)이라는 시골 마을에 살고 있었습니다. 바로 그 클라우디아와 맥 부부에게 '천애고아' 준이 사흘 동안 입양되었습니다. 사흘 동안 클라우디아와 맥 부부는 저를 극진히 접대했습니다. 매일 새로운 스위스 요리를 해주면서요. 그래서 그들 부부와 제가 또 친구가 되었습니다. 작년에 클라우디와 맥이 서울로 엽서를 띄웠더군요. 뉴질랜드에 가서 정착하기로 했다고요.

알브레히트와 모니카 부부를 통해 친구가 된 사람은 그밖에도 많습니다. 그 중에는 알브레히트가 한 달에 한 번은 꼭 방문하는 양로원의 할머니 한나(Hanna)도 있습니다. 나이가 워낙 많은 데다 치매 증세까지 있는 한나 할머니는 원래 알브레히트의 대학 스승님의 부인이었답니다. 저는 알브레히트를 따라 두 번 한나 할머니를 방문했습니다. 제대로 자신을 알아보지도 못하는 스승의 부인을 위해 알브레히트는 꼭 예쁜 꽃다발

을 들고 갔습니다. 좋은 친구는 대개 또 자신의 좋은 친구들을 친구에게 소개시켜주는 법입니다. 알브레히트와 모니카는 전형적인, 그런 좋은 친구였습니다.

캘커타에 돌아가기 위해 마지막으로 외틀링엔을 떠나던 아침, 모니카는 제게 손수건에 곱게 싼 목걸이를 선물로 주었습니다. 그리고 저를 껴안더니 울었습니다. 알브레히트는 기차를 타고 쮜리히 공항까지 저를 배웅했습니다. 공항 출국대를 통과하기 전 제가 뒤돌아보았을 때 손을 흔들고 있던 알브레히트의 눈가에는 붉은 기운이 번져 있었습니다. 그 뒤에도 알브레히트 가족과 저의 인연은 계속 이어졌습니다. 알브레히트가 방학을 이용해 서울에 한 번 왔었고, 저도 일 덕분에 짧게나마 유럽에 다시 가게 된 기회를 이용해 당연히 외틀링엔의 '고향 집'에 들렀습니다.

참 작은 마을입니다, 외틀링엔은. 그 작은 마을에 가족처럼 푸근한 친구들이 삽니다. 지친 여행자에게 차가운 물 한 잔을 건네주고 편안한 잠자리를 만들어준, 아름다운 사람들이 삽니다.

— 1997년 4월 어느 날

안또니오

내... 친구의... 수도원은... 어디인가?...   Where Is My Friend's Monastery?

Antonio

안또니오는 신부님입니다. 그리고 안또니오는 제 친구입니다. 제가 안또니오와 함께 수도원에 있을 때 사람들은 거의 예외없이 묻습니다. 본명(세례명)이 어떻게 되세요? 그런데 저는 세례를 받지 않았기 때문에 세례명이 없습니다. 가톨릭 신자도 아닌 제가 신부님과 친구라고 함께 다니는 것이 사람들 눈에는 참 신기해 보이는 모양입니다. 지금까지 안또니오와 저를 함께 만난 사람들은 정확히 단 한 사람도 빼놓지 않고 물었습니다. 두 사람 도대체 어떻게 만났어요?

똑같은 이야기를 지금까지 수십 번은 한 것 같습니다. 한 번은 어떤 대학생 친구가 또 똑같은 질문을 하길래, 안또니오와 제가 서로 대답하라고 미루다가 제 천성인 장난기가 발동했습니다. 그래서 이렇게 대답해 줬죠.

"제가요, 역곡에 살거든요. 그런데 역곡에 벌써 6년째 살고 있는데 동네에 친구가 하나도 없어요. 너무 외로워서 밤마다 하느님께 기도를 드렸어요. 제발, 친구를 보내주세요 하고 말이죠. 그랬더니 하느님께서 안또니오를 보내주셨어요. 이제 궁금증 풀렸죠?"

안또니오와 저는 '동네 친구'라고 서로를 남들에게 소개합니다. 역곡동과 소사동으로 동네는 다르지만, 그래도 15분만 걸으면 닿는 곳이니 분명히 동네 친구입니다. 어릴 때부터 함께 살아온 것이 아니라면, 동네 친구를 갖기란 거의 불가능한 우리네 도시 생활입니다. 어릴 때부터 어른이 될 때까지 한 동네에서 계속 사는 사람 자체가 흔치 않은 세상이기도 합니다. 그래서 안또니오와 제가 서로를 '동네 친구'라고 부를 때, 그 단어에서 오는 따뜻함의 느낌은 말로 표현하기 어렵습니다. 여전히 궁금하시죠? 안또니오와 제가 어떻게 만났는지 말입니다. 애고! 할 수 없이 또 한 번 그 얘기를 해야겠군요.

1996년 5월의 어느 날이었습니다. 저는 그때 마감을 한 번 연기하고도 끝내지 못한 비디오 번역 아르바이트 때문에 거의 초주검이 되어 있었습니다. 2/3쯤은 그럭저럭 끝냈는데, 나머지는 도저히 마감시간에 맞출 수가 없는 상황이었습니다. 누가 받아쓰기를 해주면 일이 빨리 진행될 수 있을 것 같아 '돈'을 포기하고, 영어권 사람을 하나 구해 일을 맡기려고 생각했습니다.

세계 구석구석에 제 친구들이 퍼져 있습니다. 그런데 등잔 밑이 어둡다고 막상 서울에는 외국인 친구가 하나도 없었습니다. 저는 영어 학원을 다녀본 적도 없고, 그렇다고 아무나 붙잡고 친구 하자고 주책을 부릴 정도로 얼굴이 두꺼운 사람도 못 됩니다. 여기저기 부탁을 했지만, 마감 사흘 전날까지도 그놈의 흔하디 흔한 '네이티브 스피커'는 수배가 되지 않았습니다.

약속이 있어 신촌에 나갔다 돌아오는 지하철 2호선, 맞은 편 의자에 어떤 외국인이 앉아 있었습니다. 학생으로 보이는 한국 청년과 이야기를 나누는 모습을 보며, 서울에 부쩍 늘어난 영어 강사인가 보다 생각했습니다. 인천행 전철을 타기 위해 신도림에 내렸습니다. 앞자리에 앉았던 그 외국인 역시 신도림에서 내리더니, 결국은 인천행 전철의 같은 칸에 또 함께 타게 되었습니다. 구로, 구일, 개봉을 거쳐가는 동안 저는 무지막지한 갈등을 겪어야 했습니다. 도와달라고 부탁해볼까? 아냐! 난생 처음 보는 사람에게 무슨 무례한 짓이야! 쪽팔려서 난 못 해!

물에 빠진 사람은 지푸라기라도 잡는 법입니다. 체면은 뒷전이죠. 결국 제가 바로 그 물에 빠진 사람이었습니다. 에잇! 한 번 쪽팔림이 성실한 번역자로서의 내 신용을 결정한다!

"익스큐즈 미."

내 인생에 그렇게 어렵사리 남에게 말을 걸어본 적도 없었던 것 같습니다. 100원이 없는데 지나는 사람에게 100원만 빌려달라는 이야기를 꺼낼 수가 없어 용산에서 동숭동까지 걸어간

적도 있는 쑥맥이 바로 저였거든요. 얼굴이 화끈거리니, 잘하던 영어까지 더듬게 되더군요. 하여간 자초지종을 설명했습니다. 그 외국인의 대답은 참 절망스러운 것이었습니다.

"미안합니다. 요즘 제가 너무 바빠서 도와줄 수가 없을 것 같아요. 그리고 저는 미국 사람이 아니고 스페인 사람이에요."

그 외국인과 저의 대화는 개봉역 근처에서 시작되었고 역곡역에서 끝났습니다. 시간으로 계산하면 15분 안팎의 짧은 시간이었습니다. 그냥 알았어, 잘 가 하기는 너무 미안하고 무례한 일이 아닙니까? 그래서 저는 이것저것 쓸데없는 이야기를 주워섬겼습니다.

"아, 스페인 사람이세요? 저도 스페인에 가본 적이 있어요. 스페인 친구들이 많이 있거든요. 스페인 친구들은 저를 후니오(Junio)라고 부르기도 했어요. 아, 인도 캘커타에서 자원봉사를 할 때 같이 일했던 친구들이에요……."

그 외국인은 자신이 가톨릭 신부라고 밝혔고, 수도원이 역곡에 있다는 이야기와 서강대 종교학과에서 공부를 하고 있다는 얘기를 들려주었습니다. 알고 보니 그 외국인은 제 후배였던 것입니다(저는 서강대 신문방송학과를 나왔습니다). 그 덕분에 저의 창피스러움이 많이 덜어지기도 했습니다.

역곡역에서 함께 전철을 내려 악수를 나누고 헤어졌습니다. 서로 "반가웠다. 미안하다"라는 말을 교환했습니다. 다시 만날 약속을 하지도 않았고, 전화번호를 주고받지도 않았습니다. 그저 어느 저녁에 일어난 짧은 스쳐감, 또는 해프닝일 뿐이었습니다. 무거운 발길로 전철역에서 집까지 걸어와 보니, 자동응답기에 구원의 메시지가 담겨 있었습니다.

"미국서 20년 살다 온 한국 사람을 찾았으니까, 오늘밤에라도 빨리 전화해 봐."

마감에 맞춰 일을 끝낼 수 있었고, 저는 지하철에서 잠시 만났던 그 외국인 신부를 까맣게 잊어버렸습니다. 서로 통성명을 했지만, 물론 그의 이름도 잊어버렸지요. 2주 만이었는지, 3주 만이었는지는 이제 기억이 나지 않습니다. 이번엔 역곡에서 서울로 올라가는 전철이었습니다. 계단을 뛰어내려 전철 자동문이 닫히기 직전에 전철에 뛰어들었습니다. 그랬더니! 그 신부님이 그 칸에 타고 있었습니다. 이름이야 잊었지만, 얼굴까지 잊어먹지는 않았었죠. 공연히 쑥스러워 피식 웃으며 인사를 건넸습니다.

신부님도 제 얼굴을 기억했고, 웃으며 물었습니다.

"그때 번역 일은 어떻게 됐어요?"

다행히 잘 끝났다고 대답하자, 신부님이 말했습니다.

"제가 그때 많이 미안했어요. 도와드렸어야 하는데 그러지 못해서요. 학교 중간고사 때문에 아주 힘든 때였거든요."

저는 그때 '아, 이 사람은 참 좋은 사람이구나' 하고 생각했습니다. 낯선 사람의 엉뚱한 부탁을 들어주지 못한 것을 마음에 두고 있는 사람이었으니까요. 하여간 역곡역에서 신도림을 거쳐 신촌역까지 함께 가면서 우리는 이런저런 이야기를 나누었습니다. 저는 주로 캘커타에서의 경험을 이야기했습니다. 헤어지면서 신부님은 명함을 제게 주었습니다.

"혹시 시간이 있으면 놀러 오세요."

그렇게 해서 안또니오 신부님과 저는 가끔 만나게 되었습니다. 그리고 어느 날부턴가 저는 '신부님'을 빼고 안또니오를 이름만으로 부르게 되었습니다. 물론 안또니오가 저에게 그렇게 해달라고 했기 때문입니다. 수도원에서 얻어먹은 점심과 저녁의 숫자는 이미 셀 수가 없습니다. 스페인에서 안또니오의 식구들이 보내온 치즈도 많이 뺏어먹었습니다. 가끔 영화를 함께 보기도 했고, 사물놀이 공연을 함

께 보기도 했습니다. 안또니오와 제가 함께 본 영화는 『데드맨
워킹』, 『일 포스티노』, 『내 친구의 집은 어디인가』, 『제8요일』
같은 것들이었습니다. 일부러 그런 것도 아닌데, 지금 생각해
보니 하나같이 '친구들의 이야기'를 다룬 영화들이군요.

사실, 제가 안또니오를 자주 찾은 데에는 조금 '불순한' 동기
도 없지 않았습니다. 안또니오를 만나며 스페인 친구들을 비롯
한 캘커타의 친구들에 대한 그리움을 조금은 달랠 수 있었던
것이죠. 안또니오는 제가 그 말을 했을 때도 다 이해할 수 있다
고 말했습니다. 안또니오를 만나면서 수도원에 드나들기 시작
했을 때, 저를 기쁘게 했던 것이 또 하나 있습니다. 서울에 돌
아와 잊고 살았던 '내 안의 신성함'을 다시 생각하게 된 것이
었습니다.

신성(神聖)은 종교적인 말이지만, 꼭 종교인의 독점물은 아닙
니다. 적어도 저는 그렇게 믿습니다. 인간은 결국 인간이고, 동
물일 뿐입니다. 하지만 인간을 포함해 모든 생명 안에는 신성
이 자리잡고 있습니다. 저는 그것을 조금도 의심하지 않습니
다. 지하철에서 부대끼며, 몇 푼 돈에 자존심을 팔며, 우리는
그 신성을 잊어버립니다. 신부님 친구가 맥주보다 훨씬 더 좋
은 이유 중에 하나가 그것입니다. 어쩔 수 없이 또는 자유의지
로 잊고 살던 '내 안에 있는 신성'을 다시 생각할 수밖에 없거
든요.

참 신기한 인연입니다. 이제 안또니오를 만난 지 여덟 달쯤 된
것 같습니다. 미리 약속을 하지 않았는데 전철 안에서 마주치
는 우연은 그 '운명의 날' 이후 단 한 번도 일어나지 않았습니
다. 안또니오와 저는 가끔 그 얘기를 하며 웃습니다. 저는 안또

니오에게 "안또니오는 제가 전생에서 지은 죄를 갚는 업보예요"라고 말하고, 안또니오는 제게 "준은 제가 지은 죄를 회개하는 데 필요한 속죄예요"라고 말하며 낄낄낄 웃습니다.

집에서 하루 종일 세수도 하지 않고 컴퓨터와 씨름하다 갑자기 쓸쓸해질 때가 있습니다. 공연히, 밑도 끝도 없이 누구를 만나서 아무 얘기라도 하고 싶어질 때가 있습니다. 그럴 때 안또니오는 언제나 제게 말합니다. "오세요, 커피 타 드릴께요." '동네 친구'가 있다는 것은 정말 커다란 선물입니다.

어느 가을날이었습니다. 지하철 1호선을 타고 오는데 전동차가 서울역 지하를 빠져나왔을 때부터 '정당한' 이유 없이 눈물이 나왔습니다. 저녁 시간이었습니다. 사람들에 둘러싸여 의자에 앉아 있었습니다. 다 큰 사내가 지하철에서 사람들에게 우는 모습을 보일 수는 없었습니다. 자는 척 두 눈을 손으로 가리고, 이를 악물고 눈물을 참았습니다. 간신히 역곡역까지 눈물을 쏟지 않고 올 수 있었습니다. 역곡역에 내리니 시간은 이미 9시 반이 넘어 있었습니다. 잠시 망설이다 저는 안또니오에게 전화를 걸었습니다.

"저 지금 가도 커피 주실 수 있나요?"

안또니오는 제게 커피를 타주었고, 빵과 치즈를 주었습니다. 저는 커피를 마시며 지하철을 타고 오다 울 뻔했다는 이야기를 했습니다. 이야기를 하다 보니 그제서야 왜 지하철 안에서 눈물이 나왔는지, 그 이유가 조금씩 뚜렷해지기 시작했습니다. 그러면서 또 눈물이 나오려고 했습니다. 그런데 그때는 이미 수도원의 신부님들이 모두 저를 친구로 반갑게 맞아주고 있던 때였습니다. 그래서 식당으로 다른 신부님이 들어올 때마다 저는 얼른 표정을 바꾸고 하하하 웃으며 반갑게 인사를 나눠야 했습니다.

하필이면 그날 따라 신부님들이 모두 목이 마르셨던 모양입니다. 저는 울먹울먹하다가 하하하 웃기를 몇 번이나 반복해야 했습니다. 참 비극적이고도 희극적인 상황이었지요. 결국 안또니오와 저는 웃으며 자리에서 일어나고 말았습니다. 어느새 시간이 11시를 넘어 있었던 것입니다. 안또니오가 저를 현관에 세워둔 채 잠시만 기다리라고 했습니다. 방에 올라갔다 내려온 안또니오는 외투를 걸치고 있었습니다.

안또니오는 쌀쌀한 밤길을 걸어 제 집까지 저를 데려다 주었습니다. 잠시 제 집에 들어와 차 한 잔을 마시고 일어섰습니다. 저는 문 밖까지 안또니오를 배웅했습니다.

"수도원까지 바래다 드릴까요?"

"내 친구의 집은 어디인가 하고 싶어요?"

문 앞에서 악수하고 안또니오는 수도원으로 혼자 돌아갔습니다. 지하철에서 눈물을 참느라 고통스러웠던 기억은 어느새 눈물이 마르듯 지워져 있었습니다. 그래서 편히 잠들 수가 있었습니다(『내 친구의 집은 어디인가』를 안 보셨다구요? 비디오가 나와 있답니다. 오늘밤에 당장 빌려다 보세요! 너무 아름다워서 눈물이 나오는 좋은 영화랍니다).

지난 해는 안또니오에게 참 힘든 한 해였습니다. 수도회에서 준비하고 있는 '종교간의 대화' 프로그램을 위해 안또니오는 만 31살의 다 늙은(!) 나이에 다시 공부를 시작했습니다. 우리들도 어려워 하는 논어, 맹자를 비롯해 불교, 도교, 무속까지 공부했습니다. 사제 서품을 받고 한국에 온 지 4년이 되었고, 이제 어느 정도 자유롭게 우리말로 의사소통은 가능하지만, 그래도 한문투성이 유교, 불교 공부가 어디 그렇게 쉬운 일이겠습니까? 기말 리포트를 끝내고 안또니오가 제게 물었습니다.

"준의 고향 진도에 가보고 싶어요. 같이 갈 수 있어요?"

저도 서울에서 도망치고 싶어 죽을 지경이었던 터라, 신이 나서 얼른 기차표를 끊었습니다. 아참, 말씀드려야겠군요. 저는 서울에서 태어나고 자랐습니다. 그런데 어머니가 저를 진도에서 잉태하고 왔다는 핑계로 악착같이 진도가 저의 고향이라고 우깁니다.

안또니오는 바다를 보고 싶어했습니다. 안또니오의 고향은 지중해 바닷가 말라가(Malaga)라는 곳입니다. 피카소와 안토니오 반데라스의 고향이고, 돈 많은 북유럽인들이 은퇴해 살고 싶어하는 '코스타 델 솔'(Costa del Sol, 태양의 해변이라는 뜻입니다)에 있는 아름다운 도시랍니다. 세비야, 그라나다 등의 유적이 있는 안달루시아 지방의 도시죠.

어린 시절 여름방학 한 달 동안 진도의 작은할아버지 댁에서 살았던 적이 있습니다. 논두렁을 가로질러 가다가 언덕을 넘으면 갑자기 눈앞을 가득 채우는 바다가 있었습니다. 마을의 꼬마들과 함께 발가벗고 헤엄을 치던 제 유년의 바다였습니다. 제 유년의 바다로 안또니오를 데리고 갔습니다. 12월의 바다에는 우리 두 사람뿐이었습니다. 안또니오는 그 바다에서 자신의 유년의 바다를 이야기해주었습니다.

서로 절대로 웃어주지 못하면서도 매일 살을 부딪치며 스쳐가야 하는 지하철의 저 무수한 '동행자'들 덕분에, 우리는 이제 사람이 없는 곳에 가야 행복해집니다. 사람이 사람 없는 곳에 갈 때 행복하다고 말하는, 이상한 세상에서 우리는 살고 있는 것입니다. 어쨌든 안또니오와 저는 아무도 없는 진도의 겨울 바다에서 참 행복했습니다. 저의 5촌 당숙께선 조카의 친구라는 이유만으로 난생 처음 만난 외국인에게 그냥 말을 놓으셨습니다. 안또니오는 그래서 기분이 좋다고 했습니다. 팔순이 넘으신 작은할머께서 물으셨습니다.

"그래, 신부님 친구는 장가를 들었는가?"

"할머니, 신부님은 결혼을 못하셔요."

"장가를 못 간다고? 그것 참, 세상에 몹쓸 일이로구나."

진도의 친척 분들은 외국인도 처음이었고, 신부님도 처음이었습니다. 그분들이 모처럼 조카이자 손주인 제가 친구를 데리고 왔다고 내오신 날해파리무침, 생닭발, 참게젓, 굴젓을 안또니오는 맛있게 먹었습니다.

"정말이에요. 맛있어서 많이 먹었어요. 그런데 진도 홍주는 정말 너무 독해요."

시골 사람들의 집에는 방이 많지 않습니다. 첫날은 작은 할머님 방에서 할머니와 함께 잤습니다. 그리고 두번째 날은 바닷가 마을의 이모할머님 댁에서 역시 할머니, 할아버지와 한 방에서 잤습니다. 할머니들께선 반가운 손님이 왔다고 좋은 이불을 내주셨는데, 그 두꺼운 솜이불 덕분에 안또니오와 저는 무척 힘들었지요. 혼자 자는 데 익숙한 서양인들의 잠버릇을 잘 아는지라 사실 걱정이 되기도 했습니다. 안또니오는 걱정 말라며 말했습니다.

"괜찮아요. 제가 케냐에 있었을 때는 한 방에서 열 명씩 되는 아프리카 친구의 식구들과 함께 자기도 했어요."

아무도 없는 바닷가를 걸으며, 소주 한 병과 구운 꼬막조개를 시켜 놓고 시골 술집에 앉아서, 바람만 지나가는 비포장 산길을 걸으며, 지름길로 가자고 길을 벗어났다가 발이 푹푹 빠지는 '정글'을 헤매며, 진돗개들이 짖어대는 모래밭에서 역곡의 신부님들에게 선물할 소라껍질을 찾으며, 우리는 참 많은 이야기를 했습니다.

안또니오가 신부의 길을 가기로 결심하던 열아홉 시절의 이야기녀, 케냐에서 제3세계의 가난한 이들을 돕겠다는 꿈으로 가득 차 있던 신학생 시절 이야기, 한국에 와서 인천의 달동네 만석동에서 살던 이야기를 들었습니다. 의과대학 1년을 다니던 중 사제의 길을 가기로 결심했을 때, 안또니오에겐 여자 친구가 있었답니다. 지금은 결혼을 해서 행복하게 살고 있지만, 그 여자 친구는 안또니오가 사제가 되겠다고 말했을 때 많이 울었답니다. 안또니오도 그때 많이 울었답니다. 아들이 의사로 평범하고 행복한 인생을 살기를 원했던 안또니오의 어머니께서도 많이 우셨답니다. 안또니오도 또 많이 울었답니다. 케냐 나이로비 에서의 신학생 시절, 방학 때면 안또니오는 빈민가에 들어갔습니다. 미래가 없이 빈곤과 불행이 악순환되는 그곳에서 많이 힘들어했고, 동시에 참 행복했답니다. 저도 무척이나 많은 이야기를 했습니다. 안또니오가 신부님이었기 때문일까요? 다른 사람들에겐 차마 이야기하지 못했던 저의 어두운 부분까지 안또니오에겐 아 무 두려움 없이 털어놓을 수 있었습니다. 안또니오와의 여행은 제게는 일종의 고 해성사이기도 했습니다. 안또니오는 참 '큰 귀'를 가진 친구입니다. 다른 사람의 말을 들어줄 수 있는 능력을 지닌 사람이라는 얘기죠.

부끄러운 이야기, 감추고 싶은 이야기를 다 털어놓았을 때, 가슴이 후련하면서도 대개는 후회가 밀려오게 마련입니다. 안또니오에게 이야기했을 때는 그런 후회가 없었습니다. 오랫동안 제 가슴속에 묻어두고 있던 이야기들이 밀물처럼 안또니오 에게로 몰려갔습니다. 안또니오는 바닷가의 바위처럼 그 많은 제 이야기의 파도 를 고스란히 다 받아주었습니다. 참 고마운 친구였습니다, 안또니오는.

진도에서의 마지막 날, 안또니오와 저는 아직 캄캄한 새벽에 눈을 떴습니다.
"준, 우리 해 뜨는 거 보러갈래요?"
하늘에는 별 하나 없었습니다. 캄캄한 새벽 바다에는 파도 소리와 바람 소리만 있 었습니다. 김 양식장으로 일 나가는 어부들이 어두운 새벽 바다로 쪽배를 저어 나 가고 있었습니다. 함께 모래밭을 걸었습니다. 저는 잠시 앉아 있고 싶었고, 안또니오는 좀더 걷고 싶어했습니다. 그래서 우리는 헤어졌습니다. 얼마나 그 자리에 앉아 있었는지 모르겠습니다. 20분? 30분? 너무 추워져서 저도 몸을 움직여야 했습니다.

저만치 앞에서 안또니오가 되돌아 걸어오고 있었습니다. 해가 뜨는 기운은 전혀 없었지만, 어슴푸레 날이 밝아오고 있었습니다. 아직 어두웠지만 안또니오의 얼굴에 떠오른 미소를 볼 수 있을 만큼은 날이 밝아져 있었습니다. 아무도 없는 추운 새벽 바다의 모래밭에서 안또니오와 다시 만났습니다. 저는 그때 이미 저 먼 옛날, 사춘기 소년으로 돌아가 있었던 모양입니다. 안또니오와 마주쳤을 때 저는 아무 말 없이 안또니오의 어깨를 안았습니다.

솔직히 말씀드려, 캘커타 이후 저는 서양식 '스킨쉽'에 아주 익숙해져 버렸습니다. 그런데 우리나라 사람들은 아무리 친한 사이에도 좀체 신체 접촉을 하지 않지요. 왜 우리나라 사람들은 친구끼리도 안아주지를 못하는 걸까요? 저는 그런 우리 문화가 가끔 참 싫어집니다. 안또니오도 두 팔로 제 어깨를 감싸주었습니다. 우리는 다시 모래밭 끝까지 함께 걸었습니다. 아무 말도 하지 않고 걸었습니다. 끝내 해돋이는 보지 못했지만, 금방이라도 눈이 쏟아질 듯 어두운 하늘에 매운 바람이 불었지만, 그 새벽 바다는 참 따뜻했습니다.

언제부턴가 친구와 둘이 여행을 하지 못했습니다. 혼자 하는 여행에 길들어 있었습니다. 다른 사람과 함께 하는 여행은 항상 '단체 여행'이 되었습니다. 생각해보니, 친구와 '단 둘이' 하는 여행은 20대 초반에 이미 끝나버린 옛날 일이었습니다. 어느새 서른도 중반을 넘겨버린 나이에, 참 오래간만에 '친구

와 단 둘이' 여행을 했던 것입니다. '나 홀로' 여행의 행복과
는 다른 행복이 거기에 있었습니다. '마음이 맞는' 친구, 이야
기와 침묵이 둘 다 아름답고 행복해질 수 있는, 그런 친구와의
여행이었던 것입니다.

2년여에 걸친 바깥 세상 여행 이후 이제 1년 반 조금 넘게 다시
서울에서의 삶이 진행되었습니다. 이런저런 잡지에 글을 쓰고
영어책 몇 권을 번역하고 살았습니다. 겨울에 들어서면서 불현
듯 찾아온 저의 고질병 '허망증' 때문에 몹시 힘들었습니다.
밑도 끝도 없이 모든 것이 허망해지고, 그래서 하염없이 쓸쓸
해지는 아주 몹쓸 병입니다. 성탄절 전야, 인천 만석동의 달동
네에서 신부님들과 대학생 자원봉사자들이 함께 운영하는 〈청
소년 쉼터〉의 미사에 참석하고, 안또니오와 함께 만석동 〈꼰솔
라따의 집〉으로 갔습니다. 신부님 몇 분이 가난한 사람들과 함
께 살고 있는 집입니다. 연탄을 갈아야 하고 '푸세식' 화장실
이 있는 그 작은 수도원에는 역시 작은 예배당이 있습니다.
부엌 위 다락방, 사다리를 타고 올라가 절대로 허리를 45도 이
상으로 펼 수 없는 좁고 초라한 예배실이지만, 그곳은 세상에
서 제일 아름다운 예배당입니다. 촛불을 켜고 혼자 한 시간쯤
을 앉아 있었습니다. 안또니오는 아랫목을 제 자리로 남겨두고
윗목에서 잠들었고, 저는 촛불을 바라보며 그 '가난한 예배당'
에서 기도이면서 기도가 아니기도 하고, 명상이면서 명상이 아
니기도 한, 그런 상태로 앉아 있었습니다. 마음이 아주 깊은 곳
으로 가라앉기 시작했습니다. 이 허망함은 도대체 무엇일
까…… 시간이 지나면서 서서히 제 허망의 모습이 또렷해지기

시작했습니다. 욕심이 많았구나…….

좋은 글을 쓰겠다는 '글 욕심', 부모님께 맏아들 노릇 제대로 한 번 해드리고 다음 여행을 위한 비행기 값을 모으겠다는 '돈 욕심', 좋은 사람들을 열심히 챙기겠다는 '사람 욕심'. 세 가지 욕심이 제 몸을 망가뜨렸고, 피폐해진 몸이 마음에 허망증을 불러일으켰던 것입니다. 그래, 욕심을 조금만 버리자. 조금씩 마음이 편안해졌습니다. 오래 잊고 있었던 '평화'가 조금씩 제 안에 돌아오는 것을 느낄 수 있었습니다.

다락방에서 내려와 아랫목 제 자리에 누웠는데, 잠시 후 안또 니오가 일어나더니 몸이 아주 많이 아프다고 했습니다. 설사를 심하게 했는데, 이제 몸이 춥고 덜덜 떨린다는 것이었습니다. 새벽 두 시 반이었습니다. 아랫목으로 옮겨 눕히고, 뜨거운 꿀 물을 먹이고, 이불을 목 아래까지 덮어주고, 옛날 어머니가 해 주시던 대로 손으로 안또니오의 배를 쓸어주는 일이 제가 해줄 수 있는 전부였습니다. 두 번쯤 더 물을 끓여 먹이고, 이번엔 몸에서 열이 나는 바람에 다시 윗목으로 옮겨 눕히고, 그러면 서 거의 밤을 새웠습니다. 새벽녘께 안또니오는 깊은 잠이 들 었고, 저도 마침내 곯아떨어졌습니다.

걱정을 많이 하긴 했지만, 나중에 일어나 그날 밤을 생각하니, 그 성탄절 새벽에 저는 참 행복했습니다. 허망에서 평화로 마 음이 길을 틀었던 것입니다. 그리고 제가 좋아하고, 저를 좋아 해 주는 친구를 위해 '작은 일'을 해줄 수 있었다는 것이 참 고 마웠습니다. 그 기쁨 속에서 어떤 진실 하나가 떠올랐습니다. 제가 하고 싶고, 제가 잘할 수 있는 것은 그런 '작은 일'들뿐이 라는 진실이었습니다. 지난해 성탄절은 제게 참 소중한 선물을 주었습니다. 평화와 행복을······.

안또니오와 저는 새해 들어 새끼손가락을 걸고 약속했습니다. 매일 같이 운동을 하기로요. 그래서 혼자서는 죽어도 못 일어날 시간에 일어나 운동을 하러 가게 되었습니다. 친구가 있어, 그것도 같은 동네에 있어 좋은 것 중의 하나는 아침 운동을 함께 할 수 있다는 것입니다. 약속을 해놓았으니, 전날 술을 마셨다는 핑계로 빼먹을 수가 없습니다.

저는 예수를 존경하고, 성당에 가면 예수 앞에 무릎을 꿇고 절하지만, 가톨릭 신자는 아닙니다. 하지만 때로는 신의 선물을 믿고 싶어질 때가 있습니다. 제 옆에 좋은 친구들이 이렇게 많다는 것은 '그분'의 축복이 아니면 도저히 불가능한 일이라는 생각이 들기 때문입니다. 안또니오는 바로 그렇게 소중한 선물로 제게 주어진 친구들 중의 하나입니다. 제 지친 마음을 위로해 주는 친구이면서, 이제는 약해진 제 몸까지 함께 운동하면서 추슬러주는 친구입니다.

지금 다시 생각해도 참 신기합니다. 왜 안또니오는 그날 하필이면 그 전철 칸에 탔을까요? 왜 두번째 날 하필이면 그 전철 칸에 타고 있었을까요? 인생은 가끔씩 우리에게 꿈도 꾸지 않았던 선물을 던져줍니다. 그렇기 때문에 사람은 항상 '받을 준비'를 하고 살아야 합니다. 무슨 뜻이냐고요? 곰곰이 생각해 보세요. 금세 알게 될 겁니다.

안또니오가 소속된 수도회의 이름은 〈꼰솔라따 선교 수도회〉입니다. '꼰솔라따'는 이탈리아 말로 '위로하는 성모님'이랍니다. 친구는, 그렇습니다, 친구는 항상 위로를 주는 사람입니다. 저도 안또니오처럼 누군가에게 좋은 친구가 되고 싶습니다. 친구가 힘들어할 때 그의 집 앞까지 함께 걸어가 줄 수 있는, 친구가 행복해할 때 그의 어깨를 안아줄 수 있는, 그런 친구가 되고 싶습니다.

가만 있자! 그런데 쓰다 보니 안또니오의 이야기보다 제 이야기를 더 주절주절 많이 늘어놓았군요. 글쎄요, 안또니오가 제게 참 좋은 친구인 까닭이 바로 거기에 있는지도 모르겠습니다. 친구는 내 영혼의 거울입니다. 좋은 친구는 항상 나의 삶을 비춰줍니다. 좋은 친구는 부끄러운 내 모습, 자랑스러운 내 모습을 모두 비춰주는 맑은 거울입니다. 내 삶을 되돌아보게 해주는 친구, 부끄러운 내 삶을 반성하게 해주고 자랑스러운 내 삶을 계속 붙잡을 수 있게 해주는 친구, 안또니오는 제게 그런 친구가 되어 주었습니다. 저도 누군가에게 그런 친구가 되고 싶습니다.

내 친구의 수도원은 역곡에 있습니다.

— 1997년 1월 어느 날

제 친구들하고 인사하실래요?

오후 4시의 천사들

초판 1쇄 펴냄 2005년 12월 20일
초판11쇄 펴냄 2021년 06월 25일

지은이 조병준
펴낸이 유재건
펴낸곳 그린비
주소 서울시 마포구 와우산로 180, 4층
대표전화 02-702-2717 | **팩스** 02-703-0272
홈페이지 www.greenbee.co.kr
원고투고 및 문의 editor@greenbee.co.kr

주간 임유진 | **편집** 홍민기, 신효섭, 구세주, 송예진 | **디자인** 권희원 | **마케팅** 유하나
물류유통 유재영, 한동훈 | **경영관리** 유수진

ISBN 978-89-7682-076-1 03810

學問思辨行: 배우고 묻고 생각하고 판단하고 행동하고

독자의 학문사변행을 돕는 든든한 가이드 _ 그린비 출판그룹

그린비 철학, 예술, 고전, 인문교양 브랜드
엑스북스 책읽기, 글쓰기에 대한 거의 모든 것
곰세마리 책으로 통하는 세대공감, 가족이 함께 읽는 책